大鱼

有爱的青春陪伴者

看见月亮

Kanjian Yueliang

伊水十三 著

天津出版传媒集团
天津人民出版社

图书在版编目（CIP）数据

看见月亮 /伊水十三著. -- 天津 : 天津人民出版社, 2022.12

ISBN 978-7-201-18627-6

Ⅰ. ①看… Ⅱ. ①伊… Ⅲ. ①中篇小说—中国—当代 Ⅳ. ①I247.5

中国版本图书馆CIP数据核字(2022)第126882号

看见月亮

KANJIAN YUELIANG

出　　版　天津人民出版社
出 版 人　刘　庆
地　　址　天津市和平区西康路35号康岳大厦
邮政编码　300051
邮购电话　（022）23332469
电子信箱　reader@tjrmcbs.com

责任编辑　玮丽斯
特约编辑　蒋彩霞
装帧设计　Insect　唐卉婷

制版印刷　长沙鸿发印务实业有限公司
经　　销　新华书店
开　　本　880毫米×1230毫米　1/32
印　　张　9.5
字　　数　310千字
版次印次　2022年12月第1版　2022年12月第1次印刷
定　　价　39.80元

目录

第一章
/ 异梦 / 001

第二章
/ 禁区 / 023

第三章
/ 方长 / 042

第四章
/ 温柔 / 051

第五章
/ 失戒 / 070

第六章
/ 回家 / 079

第七章
/ 负责 / 095

第八章
/ 门背 / 135

KAN JIAN YUE LIANG

目录

第九章

/ 偏爱 / 169

第十章

/ 得偿 / 184

第十一章

/ 看见月亮 / 198

番外一

/ 周怀雅 / 204

番外二

/ 流星绊 / 269

番外三

/ 可乐桶 / 276

番外四

/ 烟火气 / 281

番外五

/ 岁岁且年年 / 289

KAN JIAN YUE LIANG

第一章

异梦

松城，嘉园路。

深黑的夜色被月亮投射下一道清冷的弧光，弧光边缘被道路两旁的金属栏杆反射得凛冽又冰凉。

川流不息的主道中间分支出一条略显狭窄的街道，如树杈一般倾斜着延伸，越往后越透着幽深的寂静。

最近松城的气候仿佛一秒入冬，明明前些天还能穿件短袖在大街上晃荡，这两天却连穿上外套都觉得冷，连带着天色也黑得过早。

街道第八根电线杆旁，厚重的木门将里外彻底分割成静谧与喧闹的两个世界。

酒吧内的人算不上很多，却不减热闹，各类声线交错，四处巡游的灯光落在人群之中，照射出一片斑斓色彩。

吧台前。

方疏净轻啜一口手边的鸡尾酒，而后单手撑住下颌，细长的眼尾含笑，说：“红石榴糖浆是不是放多了？”

对面的调酒师“啊”了一声，眉眼间染上点无措，连连道歉：“对不起，镜子姐，我——”

“哎呀，镜子！你别那么严格嘛。”不远处突然传来一道清脆的声音，打断调酒师的话。

紧接着，只听高跟鞋“哒哒哒”几声，一个娉婷的身影毫不客气地坐到了方疏净旁边，手包往吧台上一放，说：“又不是所有人都像你一样，味觉灵敏得过分。”

“我也没想追究啊。”方疏净对来人毫不意外，两条腿交叠在一起，坐直身子，“开个玩笑而已，实习生做到这个程度已经很不错了。喝点什么？”

周怀雅看了眼方疏净手边的杯子，说：“就你这个吧，新加坡司令？”

方疏净点点头，说：“行。”

转头吩咐完，方疏净才又端起杯子啜了口酒，慢悠悠道：“你可真够晚。”

“临时有事耽搁了。”周怀雅嘿嘿两声掩饰尴尬，试图转移话题，“你今晚怎么有空约我出来？不是听说有家宴吗？”

方疏净懒洋洋地翘着唇，说：“溜了。”

“溜？”周怀雅不可置信地瞪大眼，“你老公是主角，你也敢溜？你也知道你们家那二表妹三表妹四表姐六表姨都对他有意思……你还敢放他一个人？”

方疏净笑得一脸无所谓，说：“都说了，形式婚姻，各过各的，只要不出格，随他怎么样。”

“可……”

“再说，”方疏净嘴角笑意未减，晃着杯子，冰块与玻璃碰撞叮当作响，“他看得上吗？”

周怀雅闭上嘴，想了想后，认同地点头道：“也是。”

抛开别的不谈，方疏净这张脸是一等一的漂亮。

说得夸张一点，整个松城难得找到比她还漂亮的一张脸，一双眼睛妖得像狐狸，偏偏明艳得不可方物，美得高高在上。

就算置身这样的场合，一袭红裙伴身，也不会沾染半分风尘感。

方家那群歪瓜裂枣确实不能比。

她只消坐在这里，就能成为人群的焦点。比如现在——

周怀雅侧身观察了周围几秒钟，一眼过去就能捕捉到好几个人在蠢蠢欲动，其中不乏外貌出众的年轻男生。这让周怀雅彻底释然，举起酒杯和方疏净碰了碰，她高声道：“要是容慎川敢找别的女人，你就跟他离婚，气死他！”

方疏净赞同地颔首，忽然感觉到脊背传来一阵若有似无的凉意。

她下意识地回头看去——一切如常。

方疏净柳眉微皱，抓起一旁的外套披上。

可能只是空调温度低了些。

没过多久，酒杯见底，周怀雅脸上浮现微醺之色。

“我去趟洗手间，等我回来啊，”她起身跺跺脚，又凑到方疏净耳边压低声音，“顺便去问问那个小哥哥的联系方式——”

“行，注意安全。”方疏净捏着空杯，指了指洗手间的位置，“别走错门。”

“放心，你的地盘，我怎么会走错呢？”

周怀雅冲她抛了个媚眼，转身脚步轻快地离开。

没了周怀雅在旁边，四周原本就虎视眈眈的各路男性，目光更加肆意地落在方疏净身上。有几个胆子大的率先上前，有人拐弯抹角地暗示，有人单刀直入地明示，都被方疏净直截了当地拒绝，从而折戟而归。这些人实在没什么礼貌，方疏净被问得烦了，索性冷着一张脸，低头玩手机。明晃晃的拒绝摆在眼前，却耐不住一些人的死皮赖脸。

“哎，美女，都是出来玩的，别那么端着，交个朋友又不会怎么样，你说是吧？”青年一身名牌，模样流里流气，毫不客气地坐到周怀雅空出的座位上，妄图再凑过去一点，“美女，你叫什么，还单身吧？”

方疏净一个眼刀过去，不着痕迹地与青年隔开距离，抬手亮出自己无名指的钻戒，说：“已经结婚了。”

青年一怔，旋即笑出声来，说：“这戒指是假的吧？美女，你这样哪像是结了婚的啊？”

一口一个轻浮的“美女”，方疏净听得反胃。

不欲与对方争辩，她起身，准备换个地方。

青年见状仍不依不饶，抬手想拦住方疏净的去路，却在此时，手腕被一股力道紧紧捏住。

“嘶——”青年吃痛，抬眼怒视来人，“你谁啊？”

“她确实已经结婚了。”

熟悉的淡漠声音入耳，方疏净一怔，背脊猛地绷直，抬头往声源处望去，映入眼中的是一双深邃的眸子。

一瞬间——

目光交汇。

男人的眼神冷淡又平静，越过喧闹停在她身上，似温润的玉，分明毫无攻击性，却有渗入骨子里的凉。

大脑一秒宕机，方疏净张张嘴，定在原地不知道该说些什么。

是容慎川——

他怎么来了？

青年被容慎川捉住手腕，挣扎几下没挣开，气急攻心之下，语气越发叫嚣起来："她结没结婚关你啥事啊，你凭什么抓着我？"

容慎川松开手，神情依旧平淡从容。

不少人的目光都落在他的身上，他置若罔闻，微抬手腕，慢条斯理地整了整袖口，头顶光束打在他无名指的钻戒上，反射出耀眼夺目的光线，也越发衬得男人的指节线条性感分明。

"凭我是她丈夫。"

哗——

周围吸气声此起彼伏，一片哗然。

无视青年发白的脸色，容慎川缓步上前，帮方疏净整理好稍显凌乱的领口。

"夫人，该回家了。"

"可……"方疏净终于找回了属于自己的声音，"我朋友她……"

"我会派人把周小姐安全送回家。"容慎川不容拒绝地牵住方疏净的手腕，略一弯腰，附在她耳边，"走吧。"

明明是对于两人而言都显得过分亲昵的动作，主导者却游刃有余得仿佛早已习惯。淡淡的气息落在耳垂，方疏净无所适从地动了动手腕，又听容慎川继续道："回去算账。"

方疏净一怔。

完蛋。

回家的路上，方疏净乖乖坐在车后座的角落，与另一边的容慎川拉开很长一段距离。夜幕与霓虹灯织成幕布，细细密密笼罩在整座城市上空。

汽车行驶时，外面的风景急速倒退，方疏净盯着窗外发呆，有时甚至觉得灯光也蔓延成了一条条闪烁的细线。窗玻璃衬着漆黑的夜色，映出车内的情景。

另一侧车窗边，容慎川双腿交叠，略显放松地靠在座椅靠背上，岿然不动，似乎闭着眼在小憩。

很累吗？

方疏净透过车窗的反光，暗自猜测。等了几分钟，没见对方有动静，她于是放下心来，扭头更加放肆地去观察。

车内灯光昏暗，勾勒出男人锋利的下颌线，即使双眸微阖，眉宇间含着淡淡倦色，可与生俱来的上位者气质仍让人忍不住心颤。

方疏净坐近了点，没吭声，继续打量。

这张脸她从小看到大，熟悉到连他眉间藏着的一颗小痣，耳垂中间的一道疤痕都如数家珍。

不知道是不是结婚三年聚少离多的缘故，此刻她再仔细看一遍，竟仍会暗自惊艳。光凭这张脸，松城哪家闺秀看了不上赶着倒贴。

奈何这人自小就是一副闷葫芦样，性格板正又无聊，竟生生沦落到与她家凑合着联姻的地步。

念此，方疏净微微叹了口气。

可惜浪费了这一副好皮囊。

注意到容慎川领口似乎有些微皱，方疏净强迫症一上头，抬手打算帮他理好。没想到，手举到一半，容慎川忽然睁开了眼。

“啊……”方疏净手臂一顿，不上不下地悬在半空，心头一虚。

为掩饰尴尬，她停滞两秒，转而拍拍容慎川的肩膀，欲盖弥彰道：“你今天怎么过来了？”

容慎川没说话，深黑的瞳眸里情绪不明，薄唇冷冷抿成一线。

方疏净十分自觉地收回手。紧接着，她就被男人大力扣住后脑勺，按进了怀里。

结婚三年来他们鲜有如此暧昧的时刻，不承想这人做起来却熟练得过了头。方疏净胸口莫名地有些发闷，不悦地想要推开容慎川，说：“你干什么，说好的不能……”

话音在闻到自男人身上传来的浅淡酒气时，戛然而止。她怔了怔，捏紧容慎川胸口的衣料，试探着问：“容慎川，你喝醉了？”

容慎川把方疏净往怀里又带了带，声音沉沉道：“嗯。”

方疏净了然。

方家如此大张旗鼓地办家宴，为的就是庆祝容慎川近日顺利坐稳容家掌权人的位置，为长达三年的家族内斗画下最为重要的一个句号。

容慎川作为当之无愧的主角，想要攀上关系的不知凡几，前去敬酒的人自然络绎不绝。

怪不得他今天那么反常。要知道，结婚这三年来，两人界限分明得不是一点半点，今天光是容慎川来找她就已经足够惊悚，更别提现在还拉着她往怀里按。

如果容慎川真的还清醒着，那方疏净不得不怀疑自己这个塑料老公是不是换了内芯。弄清楚事情原委，方疏净试图掰开容慎川的手。

奈何两人力气悬殊巨大，任她怎么使劲也掰不动。方疏净破罐子破摔地选择放弃，索性换了个舒服的方式窝进容慎川怀里。耳边是男人沉稳的心跳声，手底下隔着硬挺的布料，隐约能感受到分明的肌理。

灯光被遮挡，方疏净闭上眼睛，感官越发清晰。容慎川拥着她，掌心温热源源不断透过肌肤蔓延至四肢百骸，意外的温柔珍重。

方疏净忍不住再蜷了蜷身子。不知怎么回事，这一刻她突然有了一种，他们是一对正常夫妻的错觉。

汽车一路畅通无阻，卷着阵阵寒风，稳稳停靠在昭阳路二十三号。下车时，容慎川似乎清醒了几分，方疏净顺势从容慎川怀里退开，挣扎着下车。脚一沾地，凉意便无孔不入地钻入外套缝隙。

方疏净拢紧领口，脚下高跟鞋随着步伐频率的加快，噔噔作响。穿过自动打开的大门，一座上世纪风格的欧式洋楼映入眼中。

这栋楼是两人结婚后，容家老太爷送给他们的婚房。方疏净推开大门后，脚步顿了顿，才凭着记忆上楼。平日里，只要容慎川不回来，她也懒得住这儿。

好久没回来过，竟有几分陌生。早先得知二人都要回来，用人已经放好了满浴缸温度正好的洗澡水备着，但这会儿方疏净没什么心情好好享受，半个小时左右便收拾完从浴室里出来。她平日对于保养护理不甚上心，就连头发也只吹到半干，披散在脑后，发尾还闪着水润的光泽，随着她的走动小幅度晃荡。房间里，属于容慎川那一边的灯光已然熄灭，只留她这一侧的台灯幽幽亮起。

方疏净没急着睡觉，坐在床沿刷了会儿手机，直到身旁呼吸声趋于平稳，才摸摸干透的发丝，掀开被子躺下。还未躺稳，她忽然感觉到一阵灼热的气息覆了上来。

容慎川单手撑在她的身侧，将她抵在一方狭窄天地内。

方疏净从没体验过这些，大脑一片空白，她勉力眯眼，偷偷观察容慎川。

夜里视觉被削弱，看不清容慎川脸上的表情，只有那双漆黑的眸中的欲念，如一张细密的网，将她牢牢束缚，叫停的话语被堵在喉间。

方疏净轻轻合上眼——

本来就是夫妻，进行到这一步，也没什么奇怪的……吧?

容慎川闷哼一声，哑着声开口："苏苏。"

"……"

只一瞬，方疏净身体变得僵硬无比。

她不叫"苏苏"。

容慎川在人前会唤她"夫人"，而在人后，只会礼貌而又疏离地叫她全名。果然是认错了吗?

原本隐隐期待的心情如同被泼下一盆冷水，飞速冷却。

气氛一下子静得可怕，方疏净深吸一口气，用力推开容慎川。

"容慎川，你清醒一点。"说话时，她气息不太稳，说完便转身背对容慎川，不再理会身后的动静。思绪混乱间，她狠狠闭眼，忽觉一阵屈辱。

容慎川到底把她当作什么了。她其实知道的，容慎川有个白月光，姓阮名苏，贯穿他的整个中学时代，甚至被传为一段佳话。

作为容慎川自幼稚园开始便形影不离的青梅竹马，方疏净自然也见证了其中的一些不为人知的细节。后来高中毕业，容慎川出国，她本以为随着时间的推移，他对阮苏的感情会逐渐减淡。却没想到，直至现在，他还对阮苏念念不忘。

方疏净不太清楚自己现在是什么样的心情，说不上吃醋或者幽怨，毕竟塑料夫妻本就没什么感情存在。她只是觉得，作为容慎川的合法妻子，自己的丈夫还不忘念叨白月光的名字，这让她有点没面子。

要真喜欢成那样，当年为什么一直闷着不肯说出来，非要到现在勉勉强强与她拼凑婚姻，再做出一副深情的样子。

也不知道做给谁看。

自动忽略胸口闷闷的情绪，方疏净抿着唇，紧紧攥着被子一角，不知不觉便睡了过去。

第二日，方疏净醒来时，身侧的被单已然冰凉，显然容慎川已经离开多时。

对这样的情况见怪不怪，方疏净挣扎着坐起，理了理凌乱的头发，转眸便看见床头柜上摆着一双高跟鞋，是她前几天看上的一款。

迟钝如她，在眨了好几下眼之后，终于想起了昨天是什么特殊日子。

结婚三周年纪念日。容慎川对这种日子记得清楚，就算工作再忙，礼物也不会落下。

但也仅限于此。

方疏净坐在床头想了想，最终打了个电话给管家，吩咐他帮忙订一对袖扣，送到容慎川的办公室去，算是礼尚往来。

她懒得花心思选款式，反正容慎川也不会戴。

做完这些，她起身收拾妥帖后，下楼吃早饭。

对于早餐，方疏净的口味十分单一，除了豆浆和油条，这么多年来没尝试过别的。

夹起切成小段的油条压进豆浆，方疏净观察着豆浆一点一点浸润酥脆的油条，任由放在一旁的手机振动个不停。

屏幕上显示“助理”二字。

直到铃声快要结束，她吃完一段油条，才不紧不慢地接通电话，放到耳边，问：“什么事？”

“镜子姐，”小助理柚子焦急的声音传来，“你是不是忘记了，十一点有场直播？”

“没忘。”方疏净抬眼看墙上挂钟，指针指向上午十点。

她喝一口豆浆，睁眼说瞎话：“在路上了，放心。”

那边听了，总算放松下来，说：“那就行，我们继续准备了。”

“嗯。”挂断电话，方疏净仍不着急，细嚼慢咽地解决完早餐，终于在挂钟显示十点半的时候，提着包出了门。

方疏净从车库里挑了辆自己喜欢的车坐进去，踩下油门，火红的玛莎拉蒂顿时如流光一般驶出宅院。二十分钟后，汽车停在酒吧后门口。

方疏净推门进去时，柚子刚把今天直播要用到的东西全部收拾好，听见动静扭头，原本紧张的脸上总算浮现出了笑意。

“镜子姐，你终于来了！今天有什么打算来着？”

方疏净又检查了一遍器材，确认不会出错后，懒声回道：“看心情。”

柚子不知道这是多少次听方疏净说这个词儿，近乎盲从地点头，说：“那我还是老样子，你需要的时候叫我一声就行。”

“好。”

与其他正常主播不同，方疏净走上这条路纯粹是闲得无聊，没想到当年用“Jinz”这个名字随手开的直播，竟然真的小火了一把。她凭着一张漂亮得出众的脸和精湛的调酒技术，即便任性得直播时间不固定、直播内容随心所欲，人气仍居高不下。甚至就连之前被催着随便发的一个妆面教程，都能轻轻松松爬上站内榜首。

眼见着时间快到了，方疏净提前一点进到直播间，对着摄像头补了补口红。补好口红，她再一看弹幕区，已经开始疯狂刷屏：

【一进来就看到放大版盛世美颜，我晕了，这是什么神仙美女！】

【皮肤太好了，凑那么近居然都找不到瑕疵，这就是我和仙女的差距吗？】

【今天的眼妆好好看！】

除了这些，还有几个不正经的弹幕飘过：

【今天做个什么？】

【小姐姐今天不然来杯水割？】

【水割！水割！】

【我看不如来一杯拉莫斯金菲士，小姐姐不会拒绝的对吧？】

有人提起，就有人起哄，附和的弹幕越来越多，自然引起了方疏净的注意。

她小声读了读上面的内容，嘴角弯起一抹弧度：“真要水割？”说完，她把杯子放在了镜头前，笑眼弯弯，“那就试试水割威士忌吧。”

【啊我们开玩笑的，不要啊！】

引起这般反应的原因无他，一杯水割威士忌的制作方法，无非是一直搅拌，过程重复，耗时较长，很难让人提起兴趣。但方疏净随心所欲惯了，无视底下哀号一片，说做就做。

冰块与威士忌碰撞，剩下要做的就是一直不停地搅拌。

【快停下来！我们知道错了！】

【一直转圈圈一直转圈圈，我好像有点晕了……】

弹幕里虽然一大批类似这样的言论，但直播间的人数，竟然不减反增。

【就算调酒过程无聊，看美女姐姐也值得了！】

【姐姐到底是怎么做到三百六十度无瑕疵的啊，人比人气死人……】

方疏净垂着眼，看起来专注于手上的动作。.

其实暗地里，她隐在吧台下的另一只手，已经点开了消息框。发消息的人她备注的叫“安妮”，是个美妆博主。

在方疏净的印象里，这人似乎和她结过怨。原因在于上回她的那条妆教，刚好赶上了网站的某场活动，视频挤掉了那人榜单第一的位置，也让那人辛辛苦苦刷出来的数据功亏一篑，让其与奖品失之交臂。也正因此，后来这位没少在背后编派她。

具体的方疏净不清楚，那些八卦都只是柚子曾经在她耳边念叨的时候，被她偶然间留意过一点而已。

这人现在居然主动给她发消息，怕是来者不善。

【安妮：过两天那个活动，你找到男伴了没有？】

男伴？

方疏净读完这条消息，疑惑地皱眉。

【Jinz：为什么要找男伴？】

网站这次与许多时尚品牌达成合作，将要共同举办一场声势浩大的活动，群英荟萃，众星云集，而方疏净和安妮都收到了邀请函，将作为嘉宾出席。

此次活动允许嘉宾带一名男伴或女伴出席，但也不是硬性规定，所以方疏净直接无视，差点都忘记了这一茬。再读一遍消息，方疏净脑子里稍微转了个弯，便明白了对方的意图。

不就是准备找她炫耀男伴嘛。

果然，几乎在方疏净这个念头升起的同时，安妮又给她发了条消息。

【安妮：你居然找不到吗？到时候有突发状况也好有个照应吧，你要不要我帮你找找？】

【Jinz：？】

【安妮：我男伴是容氏的容总，你要是缺的话，我问问他手下能不能找到一个？】

要不是现在还在镜头前，方疏净恨不得冷笑出声来。

一边诅咒她出状况，一边暗讽她只配挑其男伴的手下？容氏容总，除了容慎川还能有谁？

很好。心系白月光，还同意自己对头的邀约，每一个做法都是在打她的脸。

这是对她这个妻子有多不满？

【Jinz：不用。容总那种无聊的男人我都看不上，更别提他手下。】

放下手里搅动的吧勺，方疏净把杯中酒液倾倒干净，换上另一盏干净的杯子。

“再给你们做杯僵尸，”她皮笑肉不笑，“祭奠我那死八百年又从坟里跳出来了的老公。”

方疏净话音落下，弹幕也同步爆发出一阵“哈哈哈”的爆笑。

方疏净从不避讳自己已婚的事实，所以类似的调侃在直播间里极为常见，她早已经习惯。

最后切一片菠萝做点缀，方疏净调了下摄像头的角度，语调云淡风轻道：“你们少说点。”

直播结束后，连着两天方疏净都没回昭阳路的宅子。

就算管家打电话给她，几次三番提及容慎川在家，她也假装没听懂暗示，在外头自在逍遥。

两日后，望江地产旗下某豪华酒店。

宴会现场位于酒店后院的玻璃温室，温度适宜，外头阳光正好，穿过被专程清理好的玻璃板，剔透漂亮。

花园设计独具匠心，不似平日的奢华与辉煌，处处洋溢着春日气息。

这次活动不愧为大手笔，为了使嘉宾的礼服与“春”的主题做到完全呼应，礼服统一由参与此次活动的各知名服装品牌赞助。

方疏净本该在前一晚便入住统一安排的酒店，但由于某些突发意外导致行程冲突，直到第二日宴会即将开始前，才姗姗来迟。她捏着属于自己的房卡上楼，还没出电梯，就和安妮狭路相逢。

安妮手机麦克风还悬在唇边，眼角眉梢止不住的喜气洋洋，看起来是准备坐电梯下楼。看见方疏净，她垂下来的那只手下意识地攥紧了礼服裙摆，眼中似乎有一缕心虚划过，很快又被微小的得意所覆盖。

“也不知道是什么天大的事，竟然一刻也不能早来，”她故意出声讽刺，“是真不怕掉链子。”

方疏净对此类明嘲暗讽向来不放在眼里，眸子懒懒垂下，往前迈两步，示意安妮挡了她的路。

没得到自己想要的反应，安妮表情有一瞬的不自然。她咬咬唇，轻哼一声，与方疏净错身而过，同时故意扬声，对着手机麦克风，掐出娇滴滴的嗓音——

“容总就要到了吗？我这就下来接您！”

方疏净步子没停，目不斜视地行至走廊尽头，打开最后一间房门。

柚子在房间里等候多时，见她进来，一个激灵从沙发上蹦起，说：“镜子姐，你怎么这个时候才过来，给你发消息也没回，我差点要急死了！”

方疏净这才从包里拿出手机,看到了柚子之前给她发的一串串消息。

“抱歉，刚才在开车。”她轻声道了歉，不再浪费时间，从衣柜里取出准备好的礼服准备换上。

刚取下衣架，她动作忽然停住。

“柚子，”她突然出声，“今天有人进过这里吗？”

柚子“哎”了声，诚实地摇头，说：“我一大早就过来了，没见有人进来过，怎么了？”

方疏净沉默了一下，把礼服展示给她看。

裙摆的外纱不知被谁划了一道，出现了一条十分夸张的人为割裂痕迹。

柚子在看清情况后，脸色一下子变得煞白。

“天啊！”她一副天塌了的模样，急得在原地走来走去，“对不起啊镜子姐，早知道我进来之后该好好检查一遍的，我以为不会有人进来的……这到底是谁干的啊！”

现在补是补不了了，活动即将开始，出现这种情况，不仅影响了方疏净正常参加活动，更要支付一笔不菲的礼服赔偿金。

柚子年纪小，出了这种事，仿佛天塌了一般，眼见就要掉眼泪，说：“镜子姐，都怪我，我来得那么早，却疏忽大意到这种地步……”

“没事。”

与柚子的反应截然不同，方疏净有些冷静得过分。

把礼服丢在了一旁，方疏净不紧不慢地拿着手机打字，未见丝毫慌张。

“这件事我来处理。”

活动现场。

安妮脸上挂着愉悦的笑意，与人寒暄完，突然感觉到身旁容慎川的异样，抬手想借此挽住他的手臂，说：“容总，怎么了？”

容慎川不着痕迹地避开她的触碰，起身淡淡道：“安小姐，失陪。”

安妮没反应过来，“啊”了一声后，眼睁睁看着他转身去到品牌方那边，不知道与对方谈了些什么。

他始终一副波澜不惊的模样，而品牌方的负责人满脸堆起了笑，点着头似在奉承。

容慎川回到座位上，安妮当即好奇地凑上来，问：“容总，您刚才去做什么了？”

“帮我太太处理一些事。”容慎川手指微屈，靠着桌面。

“太太？”安妮微惊，低头才发现容慎川无名指上有枚钻戒，“容总结婚了？”

“嗯。”容慎川不欲多说，客套地转换话题，“结束后，沈则会派人来停车场接你，到时候他与你联系。”

提到“沈则”二字，安妮眼神有几分躲闪，不太情愿地应了声。

耳边忽然传来一阵惊呼。

安妮的注意力被带过去，当看清自门口款款走近的身影时，努力支撑的表情顷刻崩裂。

方疏净提着礼服裙摆，走得轻巧又翩然，微卷的发尾缀着碎钻，流光溢彩。

她的五官本就深邃立体，不需要太浓的妆，光是一个漫不经心的悠然眼神，浑身风情自然流露，瞬间吸引住全场的目光。

仿佛天生的主角，明媚耀眼。

而那身礼服——

不是计划好的那套。

安妮指甲掐进掌心，忍住满肚子探查的想法，看向不远处的品牌方。

似是没注意到服装有变化，负责人仍一副笑呵呵的模样。

有议论声悄悄在她耳边萦绕。

“我想起来了，这条裙子好像是上一季的高定……我就说怎么这么眼熟。”

“这不得有六位数了？品牌那边那么舍得？”

“谁知道呢。不过嘛，区别对待也说得过去……”

安妮一颗心顿时沉入谷底——不应该是这样。

她强忍住心慌，拿起杯子与容慎川碰了碰，出声道：“容总……”

容慎川没理会她，目光轻描淡写扫过去一眼，在方疏净身上停了会儿，便自然地收回。

方疏净自然注意到了容慎川的目光。

这男人无论坐哪儿都是焦点，根本无法忽视。她也回看一眼，却发现容慎川并没有看她，身旁还坐着一个安妮。她霎时失了心情，也不再注意那边，找到自己的位置入座。既然他假装不认识她，她也假装不认识他就好。

想来容慎川也并不愿意让外界认识她这个上不得台面的容太太。也是，当年他们结婚的事情，除了圈里人，少有人清楚情况。除了容慎川已婚，风声被控制得死紧。而那些知道消息的，也只知道容慎川娶了方家小姐，不知道方疏净其人。

一入座，身旁的服务生就识趣地为她添上香槟。

挨着她的几位也纷纷试探着与她交谈。

方疏净心不在焉地听着几个人叽叽喳喳，抿一口香槟，柳眉轻皱。

——这酒质量不行。

她放下杯子，双手抱臂，一脸沉思，看起来生人勿近。

热脸贴冷屁股，周围几个人讪讪熄火，难免因尴尬而腹诽。

方疏净余光睨一眼就知道她们在想什么，无非是她目中无人傲慢无礼，但她没心思多做揣摩。

她本就不是一个喜欢在人际交往方面花心思的人，更别提这群各怀鬼胎心思复杂的塑料姐妹花。

活动对于方疏净而言过分无聊，上头人致辞的时候，她借着这会儿空隙，给容慎川发了条消息。

【谢了。】

礼服这事没容慎川，她自己出面解决，可能还得费些劲儿。

容慎川没回她，应该是没看手机。

陪美人陪得挺专注啊。

方疏净了解容慎川，深知在这类场合他是怎样一副人模狗样。

懒得再回头看，她俯身，悄悄捏着自己的小腿肚。

她今天穿的是容慎川送她的那双鞋，新鞋鞋跟高，磨脚又累人。再怎么漂亮也没用，她当初有多种草，现在就有多想脱掉。

感觉脚后跟似乎已经磨破了皮，开始微微泛疼，方疏净略做思索后，趁着上头讲话的空隙，猫着腰用最小的动静离座。

她对疼痛的感官比常人敏锐，待会儿还得走动，她不想忍着痛坚持，于是打算换双鞋。在经过容慎川那边时，她忍不住给了他一个嫌弃的眼神。容慎川好像没注意，反倒是一旁安妮的表情不太对劲。

安妮本就全程紧盯方疏净，特别在发觉容慎川的注意力若有似无落在方疏净身上后，心头的敌意更为深重起来。

警惕到连方疏净刚才给容慎川的那个埋怨的眼神，她都能自动解读为勾引。

长久不甘的情绪在这时达到了一个临界点，新仇旧怨一桩桩一件件冲昏头脑，安妮偷眼观察方疏净小心翼翼往后走的动作，恶念自心头涌起。

安妮假意侧头与容慎川交谈，桌下一条腿暗中挪动一点，对准方疏净的裙摆，毫不犹豫地踩下——

方疏净没想到安妮会在这种场合沉不住气，感受到裙摆传来的拉扯感后，她第一时间反应过来，努力站稳身形的同时，回头低斥道："你做什么！"

她极少在这类公共场合表达明显的怒意，这次难得例外。

暗地里的小动作她也就忍了，能秋后算账她绝不乱发脾气。

可她这回实在没想到，大庭广众之下，安妮居然能大胆到这个地步。

安妮被方疏净骤然锐利的眼神一刺，心头惊慌乍起，条件反射挪开了脚，可还是没来得及。

方疏净刚才一心把注意力放在安妮身上，无暇顾念其他。

动作拉扯间，裙摆殃及鞋跟，她姿态本就摇摇欲坠，为稳住身形向后退一步，又被地面的凸起绊了一跤，猝不及防直直往身后的水池仰倒——

后背触及冰凉的池水，方疏净生理性哆嗦了一下，闭上双眼。

下一秒，只觉手臂上传来一阵大力，持续半秒的天旋地转后，她被人稳稳拉了回来。紧接着，在方疏净还没来得及睁眼时，一件尚带体温的西装外套迎头罩下，挡住了她被沾湿的后背。

仿佛溺水之人抓住一根浮木，方疏净想也没想，便用力拢紧了外套。对周遭的骚动充耳不闻，方疏净低头平复了一会儿心情，再次掀起眼皮时，视野里出现了一双熟悉的皮鞋。

容慎川静静站在她身前，高大的身影遮挡了她眼前的光线，投下一片带点压迫感的阴影，居高临下望着她的时候，眼神平静得毫无波澜。

仿佛刚才差点落进池子里的，只是一个陌生人，与他无关。方疏净愣了一下，才终于意识到自己身上这件西装外套是谁的。

指尖捏得更紧了几分，她与容慎川对视半晌，忽然扬起一抹极为官方的笑，说："容总，谢谢了。"

既然他想保持绝对的距离，她就如他所愿。

旁边有工作人员上前，想要带她去休息室。

"稍等。"方疏净一个手势示意他们先等等，双手抱臂，扫向安妮的眼神蕴了讽刺，好整以暇地轻声开口，"我还有正事要处理。"

安妮肩膀一抖。

方疏净提起裙摆，展示给她看。

娇贵的面料经历了方才的蹂躏，已然糟糕得不成样子。

"安妮小姐，这件事你负全责，没意见吧？"

虽说是商量的语气，但横竖都带着明晃晃的施压，不给人一丝拒绝的机会。

养尊处优惯了，方疏净对这方面的气质拿捏得收放自如，她说话的时候，余光还不忘戏谑地瞥过容慎川。

众目睽睽之下被如此兴师问罪，安妮的脸色难看得几乎能与锅底媲美。她死死盯住方疏净的裙摆许久，终于艰难地从喉咙里挤出了一个"好"字。

毕竟是六位数的赔偿金额，方疏净本以为安妮会与她再讨价还价一段时间，没想到对方竟然就这么一口答应下来，这反倒让她感到几分意外。

偷眼观察到不远处仍毫无反应的容慎川，她豁然开朗，心头嘲讽意味更浓。

怪不得那么有恃无恐，原来是有人有心纵容。

低声让服务生帮她把手机拿过来，方疏净不欲再在这些地方浪费时间，直接调出一个视频，丢给安妮。

"还有另一套礼服的问题，我就不追究了，等活动结束，品牌方会亲自来与你沟通。"

话音轻飘飘落下的同时，安妮盯着手机上的监控回放，满眼不敢相信。

"那天的监控不是……"坏了吗？

为什么她派遣助理偷摸出入方疏净房间的过程，还是被完完整整记录了下来？

方疏净轻嗤一声，从安妮手里拿回手机，说：“楼层监控出异常时，会启用备用摄像头，望江地产旗下所有产业都是这样，缺乏常识就不要出来丢人现眼。”

至于她为什么这么熟悉——

当然是因为这是她方家的地盘。

该处理的都处理完毕，方疏净顶着众人各异的目光，泰然自若地转身。

离开前，她还是没能憋住，开口刺了下容慎川：“容总下次挑人的时候，眼光别那么差，跟这些阿猫阿狗待在一块儿，真的很掉价。”

说完，她压根儿不理会别人的反应，越过隐隐骚动的人群，往休息室的方向走去。

一场闹剧结束，会场里的气氛经过短时间的僵硬，重新恢复正常。

回到座位上，安妮忐忑地深呼吸许久，才总算稳住情绪。

她双手绞在一起，紧张地扭头，冲容慎川试探道：“容总，这件事，您可以不告诉沈先生吗？”想了想，安妮又急忙再三保证，“就这一次！我真的不是故意的，以后我一定会注意……”

容慎川轻轻瞥她一眼，她仿佛被寒意冻了个结实，不敢再说话。

“抱歉，”容慎川单手整理好领带，不紧不慢起身，与安妮拉开距离，“我想，这件事沈则应该已经知道了，这个忙，我帮不了。

“安小姐，恕我失陪。”

安妮瞳孔骤缩，心中最后一缕希冀土崩瓦解。

她明白，自己这回算是完了。

容慎川还未走出会场大门，便接到了一通电话。

看清来电人是谁后，容慎川薄唇抿成一线，接通时语调冷得吓人：“讲。”

那边沈则声音夹着歉意传来：“对不起啊老川，安妮的事我会处理好，等我回国，一定给你一个满意的结果。”

他这些年过于浪荡，在女人方面出手一向不吝啬，这次要不是实在脱不开身，又耐不住安妮一个劲儿地软磨硬泡，也不会让容慎川替他去。

却没想到竟然捅了这么大的娄子。

容慎川“嗯”了一声，语气依旧冷硬：“下次遇到这种事，不要再找我。”

——若非之前欠了沈则人情，他断然不会帮这么无聊的忙。

听出容慎川的些许不对劲，沈则蓦地沉默了片刻，小心翼翼地开口："不对啊，老川，你平时不会在这方面计较的吧？怎么感觉你这次……很生气？"

容慎川没应声，就当默认。

沈则心里的猜测逐渐清晰几分。他咳嗽两下，压低声音确认："不会是……被嫂子看见了吧？"

容慎川没承认也没否认，手指微动，挂断电话。

他轻揉泛疼的太阳穴，停下脚步，望向眼前的门牌——

休息室。

休息室内。

方疏净单手拢好外套领子，面无表情地坐在沙发上。

她不习惯别人看见她这副狼狈模样，所以工作人员早已被她支走，这会儿整个休息室只剩她一人，显得过分空旷安静。

容慎川进去时，看见的就是这样一番景象。

女人精致得过分的一张脸此刻冷得几乎能凝结出薄霜，原本精心做好的发型就算因着那一摔变得些许凌乱，但也不减半分风华，反倒更显娇媚。

开门时外面吹进来一小阵风，吹得她忍不住颤了颤。

方疏净抬眼认清来人后，脸色越发沉下去几分，脚尖勾着的高跟鞋晃了好几下，才止住直接踢出去的念头。

"怎么，不去陪你那小情人了？"她没好气地抱臂，往后靠了靠，抬起下颌，"还是说，来找我要回你的外套？"

容慎川对她满口讽刺充耳不闻，反手关好门，慢悠悠地朝她靠近。

"如果我说是呢？"

方疏净眼睛睁大，下一刻直接把肩上的外套扯下来，揉成一团朝他丢过去，冷笑道："行，我还没见过你这么小气的男人，既然嫌我占用你的外套，当初就别死撑着你那副绅士样儿——"

容慎川稳稳接住方疏净扔来的衣服，停在方疏净身前，弯腰再次帮她披上，顺势坐在她身边。

"开个玩笑。"他手掌若无其事地抚过方疏净肩头，简单地解释了一下今天的事情，"安妮和我没有关系，只是我的一个朋友让我帮忙陪她出席这次活动，我不知道你也在。”

“哦。”方疏净挑眉，不咸不淡地冒了个声音。

虽然解释合情合理，但她就是觉得不舒服。

她非常讨厌容慎川这种说什么都不带起伏的语调，仿佛万事都入不了他眼，古板又无聊得令人莫名烦躁。

还有——

什么叫“他不知道”？

这不就差摆明了告诉她，他根本没把她放在眼里?

火气隐隐冲上来，方疏净忍不住阴阳怪气道：“连自己太太的行踪都不知道，容总还真是放心自己头顶的颜色。”

容慎川没有生气，平静地回答：“我无权干涉你的行踪，在此之前，你也曾让我不要管你。”

方疏净一噎。

她记性老是不好，闭着嘴在脑子里辛苦回想了许久，才总算记起来。

好像确实是有这么回事。

刚结婚那段时间，是她先主动约法三章，制订了两人井水不犯河水的规则。

自知理亏，方疏净不再谈论这个话题。

“行了，容总如果只是想跟我解释这件事，那我已经知道了，您现在可以继续去陪那位安妮小姐，我让司机来接我回去。”

说完，方疏净自顾自打开手机，点进通讯录，拨通司机的电话后，把手机放在耳边，借此掩饰那点微小的心虚。

两秒后，休息室里一道铃声突兀响起。

容慎川拿出手机，方疏净好奇地看过去——

发现屏幕上大大的来电人，赫然显示着她的名字。

方疏净心头一惊，迅速看向自己手机屏幕。

上面备注的“死狗”二字格外扎眼。

糟糕。

一手滑，居然打错了电话，还打到了自己老公的手机上。

而这人还就坐在自己旁边，稍微低个头就能看见自己给他的备注，“社死”近在眼前。

——这是什么惊天地泣鬼神的大型尴尬现场。

只一眼，方疏净立马用“迅雷不及掩耳盗铃儿响叮当”之势挂断了电话。

她捂着屏幕努力不让容慎川发现自己给他的这个备注，故作镇静道：“啊，打错了，我重新打过去。”

耳边似乎传来一声若有似无的轻笑。

“一起回家吧，”容慎川道，“我不回去陪别人了，今天只陪你。”

车上气氛很安静。

容慎川专心开车，目不斜视，而方疏净自觉无聊，低头玩手机。

除了车内导航偶尔的提示音，没人出声。

走之前，方疏净已经换回了来时较为方便的那套衣服，后背黏糊许久的冰凉感消失，轻松了许多。

她玩了会儿，又把椅背往下调一截，舒舒服服地半躺着，继续往下刷着咨询。

这时 @ 栏突然出现许多提示，她疑惑地点开去看。

原微博是两张照片，都关于她。

【求助，这个小姐姐是谁，我心动了！】

点开大图，一张是她刚进会场时的抓拍，另一张则是……

她落水时，不知道是谁趁乱来的一张偷拍。

而底下评论区齐刷刷地 @ 她——

【是我们宝藏博主镜子美女！会调酒的美妆博主了解一下！】

【谢谢博主的分享，姐姐真是毫无死角，摔个跤都能摔得那么漂亮。】

【那个眼神配上湿漉漉垂下来的头发，救命！】

……

有人质疑会不会是故意为之，反而被在现场的人仔仔细细“科普”了一遍来龙去脉，顺便又甩了几张图出来。

刚好是容慎川拉住方疏净的瞬间。

短短两分钟，楼中楼炸了。

【这个男的是谁？和我家镜子看起来配一脸啊！】

【容氏底层员工来报到……这是咱们老板，听说已婚，所以……】

【镜子姐也已经结婚了，但是不得不说，这张图拍得太有感觉。】

……

方疏净认认真真地看完评论，转头仔细观察照片许久，随后陷入迷惑。

这届网友还真是什么都能嗑起来，她和容慎川这种人前不认识人后比陌生人好不了多少的关系，居然会被说有感觉。

她怎么没看出来。

其实方疏净还蛮想把这张照片给容慎川看看，问问他什么感想。

可是她没胆子。

容慎川认真做一件事的时候，那份专注让她本能地不敢打扰。

就在这时，周怀雅给她发了条消息。

【你周周：你看到那张图了吗？】

【你周周：参加这种活动你难得带上你老公呀，他怎么同意的？】

想也知道是哪张图。

方疏净动动手指，很快回她。

【Jinz：他不是陪我，是陪那个安妮。】

周怀雅默了会儿，才又发过来一大段。

【你周周: 不是吧，就安妮那个样？容慎川这人脑子是不是有问题啊，当年他喜欢阮苏就算了，怎么到现在眼光还这么不咋样？】

“阮苏”这个名字一入眼，方疏净原本微微翘起的嘴角一下绷直。

【Jinz：谁知道呢。不过阮苏其实也还好吧，的确是男生们都喜欢的类型。】

不然容慎川也不会对阮苏念念不忘，甚至守身如玉到现在了。

——就连喝醉了也念叨这个名字。

她偷眼朝容慎川看一眼，又垂下眼帘。

做贼似的。

刚想给周怀雅解释一下安妮的事，对方却明显比她更沉不住气，火速为她打抱不平。

【你周周：不是吧，你居然真不计较啊？】

仿佛打开了话匣子，周怀雅连着噼里啪啦发给她好几条。

【你周周：你是不知道，阮苏这几年不是一直在国外吗？听说她结了一次婚又离了，换了好几个男朋友，每一次都声称那是真爱，逢人就哭唧唧地说前任让她伤透了心，那做派跟当年一模一样。】

【你周周：后来你猜怎么着？翻车了呗，造谣前任结果踢到铁板，对方来头不小，让她不好过了好一阵子，现在打算回国了。】

【你周周：她最近在邀请人参加同学聚会，我猜她是想……所以你多看着你老公一点，别到时候这两人旧情复燃，真出了啥事你哭都找不

到地方哭。】

末了，周怀雅还给她发了条语音，能看得出十足的义愤填膺。

在车上方疏净不敢放语音，更何况旁边还坐着个容慎川。

于是，她点住语音条，打算转文字，然而指尖刚放上去，屏幕莫名跳了下，触控有一刹那的失灵。

语音条没能按得住，周怀雅豪气万丈的话音通过扬声器，结结实实响彻了整个车内——

“不过也别怕，不就是个阮苏嘛。就和你之前说的一样，咱大不了就离婚，姐姐这儿男人资源多，保准你不会空虚寂寞！”

方疏净不知道自己今天到底是撞了什么霉运，所有尴尬意外总与容慎川有关。

她手忙脚乱想点语音条停住这段语音，却不小心又播放了一回。

“大不了就离婚，姐姐这儿男人资源多——”

完蛋。

这回玩脱了。

方疏净绝望地熄屏，不太敢面对容慎川。

余光十足谨慎地瞥过去，她果然感觉到了对方的不对劲。

容慎川虽然看上去毫无反应，仍专心开车，但周身的气息明显冷了下来。

低沉的气压使整个车内充斥着压迫感。

紧张又令人心慌。

方疏净不舒服地动动身子，撑着座椅坐直。

她抿了抿干涩的唇瓣，犹豫许久，最终还是开口问道：“容慎川，你是不是生气了？”

——因为阮苏?

第二章

禁区

后面那个猜测方疏净终究没有问出来，她怕再提阮苏的名字，容慎川能直接把她从车上赶下去。

毕竟在她所有听过的故事中，男人初恋的名字永远是个禁区，你也不知道触及这个禁区后，这人会变成什么样。

容慎川似乎没有要回答的意思。

于是，方疏净又唤了他一声，假装善解人意，也想借此缓和一下僵滞的气氛。

“容慎川，没事的，你直接说你生气了就好，我都知道，你没必要憋着——”

猛地一阵推背力袭来，方疏净身体被迫前倾，又被安全带拉回去，贴在座椅靠背上。

突如其来的错愕间，话音止住。

容慎川踩下刹车后，手掌随意地搭在方向盘上，提醒道：“到了。”

方疏净缓了一口气，环视四周，这才发现已经进了自家院子。

路上她的注意力一直放在容慎川身上，居然连到家了都没意识到。

她垂下眸子，用最快的速度解开安全带，开门下车，只往车里留了句“我去洗澡”，便迈着凌乱的脚步跑开。

她实在揣摩不透容慎川的心理，要再这么待下去，她怕自己真的会无法呼吸。

事实证明，两个缺少沟通的人，根本无法交流。

洗澡时，方疏净闭着眼，满脑子都萦绕着这句话。

水流哗哗声中，隐约能听见外面传来一些动静。

方疏净知道这是容慎川回了房间。

不愿意出门就撞见自己今天的尴尬源泉，方疏净放弃刚才只想简单冲洗一下的念头，硬生生把洗澡时间拖长到了一个小时。

外面门开了又关的声音再次响起，她猜测容慎川已经离开，于是关水，换上居家服从浴室走出来。

不承想，刚一推开浴室门，她就与容慎川打了个照面。

男人应该也是刚洗完澡，身上还穿着浴袍，黑发微湿。

他坐在房间的书桌前，电脑屏幕的光打在脸上，更显神情专注。

下午的阳光透过窗帘缝隙，在他身后打出柔和的光晕，安静得不容人打扰。

见容慎川无暇理会自己，方疏净放心下来，轻手轻脚地打算绕过他出房间。

在经过容慎川身边时，桌上的手机突然响起，打破了这片努力营造的安静。

方疏净被吓了一跳，手扶紧桌沿，一时忘了继续往外溜。

容慎川听见铃声，侧头睨一眼屏幕上显示的“安妮”二字，淡声道：“帮我接一下。”

“啊？”方疏净也看清了来电人，“我？”

容慎川望着电脑屏幕，微微颔首。

方疏净拿起手机，按下免提。

“喂，容总，请问您现在有空吗？”

在免提的效果下，安妮的声音有些失真，加之她故意捏着嗓子把声音拉得细长娇柔，听得方疏净一阵难受。

方疏净把手机拿远一点，用眼神示意容慎川，给个回答。

容慎川压根儿没听安妮说了什么，自然毫无反应。

安妮好像也不需要容慎川有所反应，她等了几秒，便自顾自地继续开口道："容总，我想求您，帮我在沈先生面前说上两句，我今天真的不是故意的。您也知道，像我这种小网红，哪有胆子做这些，还不是那个 Jinz 故意谋划的……"

听到自己的名字，方疏净眼皮一跳，堪堪把注意力移了回来。

她倒想听听，安妮在别人面前是怎么编派她的。

"她从一开始就想把我挤下去，我没身份没背景，根本抵抗不了。"丝毫不知道对面听她讲话的人就是方疏净，安妮的语气越来越委屈，甚至开始哽咽，"听说她的丈夫是个很有身份背景的男人，之前她到处和别人炫耀，所以整个圈子的人都忌惮她，像她这种不择手段上位的女人，想害我简直是分分钟的事，所以我好害怕……

"容总，您不要被那种女人给骗了，她不知道勾引过多少男人，我看到您今天给她披外套，她后来没对您做什么吧？"

不择手段上位？不知道勾引过多少男人？

这脏水泼得那么熟练，想必也不是第一次这么干了。

方疏净红唇勾起，慢悠悠地开口："你担心我对他做什么？"

那边似乎在分辨声音的主人，沉默一会儿后，安妮略带破音的惊呼响起："方疏净？怎么会是你？"

方疏净把手机放回桌上，好整以暇地抱臂靠在桌边，说："怎么不是我？"

"你……"

"在别人面前编派我，是不是很有趣？"方疏净笑吟吟地打断，"要不是说的是我，说不定我自己都信了。"

安妮一梗，话音变得艰涩："我说的都是实话，提醒容总不要被你骗了。"

"还要继续？"方疏净面上仍带着笑，语气却暗藏尖锐，仿佛利刃般直戳要害，"安妮，我劝你老实一点，你那点小聪明，还没资格在我面前表演。

"我知道你的赔偿款还仰仗那位沈先生帮你付清，可是很抱歉，刚才那段录音，我会让容总帮忙传达给他。

"安妮，你自求多福。"

没等方疏净挂断电话，对方已经抢先一步。

方疏净把手机推给容慎川，耸耸肩，说：“录音我真录了啊，不过发不发给你朋友或者别的选择，都是你的事情。”

说到这里，她唯恐天下不乱地又补充了句：“当然，要是你觉得那种货色你还下得去手的话，也随便你。”

手指在桌面上敲两下，方疏净趿拉着拖鞋，面朝房门的方向，不忘给容慎川道个别：“先走了，不打扰你工作了啊。”

“方疏净。”

脚还没迈出去两步，容慎川蓦地叫住她。

“还有什么事？”方疏净背对着他，有点不耐烦，“别又让我帮你接电话打电话发消息了，你又不是没有手没有耳朵。”

容慎川不慌不忙合上电脑，向后靠了靠。

他微抬着头，眼神淡淡地停留在方疏净瘦削的后背上。

“我想知道，你为什么这么置疑我对这段婚姻的忠诚度？”

头一次被认真问及这个问题，方疏净身体有一瞬的绷紧。

“不是，”她深吸一口气，“容慎川，你真的不用纠结这种问题，咱们形式婚姻，本来就是各玩各的。”

“可这是一段合法的婚姻。”容慎川稍一拧眉，“各玩各的不是我提出的，所以我会对这段关系负责。我尊重你的意愿，但我从未说过，我们不是一对正常夫妻。”

“所以，你大可不必担心，我在我们的婚姻里做出类似出轨的事，”容慎川轻捏鼻梁，语气里隐含疲惫，“并且我早就告诉过你，我对阮苏没有感觉。”

没有感觉还在喝醉之后一直念叨阮苏的名字？

方疏净在心里默默吐槽，但也懒得拆穿。

她懒洋洋地转身，踮脚坐在桌子上，说：“知道了。”一副“我就看看你的表演可我一句话都不会信”的随意模样。

“可是我真没办法把我们这段婚姻当作是正常的关系。”

方疏净两条腿在桌上晃荡，纯棉的裙摆也跟着笨拙地摆动。

她半开玩笑地道：“常年分居，没有共同话题，甚至连对方行程都一无所知——你觉得哪一点夫妻之间的义务，我们做到了的？”

“容慎川，你没必要过分约束自己，”方疏净语气逐渐变得诚恳，“松城那么多女人排着队围着你转，你如果能遇上喜欢的，我可以随时离婚给你自由。”

容慎川没说话。

他双手交握了一会儿，缓缓站起。

方疏净双手撑着桌面，仰头看着他走到自己面前。

容慎川径直走到方疏净身前，双手撑在她两边的桌沿上，身体慢慢前倾。

方疏净没想到容慎川会对她做出这般暧昧的动作，身体紧张地向后仰，说话声没了底气："你干什么……"

"那如果，我现在就去找安妮呢？"

低沉的嗓音轻松落在耳边，却平白让方疏净心头发紧。

他如果真的和安妮……

不愿去想那种场景，方疏净喉咙动了动，干巴巴地反驳："安妮不行，你明知道她讨厌我，今天还故意让我出丑，你要是找她，我……"

一时词穷，她又向后仰了一点。

倏然间腰部被人揽住，方疏净呼吸一滞。

容慎川低着头，手臂稍微用力，把她往自己身前带了带。

"那就不找，"他眼中似乎含着笑，"以后如果你愿意，我们都一起住这里，我的工作行程会向你汇报，你也可以多给我说说你感兴趣的事。"

方疏净没怎么懂容慎川这句话的意思，疑惑地眨了下眼，突然感觉到裙子的肩带似乎在被人拨弄……

"咚！"

外头的一声闷响猛然间打断了她的思绪。

似乎是有什么东西重重地撞到了门上。

方疏净一惊，脑内警铃大作，迅速坐起，整理好自己凌乱的衣裙，扬声往外头喊："谁？"

按理说，他们所在的这一层，不应该有其他人出现。

用人的屋子在底层，平时如无需要，他们不会上来打扰。

在方疏净疑惑的当口，容慎川已整理好浴袍，大步行至门前，打开了门。

门没有完全打开，只留出一道极小的开口，被高大的身躯挡得严严实实，方疏净跪坐在床上，左右移动视线角度，也看不见外面的情景。

发觉容慎川站在那儿没动，她忍不住出声："容慎川，怎么了？"

容慎川的回答没有等到，倒是等来了一声嘹亮的脆响——

“汪！”

紧接着，容慎川退开一点，外头黑色的大狗越过他，像一道闪电般直直冲着方疏净奔来。

“包子！”

方疏净一眼就认出了这是她以前在方家养的拉布拉多。

眼见这狗欢快地朝床上蹦，她急忙从床上跳下来，也没管还赤着脚，三步并作两步跑过去接住它。

大概是太久没见，包子刚一被放下来，就欢快地绕着方疏净的腿不停地蹭。

方疏净蹲下去摸了摸它的脑袋，满脸疑惑，问：“你怎么在这里？”

按理说，它在方家待得好好的，再怎么想她，也做不到千里迢迢闯进她家来吧?

包子亲昵地往她怀里蹭了蹭，领着她想要往外面走，不时地停下来，回头冲她叫两声。

方疏净还在找拖鞋，见它这副模样，心头忽然生出一个猜想。

她脸色沉下去了点，指指门外，问道：“有人和你一起来的？”

带着包子匆匆下楼，方疏净果然在客厅看见了另一个熟悉的小身影。

小男孩端端正正坐在沙发上，面无表情地平视前方，大屏液晶电视播放着当季正火的动画片，一旁立着的用人神色紧张，生怕有所怠慢。

听见脚步声，小孩儿的脸上才总算出现了几分兴奋之意。

见方疏净朝这边走来，小孩儿飞快跳下沙发，咚咚咚地奔过去：“姐姐！”

声音软软甜甜，棉花糖似的。

方疏净原本带点怒意的神色在听到这声称呼后，飞快地消弭殆尽。

她走到小孩儿面前，蹲下去没好气地弹了下他额头，说：“方远亦，你怎么自己一个人过来了？你知道这有多危险吗？”

方远亦乖乖点头，旋即仰起脸，一双大眼忽闪忽闪，说：“可是，我想姐姐了。”

方疏净向来对自家弟弟这类撒娇的表情毫无免疫力，抬手在他脑袋上狠狠地揉了一把，原本兴师问罪的几句话都被抛在了脑后。

“下次不能这样了啊，来之前提前跟我说一声，我让人来接你都行，你一个刚十岁的小孩儿，你让我怎么放心？”

方远亦认真地点头，说：“以后姐姐要回家，也提前给我说一声，我让厨师叔叔做一桌大餐！”

提到“回家”两个字，方疏净似是想起了什么，思绪飘忽一瞬。

回过神来，她牵着方远亦走向沙发，笑容染上点勉强。

“好……以后再说吧。”

包子不满方疏净的注意力被夺走，伸着舌头边叫边跑到了方疏净脚边，顺着她腿一个劲儿扒拉。

方疏净安抚地低头顺了几次毛，扭头吩咐在一旁等候许久的用人：“让厨师多做两个菜，等吃完晚饭，让司机送他回去。”

用人低低应了声，很快退开。

耳边再度响起下楼的脚步声。

方疏净往楼梯间看去，发现容慎川正朝她这处走来。

他已经换掉了浴袍，白色衬衫整齐斯文，举手投足气质卓然。

还是那副正经书呆子样。

迫使自己不再去想刚才的情景，方疏净扬着下巴，发出没什么意义的询问：“又有事要出门吗？”

容慎川“嗯”了声，十分自然地走到她身旁坐下，说：“吃完晚饭要回公司一趟。”

方疏净“哦”了一声，把遥控器递给他，说：“要看什么？我让小亦用我的手机。”

容慎川摇摇头，说：“没事。”

方疏净便不准备再接话。

反倒是一旁的方远亦，他在观察了容慎川许久后，蓦地出声：“叔叔，我们好久不见呀。”

方疏净一愣，捏捏方远亦的脸，说：“要叫姐夫。你这么叫，把你姐姐都给叫老了。”

“没有啊。”方远亦笑得乖乖巧巧，“姐姐在我心里，永远是最年轻的仙女，才不会老！”说完，他又转向容慎川，“你说是不是啊，叔叔？”

这话似乎有点不对劲。

方疏净想了一会儿，突然明白过来。

这小孩儿居然对容慎川还带点敌意。

容慎川像是没在意，淡淡看了眼方远亦，小幅度地颔首。

接着，他抬起手腕，冲脚边的包子钩了钩手指。

包子眼睛一亮，“嗷”地跳到了他的腿上。

容慎川泰然自若地从包子背上抚过，若有似无地给了方远亦一个眼神。

方疏净一愣。

她怎么觉得，容慎川这个做法，好像是在反击?

应该……不至于吧?

晚饭后，方疏净让管家再给方家打了个电话。

管家接通后，听了一会儿，忽然面露难色。

他挂断电话，颇有些为难地汇报：“方家那边说，先生和太太都不在家里，他们不好做主，让小少爷在这里先住一晚上，再回去。”

方疏净一听，细眉紧紧皱起，说：“回自己家里还需要别人同意?这么多年怎么还是这副老样子？”

她本以为再怎么说，方家对待方远亦，总归比她要好上许多。

没想到，居然还是一样的傲慢。

方疏净揉揉眉心，望向即将出门的容慎川，走过去帮他系好领带，说:“要不然你顺便送他回去?看在你的面子上，方家应该不至于拒绝。”说完，她又小声吐槽，“这么久了还系不好领带，真不知道你这总裁怎么当的。”

容慎川低头看着认真在他胸口动作的方疏净，眼底有纵容一闪而过。

他低低应下：“让他跟着我上车吧。”

“哎，好。”

方疏净点点头，正准备唤方远亦，便听见不远处带着浓浓低落的声音——

“姐姐……我可以不回去吗？”

小男孩眼眸低垂，站在包子身旁，透出丝丝拘谨。

方疏净有些意外，问：“怎么——”

“他们对包子不好……”方远亦蹲下去，双手抱紧拉布拉多，小声嘀咕，“我不想让包子回那边，他们都不喜欢包子，我也不喜欢他们。

“他们不让我陪包子玩，还不让我给包子带吃的，一直把它锁在院子的角落，我好不容易才带着包子偷偷溜出来的，才不想回去呢。

“他们还说，姐姐是扫把星，扫把星养的宠物不能留在方家。”

包子仿佛听懂了方远亦的话，十分配合地“嗷”了一声，可怜兮兮的。

方疏净闻言，心头猛然一紧。

她当初从方家搬出来，只留了包子还在那里，想的是它能陪着方远亦长大，方家人看在方远亦那么喜欢的分儿上，应该也会好好对待它。

没想到居然会变成这样。

他们原来那么恨她。

脑袋里混乱的思绪尽数涌上，方疏净忘记了自己的手还放在容慎川的胸前，两手不由自主地攥紧，揉皱了对方胸口一小片布料。

本以为面对方家那档子破事，她早已经可以做到心无波澜。

不承想，时至今日，这个话题还是能轻易勾起她的所有糟糕情绪。

方疏净微阖上眼，意识到自己的失态，缓缓松手，出声："抱歉。"

手背突然覆上一片温热。

容慎川低沉的声音轻缓地落在她耳边："没事的，我在。"

容慎川的话音一如既往冷静到毫无起伏。

可方疏净能清晰地感觉到自他掌心传给她的温度，从皮肤过渡到每一寸神经。

"深呼吸，"他说，"你的手还在抖。"

与此同时，他松开攥住方疏净的手，转而轻轻扣在她的后脑勺上，拇指缓慢地按压太阳穴。

紧绷的神经逐渐放松下来，方疏净闭着眼，靠在容慎川的胸口处歇了会儿，低声道："谢谢。"

"今晚不用等我回来，早些休息。"放开手，容慎川重新整理好自己的领口，叮嘱道。

感受着身侧来自容慎川的气息一点点退离，方疏净无端生出点空落的情绪。

"嗯……"

天色稍晚。

方疏净陪方远亦玩了一会儿，小孩儿大抵是今天折腾累了，早早便睡过去。

让用人把方远亦抱回客房，方疏净一个人坐在客厅沉思许久，最终起身前往阳台。

夜凉如水，打开阳台玻璃门，方疏净被风吹得难受，又唤人给她递了件外套。

踮脚坐到阳台的大理石围栏之上，她两条纤细的小腿还裸露在外，似是随着风的轨迹轻轻摇晃。

包子在她脚底钻来钻去，挠得一阵微痒。

方疏净双手捏在围栏最边缘，向后仰，拿出手机拨了个电话过去。

那边的女人似乎没想到方疏净会在这个时候给她打电话，话音一瞬间错愕后，只剩深深的厌恶："找我什么事？"

"没啥事，"方疏净早已习惯对面的这副语气，轻松回应，"你儿子今晚在我这儿住，明天记得把他的东西送去学校。"

"小亦在你那儿？"女人的声音一下子高了八个分贝，"他怎么过去的？是你把他接过去的？"

方疏净耸肩，满脸与她无关，说："你没问家里那些人吗？他自己过来的。"

"我那时候在忙，没接电话。"女人已经开始不耐烦，"是那只狗把他带过来的吧？我就知道和你有关的东西留着就没好事。"

方疏净嘲讽地勾唇，不置一词。

还是老一套，自那件事后，所有事情都能往她身上推。

"方疏净，你给我听着，"女人仍在颐指气使，"你明天必须给我把我儿子好好送过去，不然你那只狗就别觍着脸留在我们家，你说你留它在方家，是不是存心想带坏小亦？我们方家生你养你这么多年，仁至义尽，你最好别动什么别的心思。"

方疏净"哦"了声，笑得冷漠又懒散，说："行，谢谢爹妈的不杀之恩，以后不用你们帮我养狗，容家还没有穷酸到连多只狗都过不下去的地步。"

没等对方再开口，方疏净从围栏上跳下，顺手挂断电话。

她蹲在包子旁边，轻轻张开双臂，抱了抱它。

平复一会儿心情，她松手，低声喃喃："瘦了好多。"

都能摸到骨架了，脖子上的毛也被磨掉了一大片。

怪她一直没发现。

也是，就连她一个大活人，勉强也算是个正儿八经的大小姐，在方家成长的那十几二十年，都能被苛待成那样，他们又怎么会顾及一只狗的死活。

心里郁结越发严重，方疏净深吸一口气，起身回房。

上楼时，她又拨通了一个电话。

“有车吗？待会儿我过来，借我一辆。”

一个小时后。

松城郊区的一处山脚下，山路蜿蜒向上，宽敞平坦，没有速度的限制，自然成了一众钟爱刺激的年轻人寻欢作乐的场所。

旁边的废弃厂房被独立辟出一块，作为一所私人俱乐部。

经过多年的经营维护，已初具规模。

方疏净到达俱乐部时，陈子帆与人喝得正高兴，一群人围成一圈吼得热火朝天，脚下堆了十几个空瓶。

一个捏扁的易拉罐滚落在她脚边，叮当直响。

她刚准备走过去，兜里手机振动起来。

接通，耳边传来容慎川的声音：“在哪儿？”

“事情忙完了？”方疏净有点意外。

“嗯，现在在回家的路上。”容慎川道，“听管家说，你在外面散心，需要我来接你吗？”

方疏净环顾四周，也不想隐瞒，随口说了地址，留下一句“我还要玩一会儿，你不想来就先回家吧”，便挂断电话。

她觉得容慎川应该是不屑于来这种地方的。

他与松城的纨绔子弟圈子向来界限分明，她也从没见过他接触那群人感兴趣的事情。

她平时也玩得少，但一旦心情不好，满脑子都写着想飙车。

只有在飞驰之间，她才有一种能把所有烦恼抛在脑后的感觉。

“镜子姐，易拉罐拿过来下！”

声音熟络且欠揍，从不远处传来，回荡在整个空间。

方疏净睨了眼易拉罐，脚尖动了动，一脚踢到对面去。

易拉罐掠过酒瓶堆，精准无比地砸在陈子帆肚子上。

“嘶——”陈子帆被砸得捂住肚子往后一仰，但也不恼，大着舌头高声调笑，“已婚妇女今天怎么有这个闲工夫过来啦？可惜兄弟喝麻了，今天没法儿陪你——”

方疏净对此置若罔闻，走到他面前摊开手。

“行。”看出方疏净今天情绪不太好，陈子帆也不敢再多说什么，从兜里掏出车钥匙，“你悠着点啊，都好久没试过了。”

“嗯。”

方疏净走后，一旁几个新来的小年轻看她面生，凑到陈子帆身边，小声询问。

陈子帆开了瓶新的啤酒，笑得无奈："你信不信，这咱老大？"

"老大？这儿老大不是陈哥你吗？"有人震惊。

陈子帆喝麻了，直接把瓶口往那人嘴里塞，说："谁有钱谁就是呗。"

有人脸上露出了了然的神情，说："怪不得这么久没见过她。"

"嘿，想什么呢？"陈子帆不屑地瞥一眼那人，"你也想被我灌一瓶是不？别乱说话。"他自顾自地跷起二郎腿，眯眼回忆，"你们可别以为她就是玩票性质，她就算那么久没来玩过，也能随随便便完爆你们。"

这下大家都安静了。

陈子帆指指旁边大屏幕，说："看到没，纪录第三。"

众人看过去。

大屏幕上，排第三的那个位置，名字那一栏赫然便是"Jinz"。

第二是陈子帆。

再往上——

S. Rong。

看见陌生的名字，有人再一次提出疑惑："这又是谁……"

"谁知道呢，那会儿我也没在。"陈子帆不想提及关于自己的惨痛史，急急忙忙转移话题，"哎，谁还要喝！"

"嘿！陈哥不服了！"

"陈哥喝！陈哥喝！"

……

又是一轮喝过去，一群人东倒西歪躺在沙发上。

半醉半醒间，陈子帆模模糊糊地看见一个身影自他眼前走过。

好像，稍微有点眼熟。

方疏净从里边拎着头盔出来时，一扭头，就注意到了等在一旁的容慎川。

男人半个身子陷在黑暗里，抱臂靠着墙站立，剩下一半被灯光修饰得轮廓分明，劲瘦修长。

他没穿外套，衬衫袖子卷至臂弯，小臂线条流畅有力，匀称有度。

随性又透着若有若无的颓靡意味，与这夜色与周围的破旧场景融为一体。

听见动静，他轻掀眼皮，淡淡瞥过来。

没想到容慎川那么早就过来这边，她手上力气一松，拎着的头盔“啪”一声掉在了地上。

“怎么这么快？”

容慎川帮她捡起头盔，说：“恰好在附近。”

“哦。”方疏净点点头，打消疑虑。

也怪不得他会过来。

往外面又走了两步，方疏净一个念头忽起，折身回到容慎川身边，问他：“你就在这儿等我？”

“嗯。”

“那多无聊。”方疏净倏地笑起来，手拍在他肩膀上，“你要不要试试？我带你飞，还挺解压。”

“……”

“大学霸可别不敢啊，”方疏净歪着头，“你学东西挺快的，这点玩意儿应该难不倒你吧？”

一到了这里，仿佛真切地来到了属于她的空间，就连笑闹都肆意了许多。

容慎川低眸看她。

女人笑容明艳，漂亮的一双眼仿佛装着万千星辰，闪烁耀眼。

一如中学时那般，明媚热情，令人心动。

他也跟着弯唇轻笑，敛去眼中不自觉的宠溺。

“好，”他道，“以后只要你想，我都陪你。”

方疏净对容慎川的话不以为然，半开玩笑地转着车钥匙，说：“别到时候害怕得不敢动就行。”

“跟你说啊，今天就给你试一次，”方疏净一边走，一边伸着懒腰，松活筋骨，自言自语道，“我今天还打算一鼓作气打破纪录呢——”

“需要我帮你吗？”

方疏净脚步一停：“啊？”

“你开玩笑呢容慎川，人在那边盯着掐表，你真以为没人注意啊？”方疏净舒眉，“一看你就是没玩过，没事，今天你摊上了我这个免费教练，万一就发现了这里面的乐趣呢？”

坐上车，方疏净歪着身子，拍了拍方向盘，满脸炫耀地冲容慎川扬眉，说：“见过没？我的宝贝，陈子帆照着我的意思改的，你悠着点开啊，别飞出去。”

“宝贝？”容慎川把这两个词在舌尖打了个转，语调舒展中带了些微缱绻的意味。

明明只是在重复，没有任何别的意思，却无端引得方疏净心跳胡乱跳动了一下。

“嗯，对啊。”方疏净故作云淡风轻，“花了大价钱，当初陈子帆就差跪地认我再生父母来着。”

容慎川沉默半晌，问：“你和陈子帆，关系很好？”

“啊？”方疏净没明白容慎川这句话的意思，想了一会儿突然释然，“我差点忘了你大学那几年一直在国外，对我的这些情况不了解。”

“我和陈子帆大学那会儿认识的，一个班，关系一直很不错，”方疏净思考片刻，补充道，“大概就和我们高中那会儿一样，铁哥们儿了。”

“哥们儿”一词落下，容慎川眼中有抹暗色划过。

天色很黑，方疏净全然不觉容慎川的情绪有所变化，弓着身子目视前方，说：“你要是想找他了解这些，不如直接找我，多方便。行了，出发吧？”

容慎川一言不发。

油门声骤然震响，方疏净猛地被抛回椅背，耳边风声渐起。

“也别这么吓人……”方疏净回过神来，小声吐槽，回头又注意了几次容慎川的操作，放下心来后，往外看去。

山路仍蜿蜒开阔呈现在眼前，说险也不险，说危也没到一不小心就能丢了性命的程度。

窗外的景色快速向后倒退，隔着头盔，方疏净也能感觉到身侧空气的快速流动。

但实在有些——

过分平稳了。

没错，平稳。

方疏净撑直身子，上下观察容慎川的操作。

少顷，她半开玩笑道：“容慎川，你以为这还是市区公路上，你飙个车还跟三好市民一样遵守交规？

“你这样压根儿不会有什么感觉，待会儿下去的时候我来示范一遍，你就知道有多——”

最后一个“爽”字还在喉咙里堵着，耳边油门的轰鸣声仿佛听到了某种命令，怒号着驳倒了她所有话音。

方疏净猝不及防下，再次被抛回座椅靠背。

“你怎么突然……”方疏净睫羽惊得颤动两下，如蝴蝶翅膀一般挣扎地扑闪着朝向容慎川。

容慎川面色未变，沉稳冷淡得仿佛什么都没做，下颌的轮廓在路边光影的急速变化下，忽明忽灭，模糊不清。

超速的快感使得血压在一秒之内飞快升高，方疏净只觉得头皮发麻，再也无暇顾及周围。

太久没有体验过这般感觉，难得让她有了一种歇斯底里的发泄感。

车身如离弦的箭般朝山顶疾驰，耳畔引擎的嘶吼持续刺激大脑皮层，方疏净不知道这样的状态持续了多久，最终一股推背感袭来，她往前狠狠倾了一下，才终于有了结束的实感。

她轻喘一口气，眯着眼想要缓过劲来，忽然听见安全带解开的“咔”声。

解开安全带，容慎川向她倾身，动作轻柔地帮她摘下头盔。

她别扭地向后拉开距离，转脸望向一旁的计时器。

车身静静停在终点线往前，旁边的电子屏幕明晃晃显示着战绩。

由于一开始有所落后，所以成绩算不得太好看。

方疏净为转移注意力，拿数据在心里默默算了一遍，骤然双眼一亮，说：“不错啊，你第一次能玩成这样，已经很厉害了！”

容慎川薄唇微抿，打开车门，说：“其实之前有尝试过几次。

“只是舍不得带着你冒这份风险。”

听此，方疏净拖长的尾音有点变调：“是吗——”

那怪不得。

想起之前自己跟他说的那些诸如她教他她带他飞的话，她突然觉得有点羞耻。

见容慎川没有要回车上的意思，她索性也下车，踱步到他身边，问：“在国外学会的？”

“嗯。”

“噢——”方疏净点点头，长腿一屈，坐到地上。

从山顶往下俯视，视野开阔得不可思议。

整座城市的星点灯火连成纵横的漂亮图像，与天际闪烁的星光交相辉映。

方疏净偏爱这类景致，这也是她喜欢上这里的理由之一。

坐在这里，会给她一种逃离现实、逃离一切烦恼的感觉。

身边传来微小的窸窣声，容慎川也随着她坐下。

“哎，”方疏净往容慎川那边坐过去一点，抱住自己的两条腿，“你要不要给我讲讲，你在国外那些年都做了什么？”

“嗯？”容慎川看清她一双满是八卦的大眼，失笑地摇头，“没什么，那几年基本都是跟着老爷子学习公司事务，很枯燥。”

“是吗？”方疏净明显不信，“那您老时间管理学得不错啊，娱乐也没落下。”

容慎川眉眼从容地解释：“平时为了解压，会参加一些社交活动。”

方疏净点点头，换了个舒服的姿势，吊儿郎当地坐着，带点意味深长地感叹：“你要是中学的时候能这样，别跟个闷葫芦一样八百年不社交，也不愁追不到阮苏了。”

容慎川微微皱眉，似乎解释得累了，说：“我说过很多次，我没有喜欢过阮苏。”

“哦……”方疏净明显不信。

中学时偷偷摸摸给人买礼物不敢承认，假装正经地抢走别人给她的情书，帮人做作业做笔记，这些哪一项不像是一个卑微落寞的暗恋者所为。

别人不知道，作为几年老同桌，方疏净可是完完整整地见证了容慎川的隐忍挣扎。

若不是念念不忘，谁在醉酒的时候还会下意识唤出这个名字？

但为了维护男人这点自尊，方疏净决定不拆台，颇为捧场地点头。

风起，一个姿势静坐久了，寒意自后背泛上。方疏净抱紧手臂，整个人小幅度缩了下。

注意到方疏净的小动作，容慎川把她往自己的方向带了带，用身体帮她挡了一部分的风。

“回去了吗？”

感觉到热意，方疏净不自觉依赖地靠过去一点。

此时，她心情开阔许多，颔首道：“回去吧。”

下山时，方疏净手撑着下巴，靠在车窗边出神。

容慎川刻意放慢了速度，使得这段路显得格外漫长。

方疏净盯久了外边，恍然有种怀念的情绪涌起。

记得高三那年，容慎川刚成年就去考了驾照，能上路的当天，她就拉着他让他当司机。

那时候容慎川开车也像这样，慢慢悠悠，仿佛度假。

一时感慨上头，她长舒一口气，斟酌着提起心里积压许久的话题——

“容慎川，你觉不觉得，要是我们没有凑合着结婚，关系会比现在好上很多。”

当初作为青梅竹马，从小打打闹闹长大，至少在方疏净看起来，他们的关系还算亲密无间。

后来容慎川回国，与她结婚后，他们的关系反倒像是凭空生了一道隔膜，无声无息地拉开了距离。

也不知道是怎么渐行渐远的。

想必容慎川也和她一样，不适应这种男女关系间的转变吧。

胡思乱想了会儿，方疏净也没听见容慎川回答。

她心头忽觉无趣，泄气地摆手，说：“你不用说了，我大概也明白。”

从结婚那一刻起，他们的关系就成了两家利益相连的牺牲品，方家依附于容家，地位本就不对等的情况下，她也要求不了那么多。

许是刚才的刺激感给了方疏净满足，在回到俱乐部的时候，她已然有点昏昏欲睡。

容慎川让她先回车上，他去还车。

方疏净迷迷糊糊地没想那么多，直接把车钥匙和头盔一并交给他，打着哈欠回到了车上。

目送方疏净出门后，容慎川过去还车。

陈子帆接过车钥匙的时候，比起之前已经清醒了一些。

他奇怪地端详了一阵容慎川，费劲地在脑海里搜寻了一遍，终于想起了什么似的，指着他问：“你是……S.Rong？”

容慎川敛着眸，把头盔放在一旁，不承认也没否认。

想起刚才走出去的方疏净，陈子帆眼中清明一瞬，看了看手里的车钥匙，又看了看他，说：“稀客啊，你和她……”

“我陪她来玩一玩。”容慎川缓声道。

“哦。”陈子帆毕竟和容慎川不熟，没什么特别的反应。

简短的对话本该在这时结束，陈子帆在此刻一念忽起，警惕道：“你们是什么时候认识的？还熟到能送她回去？”

迎着陈子帆满眼的“你不对劲”，容慎川眼底有浅淡笑意浮起。

“我是她丈夫，自然要和她一起回家。”

陈子帆：“！”

“什么时候的事？”他酒倏地醒了大半，连忙追问。

“三年前。”容慎川轻简答道，“前几年我不常回国，夫人承蒙你们照顾——”

说到这儿，他轻瞥一眼纪录排名的大屏幕，轻勾的嘴角意味不明。

兜里手机轻快地响了两声提示音，容慎川拿出手机，在看见屏幕上的消息时，笑意扩大几分。

【Jinz：你怎么还在磨蹭，我在车里先睡了啊——】

回了一句“马上”，容慎川放下手机，泰然自若越过陈子帆，往门口走去。

“至于最近你们资金紧缺的事，不必担心，我负责解决。”

直到看不见容慎川的身影，陈子帆才如梦初醒。

“他怎么知道我们最近缺资金……”自言自语了一会儿，他也想不出个所以然来。

不过既然不是坏事，他也没必要去深入思考。

抛弃掉这个耗费脑细胞的问题，陈子帆回头细品了下容慎川的眼神，又觉得好像有哪儿不对。

他为什么还感觉到了，容慎川对他的敌意？

他哪里惹到容慎川了？

本以为是错觉，直到又往大屏幕看了一眼，陈子帆才宛如醍醐灌顶明白过来——

他这个横在两人名字中间的电灯泡，好像确实有那么一点碍眼。

再往下纪录榜似乎有所刷新，榜单偏后的方位多了一个名字。

陈子帆好奇地望过去——

S.Rong。

大字一横，刚好在方疏净某次成绩的后面一位，与方疏净牢牢挨在一起。

陈子帆：“……”

另一边。

容慎川回到车上时，方疏净坐在副驾驶，规规矩矩地系好安全带，早已睡熟，看来真的已经困倦到了一定程度。

容慎川在打开车门时顿了一秒，旋即放轻手脚，关好车门。

他不急着开车，而是借着车上的亮光，定定地观察一旁女人的睡颜。

沉睡时，方疏净周身的攻击性减弱许多，一张小脸精致中透着丝丝缕缕的恬静。

她右眼下面有一颗很淡的浅棕色小痣，闭上双眼后就藏在了浓密的睫毛之间，若隐若现，却又为她平添几分妩媚。

容慎川视线静静地停留在那处许久，突然小心地伸出手，指尖克制而又珍重地轻抚过她的眼睫。

“苏苏。”

又过了良久，他启唇，低声唤道。

第三章

方长——，

方疏净似有感应，双手稍微动了下，无意识地攥住安全带。

容慎川收回手，稍等片刻，见她再无反应，眉眼舒展半分，蕴了些许无奈。

他低声喃喃道：“到底是什么让你一直认为，我们之间的婚姻只是纯粹的利益捆绑关系？”

又是什么让她一直以为，他喜欢的是阮苏。

明明自始至终，他喜欢的只有她。

他从未后悔过这段婚姻，甚至庆幸于有这段关系的存在，方疏净能一直留在他的身边。

即使，她不爱他。

可这个念头过分自私，他不敢宣之于口。

想起结婚第一天，方疏净淡着眉眼与他制定“婚后协议”的疏离模样，容慎川轻轻一哂，踩下油门。

来日方长。

回到昭阳路的宅子，容慎川下车后绕到副驾，本想叫醒方疏净，见她仍一副睡得很熟的模样，犹豫片刻便作罢。

他解开安全带，手臂穿过方疏净半屈的腿弯，毫不费力地把方疏净打横抱起。

方疏净缺安全感，睡熟时也不安稳，总有手里攥东西的习惯，离了安全带，她眉头微拧，摸索着去找别的东西。

第一个碰到的就是容慎川的衣领，她为了抓稳，在容慎川怀里调整了下姿势，凑得更近。

亲昵且依赖。

容慎川抱她的力道放得更轻了些。

回房间的路上，有用人想帮他，都被委婉拒绝。

把方疏净放在床上，容慎川俯身在她额头落下一个亲吻后，转身欲离开片刻。

刚抬步，他忽觉一点类似于拉扯的力度自他袖口传来。

回头，发现方疏净的手指牢牢钩住他的袖口，不让他走。

不知为何，容慎川似乎从她的动作里捕捉到了一丝恐惧。

好像，梦到了什么可怕的事。

感觉到对方动作的停顿，方疏净一点点收回力道，轻咬泛着点点苍白的唇，虚着声音模糊不清地开口："不要走……"

容慎川略微怔忪后，反手握住她的手指，单膝跪地与她同样高度。

"嗯，我不走。"

许是这个动作起到了安抚作用，方疏净原本紧皱的眉心有所舒展，紧紧蜷住的身体也放松许多。

容慎川耐心等她平静下来，又听她小声呢喃着什么。

他靠近一点。

破碎的话音断断续续入耳。

"不是……我不是扫把星……"

薄唇倏地抿成一线，容慎川眼神微凝，旋即语调低缓地轻哄："你不是。"

"我不是……"方疏净的声音带了哭腔，猫儿般呜咽着重复，"我有家的，我要回家……"

容慎川捏住方疏净的力道紧了紧。

他闭上眼，平稳的声音坚定且温柔。

“嗯……你有家。”

次日清晨。

方疏净睁眼时，有点分不清是白天还是黑夜。

窗帘关得太严实，而她几乎忘记了昨天自己是什么时候睡着的，只记得，自己又做了那个痛苦而冗长的噩梦。

处处充斥着破碎的玻璃与血液，从高处坠落的风声与令人战栗的冰凉水声混杂在一块儿，回想起来，熟悉到令人麻木。

唯一不同的是，她这次没有半夜惊醒。

也算是有所进步。

方疏净揉着肩膀坐起，早已习惯起床时不见容慎川，视线越过空荡的另一边床，瞥向床头的电子时钟。

早上八点。

还挺早。

她简单洗漱好出房间，在走下楼时，刚好赶上容慎川带着方远亦准备出门。

容慎川举着手机，大概是在商谈什么正事。

一旁的方远亦蹲在玄关处，正抱着包子不知道嘀咕什么。

拉布拉多摇晃了几下尾巴，一副十分愉悦享受的模样。

听见楼道的动静，一人一狗同时把脑袋转向方疏净。

方远亦乖巧地打招呼：“姐姐早上好，我要去上学了！”

包子也配合地跟着叫两声。

“早。”方疏净走到餐桌边，远远叮嘱，“注意安全啊。”

方远亦点点头，又不舍地使劲抱住包子磨蹭了一会儿，才站起来，说：“以后包子就留在姐姐这里了，我会常来看它的，姐姐一定要好好照顾它。”

方疏净弯了弯双眸，欣然应允道：“好。”

立在一旁等候许久的容慎川这时挂断电话，抬起手腕看了眼时间，低声提醒方远亦：“该走了。”

方远亦小大人似的叹口气，拖着声音：“好——”

方疏净没过去，咬着勺子，有一搭没一搭地盯着那边的动静发呆。

看久了，总觉得有哪里不对。

直到容慎川反手关上门的那一刻，她才猛然惊觉——

这人领带好像没有打好。

“天哪……”

意识到这一点，方疏净立即搁下勺子，趿拉着拖鞋飞速朝门口奔去。

在门前停住脚步，方疏净刚准备开门，又听到了“咔”的一声。

容慎川开门，门板差点打在她身上。

方疏净一口气还没喘上来，就被结结实实再次吓了一跳，差点没背过气去。

迎上容慎川的视线，她语气不太好：“刚出去又回来，怎么，您老终于发现自己领带还没系好了？”

她嘴上这么嘲讽，强迫症还是让她十分诚实地踮脚，帮容慎川系领带。

“哎，平时我不在的时候谁帮你系的啊？”想起这一茬，方疏净忍不住揶揄，“美女秘书？”

“我没有女秘书，”容慎川随意地勾起一缕她的长发，“今天休假，不去公司。”

“谁知道你……哎？”方疏净动作一停，疑惑地仰头看他，“休假？”

容慎川这个工作狂居然还有休假的时候？

“嗯。”容慎川眼皮微掀，淡声问，“你今天还有什么事吗？”

方疏净莫名其妙道：“没什么事，怎么？”

“老爷子让我们今天回去一趟。”他简短地解释，“好久不见，他想看看你。”

“不是吧？”方疏净不可置信地后退一步，“那么突然？”

容慎川颔首。

深知这件事没法儿拒绝，方疏净紧张地舔舔唇，双手拢起自己还没来得及梳整齐的长发，作势要往回跑，说：“那我先收拾一下啊——”

虽说结婚之后，老爷子也算作和她有所关系的家人，但实际上，她还并没有见过几次。

印象最深的一次还是结婚那会儿，老人一身正装，威严地坐在上首，见证他们婚礼的时候。

上位者的气质实在太过强烈，那会儿她甚至都没敢抬头直视他，只记得塞进手里的那个红包，沉甸甸的，打开来是一整块黄金。

其他大部分时候，老爷子都在国外疗养身子，近年来很少露面。

就连这些天悄悄回国，都没有惊动任何人。

中华民族优良传统美德根深蒂固，方疏净对于长辈一类的人总带着点惧怕，眼下事情突然，她第一反应就是先得给人留个好印象，以至于脚还没迈出去两步，脑海里已经开始自动翻阅起“二十四孝家庭主妇的标准穿搭”。

噔噔噔往楼上跑了几步，方疏净又像是想起了什么细节，转身问容慎川：“要不要带点礼物过去？”

随着动作，长裙轻薄的布料如水般荡出层层涟漪，纤细的小腿若隐若现。

容慎川不着痕迹地收回视线。

“礼物已经托人准备好了。”他说，“只是一顿饭，不需要很隆重。”顿了顿，他又补充，“今天气温下降得厉害，不要穿太薄。”

“行行行，知道了。”

方疏净在心里小小吐槽了一句敷衍，上楼回房。

两小时后，车里。

方疏净抚平裙摆最后一个褶皱，转头用求助的目光看向容慎川，问：“你说我这么打扮，老爷子会不会觉得不太得体？”

她今天一身都是偏淡的色调，米色风衣把一身长裙罩得严严实实，长发高高盘起，就连口红也特意挑了素淡的颜色，比之平常多了三分端庄素净。

容慎川放下手里的文件，上下扫了一遍她的穿搭以示尊重，重新拿起文件时，随意答道：“很适合你。”

“能不能稍微认真一点评价？”

“这是你第五次问我这个问题，”容慎川眼都不抬，“要说的在之前几次已经说完了。”

方疏净：“……”

她这不是无聊到不自觉紧张了嘛。

昭阳路的宅子离容家老宅有些距离，开过去得花点时间。

眼见路程还长，方疏净索性打开手机，玩起了《消消乐》。

她天生脑子聪明，学什么都又快又好，可俗话说上天为一个人开了道门就会关扇窗，二十多年来，饶是她再怎么努力，也玩不好任何一个游戏。

简单来说，就是个彻头彻尾连新手教程都过不了的游戏白痴。

手机里下了整整一页的游戏，到最后也只有《消消乐》勉强能玩。

为了不在容慎川面前丢面子，虽然知道容慎川大概率不会关注她在做什么，但方疏净还是很小心地别过手机屏幕，从第一关开始，然后不出所料地卡在了第八关。

方疏净偷偷瞅容慎川一眼，确认他的注意力没放在她身上，她给屏幕截了个图，发给周怀雅。

【Jinz：求救！！！】

周怀雅不负期待地在十秒以内回复。

【你周周：第一列左边第三行看到了吗？和底下那个，换。】

方疏净照着周怀雅的做，又闷头鼓捣了几下，终于过了这关。

长呼出一口气，她挺直的后背往后放松地靠了靠，重新点开和周怀雅的聊天框。

短短一分钟内，周怀雅已经发了好几条嘲笑她的话。

【你周周：不是吧，这都三个月了你还卡第八关呢？】

【你周周：要是让外人知道传说中的 Jinz 居然连消消乐都不会玩，我觉得第二天这事就能上热搜哈哈哈！】

【你周周：你干脆刷一下短视频吧，干啥不好非得和自己过不去，笑死了。】

方疏净回她的话才打一半，对面仿佛吐槽不爽，又发了一长句。

【你周周：算了你还是别点开软件了，要不然得硌硬死，今天开屏就是安妮那张整容脸……不过你也别生气，听说她后头的公司打算雪藏她，这个开屏是她那什么有钱对象给她的分手费，最后让她风光一会儿，以后就清净了。说实话那对象还挺大方，要我交个小白脸男朋友出这种事，我恨不得当场甩人一分不给了好吧。】

方疏净其实对安妮没什么感觉，前头气也只是气容慎川的做法，她向来不会在与自己不相干的人身上留意太久。

至于周怀雅提到的容慎川的朋友，她也不好意思背着人讨论，于是只好随手回了个表情包。

【Jinz：知道了。】

退出对话框，方疏净翻回《消消乐》界面，手痒点开了第九关。

不出所料，再一次被卡住。

没脸再找周怀雅求助，方疏净努力地在一群彩色方块儿里搜寻线索。

时间无情流逝，而她一筹莫展。

最终，她还是选择放弃，决定冒着被嘲讽的风险再问一次周怀雅。

正当她截好图，准备切换到对话框时，耳边传来一道不紧不慢的声音——

“第四列第五个。”

方疏净握着手机的手一顿。

脸朝向容慎川，她缓缓挤出一个尴尬而不失礼貌的笑：“你怎么突然注意起我这边了？”

“事情处理完了，随便看看。”容慎川抬手，帮她把那一块消掉，“这个不费时间，需要我帮忙吗？”

方疏净：“……”

这人还是和以前一样。

高中的时候也是这副模样，明明是帮着别人，但语气里怎么听怎么给她一种智商碾压的感觉。

“不用了。”她咬着牙，收回手机。

原本想的解不出来就退出，这下被容慎川勾起战意，突然不愿意就这么停下来。

容慎川也不拦着她，见她对着手机一脸认真的模样，微不可察地勾起嘴角。

于是几分钟后——

“接下来怎么办？”

“第七行。”

……

“然后呢？”

“右上角。”

……

下车时，司机帮方疏净开门，还不忘笑着说了句：“先生和太太关系真好。”

关系好？

刚从《消消乐》里抽离出来的方疏净认真思考了一下自己和容慎川关系好的可能性。

没有相看两厌就已经是最好的结果了，要是丧偶式婚姻也能被说成关系好的话，当她没说。

这些话自然只能作为心里的吐槽，方疏净虽然心里弹幕活跃得飞起，但面上还是不显，甚至颇为有礼貌地给司机露了个笑。

管家早已在门口等候多时，方疏净在余光瞥见那儿有人望向她的时候，第一时间笑着挽住了容慎川的胳膊。

笑得甜，笑得嗲，笑得像个没有老公就活不下去的单纯少妇。

人前恩爱的模样做了个十成十。

走近了管家，方疏净甜笑的表情不动如山，暗中拽了一下容慎川，示意他给管家打个招呼。

容慎川冲管家颔首，而负责夫唱妇随的方疏净也紧跟着点头。

不知道为什么，方疏净总觉得管家的笑容里面洋溢着浓浓的喜庆意味。

“先生，太太，老太爷刚起，还得麻烦你们在客厅等一等了。”管家一边帮他们开门，一边乐呵呵道，“先生这次回来得正是时候，老太爷在国外就念叨很久想要见您。”

容慎川“嗯”了一声，进门前微微侧身，提醒道：“聂叔，不需要这么谨慎。”

管家恍然大悟似的点头：“哦——对！看我，记性多不好！我这老毛病又犯了！”

在方疏净一头雾水的神情下，管家拍拍自己的后颈，冲她笑得慈祥，说：“夫人也不必太过拘谨，我们这里也算是您家，回了家我们就不搞那一套了。”

虽然管家说这话的情绪热情洋溢，但方疏净还是不敢放肆。

毕竟是在容家，总不能落了面子。

前两年的家族纷争她即便没有亲眼见证，也有所耳闻，容氏本家人员凋敝，容慎川的父母去世得早，容慎川本人又尚且年轻，执掌大权的容老爷子身体日渐衰落，外头隶属容家的多方势力于是蠢蠢欲动，老爷子稍有放权的姿态，便齐头扑上。

能在这样的情况下镇守住容氏产业，一直守到容慎川有能力接管，在方疏净的眼里，容老爷子定是容不得含糊的人。

端着一副得体的样子落座后，管家亲自给夫妻两人端了茶过来，细心地问：“太太，您觉得这茶合口吗？”

方疏净虽对茶没有研究，但天生的味觉灵敏还是能让她品出些意思。

她轻抿一口放下杯子，笑道：“不错，您有心了。”

“那就好，这是我前些日子在后头茶园采了亲自炒的。”管家也颇为舒心地笑，“老太爷不喝酒，所以老宅里没准备什么好酒，只能备茶来招待你们。”

酒?

怎么扯到酒上面了?

方疏净眼皮一跳，突然觉得事情没有那么简单。

果然，紧接着，她就听管家继续开口——

“太太的直播，我也有看，我孙女还是您的粉丝，总在我面前提起您呢！”

空气有一瞬间的凝滞。

方疏净的笑容倏地变得勉强，支吾：“啊? 是我那个……”

“是啊，就是您调酒的时候，”管家毫不留情地击碎方疏净最后一点幻想，同时还不忘再补一刀，“前两天我孙女过来，在花园看您直播的时候，老太爷也在一旁看了呢！”

方疏净：“？”

所以她刚才努力想要营造出天真单纯为家庭为老公全心奉献的贵妇形象，实际上营造了个空气?

完蛋……

第四章

温柔

管家好像完全没有察觉到不对，眼睛眯得快成了一条线，说：“太太，您教训得对，夫妻之间最重要的就是感情的培养，先生前些日子只顾工作，把您给疏忽了，是他的不对，该骂！”

这话调侃意味满满，容慎川闻言非但没生气，还无奈地跟着笑了两声，温和从容道：“聂叔，是我的错，前段时间事情实在太忙了，可您也别老在我妻子面前落我面子吧？”

管家“哎”了下，摆摆手，说：“也是，你们小夫妻之间的事，我就不掺和了，先去看看老太爷。”

说完，他便起身，往里屋走。

方疏净两根手指紧紧绞在一块儿，更加忐忑。

容家的气氛似乎与她所想象的不太一样，就连管家都多了几分人情味。

曾经无论是在方家还是昭阳路的宅子，她所接触的所有人仿佛都戴着一副极为公式化的面具，就连笑容的角度都分毫不差。

她想找人说说话，最终得到的也不过是官方而又敷衍的关心。

所以就算每日有人来来往往精细伺候，她仍会感到冷清。

许是这类氛围经历久了，乍一感受到不一样的氛围，她的第一反应竟然是想要将自己藏好。

这时，容慎川捏住她两根手指交叉的位置，轻轻把她已经搓红的手指分开。

“别紧张，”他道，“老宅里的人都很好相处，老爷子也一样。”

方疏净没说话，微不可察地颔首，心头的顾虑仍未减轻。

管家对她这般在外形象没有意见是一码事，老爷子能不能接受又是另一码事。

毕竟容家再怎么曾经也是威风赫赫钟鸣鼎食之家，难说没有多的豪门规矩。

更何况她还当着那么多人的面说老爷子唯一的孙子的坏话。

说不定，老爷子这次叫她来，就是为了立规矩。

这个猜测一浮出水面，方疏净心头更紧了几分。

老爷子直到午饭时才从房中出来。

方疏净与容慎川早已落座。

老爷子坐在轮椅上，头发花白却也算精神矍铄，神色三分严肃，与方疏净那日在婚礼上对他留下的印象无差。

一顿饭吃得很安静。

越安静，方疏净心头就越慌乱。

老爷子没说话，她也就低着头，专心扒拉自己碗里的饭和面前的两盘素菜。

为了显示自己和容慎川之间的感情没有什么问题，她还特意夹了一筷子菜，放到容慎川碗里。

就在这时，老爷子抬了抬眼皮，出声道：“子虚。”

方疏净知道，“子虚”是老爷子给容慎川取的字。

她垂眸，静静地吃饭。

容慎川应了一声，便听老爷子继续道：“给丫头夹点肉，只吃青菜对身体不好。”

方疏净猝不及防间被点到，愣了一秒，才意识到这是老爷子对她的称呼。

眼前的碗里出现了一片肉，容慎川一边夹给她，一边道："这些都是你喜欢吃的。"

方疏净一时没反应过来，讷讷道了声谢。

"丫头不必那么拘谨。"老爷子再次悠悠开口，"之前聂管家应该已经给你说过，来这里就当回自己家。

"关于你们夫妻之间的矛盾，我不去过问，但若是子虚的疏忽让你感到难过，可以来这里陪我这个老爷子说说话。你的房间早在婚礼那天就一直准备在宅子里，是属于你的私人领域。你不愿意见到子虚，我便不会同意他来找你。"

耳边的声音逐渐模糊，方疏净眼中有一瞬的失神。

——如果是她的家人，会说什么？

脑海里自然浮现记忆里的尖刻嗓音。

"你想回家？你当自己还是方家人吗？嫁出去的女儿泼出去的水！"

"有什么苦什么委屈不能忍忍？万一惹恼了容家，这个后果你承受得起？我们生你养你这么多年，别因为这个再成为方家的罪人！"

会是这样吧，把一切与方家利益相关的事都看得比她重要。

"丫头。"

这时，老爷子的声音再次把她的思绪拽回来。

她眨眨眼掩盖自己的情绪，应了一声。

"你是不是很喜欢喝酒？"

方疏净沉默了一下。

果然最终还是提起了这个话题。

思绪百转千回许久，她才斟酌着开口："毕竟我的职业是调酒师……要是您不喜欢，我可以——"

"可以什么？"老爷子截断她的话，突然带了点笑意，"丫头，我不是这么古板的人，更何况你调酒我也爱看，我知道你在怕什么，不过你放心，我不会阻止你。"

得到明确的答复，方疏净心里的石头总算落地。

她见老爷子放下筷子，转头与管家说了些什么。

过了会儿，管家拿了一沓厚厚的文件过来。

老爷子点点头，管家把文件递给方疏净，示意她接过。

方疏净带着疑惑地拿过来，发现这是一份合同。

"人老了不爱喝酒，对于这方面不太了解，就直接买下一座酒厂当作礼物，丫头，以后这就是属于你自己的产业，你要怎么处理，子虚没有资格干涉。”

方疏净还处在状况外，愣愣地把合同翻过去几页，仔细浏览着。

是艾拉岛的一座威士忌厂，虽历史不太久远，但也算在国际上小有名气。

刹那间，方疏净觉得自己手里的合同烫得惊人。

她指尖紧了紧，喉咙发干：“这太贵重了……”

老爷子摇摇头。

“丫头，我只是想告诉你，无论你做出什么决定，你的背后都是容家，你不需要担心别的，只用去追逐你喜欢的就可以。

“这是补偿上次的见面礼，婚礼那次我没来得及准备，所以有些草率，这次了解到了你的爱好，应该不会出错了吧？”

方疏净凝视着老爷子一双清明的眼，张了张嘴，半天蹦不出一个字来。

在冷眼中活过二十多年，她习惯了保持悲观，习惯了得不到的一切，也习惯了挣扎着摸爬滚打，独自面对漆黑一团的前路。

这是第一次有人这样坚定地告诉她，他们是她的家人，她有后盾，有依仗，不会向后一步就是万劫不复。

他们说，这是她的家。

方疏净深吸一口气，眼眶莫名地泛热。

她垂下手，对这份突如其来的善意，一时慌乱到不知所措。

她甚至不知道该怎么报答。

桌子底下，容慎川悄悄握住了她垂下来的手。

“收下吧。”他俯身，低声在她耳边道。

体温的互相过渡大概真的有安抚神经的作用，方疏净晃了晃手臂，奇迹般地慢慢安定下来。

她抿抿唇，应下：“嗯……”

“要是实在想要感谢我，那就快些有个孩子，”老爷子颇为满意地看着两人的小互动，不忘开个玩笑，“结婚这么久了，也该有了。”

方疏净听到“孩子”二字，下意识地低头，迅速把合同压在了膝盖上。

盯着自己藏在桌下的一双手，半晌，她的眼神逐渐变得有些缥缈。

仿佛在思考什么。

吃完饭，方疏净本想坐上一会儿再走，耐不过老爷子觉得疲惫，早早回房歇息。

于是，二人只好告辞离去。

管家把人送出去后，快步进到了老爷子的房间。

老人并没有像刚才所说的那样卧床休息，而是立在床边，颇有几分精神气地目送汽车远去。

他欣慰地眯了眯眼，看向管家，说：“子虚这小子果然不让人省心，你说是不是？”

管家也往窗外看了眼，附和道：“是啊，可这不也意味着，先生是真的对太太上心了吗？”

昨天半夜他突然接到容慎川的电话，让他准备一下，今天要带人回老宅，还特意叮嘱了许多细节方面的事情，弄得他差点没来得及记好。

今天一看，才知道原来是为了哄人。

管家自年轻起就在容家做事，也算是见证了容慎川的成长。

记忆里，这位小少爷出了名的淡漠疏离，拒人于千里之外。

除了中学时的某次，他还从没见过容慎川对别人如此用心。

老爷子手扶着窗框，轻哼了两段曲儿：“我看不只是上心，子虚他这次是完完全全地栽了啊。”

另一边。

方疏净回到家，就一声不吭钻进了书房。

容慎川虽觉奇怪，但也没阻止，猜想她是在研究合同相关，于是径自上楼，用房间里的办公桌处理事务。

大约一个小时后，房间的门被小声推开。

容慎川停下手上的事务，抬眼看过去。

方疏净扶着门框，做贼似的与他的视线错开。

一闪身，她跑进了衣帽间。

容慎川视线停留了一会儿，便又把注意力放回公事上。

几分钟后。

“容慎川。”

他听见方疏净唤他。

“嗯？”

容慎川再次抬头。

入目的场景让他眼底一深。

方疏净站在衣帽间门口，换了身平日不常穿的真丝吊带睡裙，略带忸怩地捏着裙摆。

裙摆很短，堪堪遮住大腿上半部分，又随着动作往上稍微提了一点。

细细的肩带勒住瘦削的肩头，锁骨很深，越发显得她脖颈线条精致漂亮。

是与以往截然不同的形象。

似是为了鼓起勇气，她深呼吸两次，迎着容慎川探究的目光，上前去拉拢窗帘。

她一边拉，一边状似无意地小声解释："老爷子不是一直想……让我们要个孩子吗？"

"所以？"

确认窗帘把外面的光线遮挡完全，方疏净轻咬唇瓣，说："所以，我想让老爷子安心。"

"只因为这个？"

"嗯。"

"方疏净……"容慎川皱着眉向后微仰，双手固定住她的腰，阻止她再向前一步，"你先弄清楚，你在干什么。"

"我知道我在干什么，"方疏净仍闭着眼，"我们要个孩子吧，容慎川。"

容慎川抿着唇，敛起情绪，说："老爷子只是开玩笑，你没必要——"

"你之前不也想过吗？我这是第一次，你温柔一点。"

方疏净迅速打断他的话，感觉到腰上的力道加重，她气息变得越发不稳。

她抬起手臂，搭在容慎川的肩上，如壮士赴死一般，作势便要吻上去。

容慎川偏头，有意避开。

方疏净的吻落了个空。

她不死心，睁开眼，凑上去想再次尝试。

容慎川这时站了起来。

骤然失去平衡，方疏净惊呼一声，攀住容慎川的手指收拢，用力到指节泛白。

容慎川没说话，掐着女人纤细的腰肢，上前一步把她抵在办公桌前。

后腰触及一片冰凉，方疏净小小地哆嗦了一下，整个人显得更加摇摇欲坠。

容慎川居高临下地看着她，忽地松了一只手，撑在她身侧的桌面上，与她距离再次拉近。

呼吸交织，方疏净心跳漏跳一拍。

裙摆被撩起，男人的手掌游刃有余地游移，下颌轻抬，黑沉的瞳孔蕴着散漫的意味。

颇有种山雨欲来的前兆。

方疏净瞳孔一缩。

脚尖挣扎着绷了绷，她无力地抬起下巴，腿软得近乎站不稳，说："可不可以，不要在这里？"

容慎川挑眉，说："可我喜欢在这里。"

喜欢，在这里？

方疏净愣了下。

什么意思？

他以前有过很多次做这档子事的经验吗？

所以她思虑了很久才做出的这个决定，其实在容慎川眼里，跟他平日稀松平常的消遣无异？

办公桌的边缘仍冷冰冰地硌着后腰，方疏净捏住容慎川肩膀的手缓缓松开，情绪也一点一点沉下去。

她早该知道，这个男人不缺女人。

对婚姻忠诚，对白月光念念不忘，也不意味着他以前没有解决生理需求的方式。

更何况，他看起来在这方面玩得很开。

"还继续吗？"容慎川仿佛没有注意到她情绪的变化，俯身去咬她的耳郭。

方疏净心头一股无名火升起，越想越生气，不由得胡乱推开他，低头怒道："你把我当什么了容慎川，喜欢这么玩就去找你那些小情人玩去啊！最好孩子也一起生了，横竖是你容家的继承人，也能让老爷子安心——"

双手蓦地被一只手钳制住，方疏净的话音顿住。

手腕上的力道不算大，弄不疼她，可任凭她如何挣扎，仍岿然不动。

她皱眉，不满道："容慎川，你不会是憋久了，想在这儿霸王硬上弓了吧？"

容慎川没有回答她的话，松开手，一寸一寸地帮她把刚才弄乱的裙摆抚平。

方疏净怔忪半晌，没明白容慎川到底想做什么。

待到裙摆整理好后，容慎川脱下外套给她披上，才慢条斯理地开了口："既然你不愿意我做违背你意愿的事，那你也不要让我，违背我的意愿。"

"……"

"方疏净，"他垂眸看着她，"我不希望你为了迎合别人，而去做一些让自己勉强的事。

"在我这里，你不需要勉强自己。"

方疏净双手向后，撑住桌沿，说："可是，我没有别的可以做的了。"

她实在不知道还能用什么办法去感谢老爷子对她的纵容。

老爷子对她实在太好了，好到让她觉得不真实。

像她这样离经叛道的糟糕的人，像她这样根本不配做一个合格的豪门太太的人，却被如此偏袒。

也许是从小到大养成的习惯使然，她无法心安理得地去收下这份好，甚至觉得心里有愧，必须要为之做些什么，才能稍微安心一点。

而唯一能做的，只有这件事。

念此，她头偏了些，避开容慎川的视线。

——可她现在，就连这件事也做不好。

容慎川察觉到她的躲闪，轻叹一声。

"方疏净，老爷子那样对你，是因为他真的很喜欢你。"他伸出双手，动作轻柔地捧起方疏净的脸，"他没有想过要你回报，你也不必妄自菲薄。"

方疏净双颊被温热覆盖，暖乎乎的。

她嘴唇翕动两下，不太清晰地开口："可我实在想不出我有哪一点招老爷子喜欢……"

她是真的不明白。

容慎川眼底浮出几分渐深的笑意，略一弯腰。

薄唇与她的唇瓣距离咫尺，气息暧昧而又缱绻。

仿佛下一秒，就能唇齿相贴。

方疏净微惊，本能地阖上眼。

微凉的触感擦过她的颊侧，气息轻洒在她的耳郭周围。

“你看，你这就走进了死胡同。”他说，“不要用别人的要求束缚自己，你很优秀，值得被人喜欢。”

值得被人喜欢吗？

方疏净手指缩在一起，片刻又放开，忽觉无所适从。

这是她第一次听见别人如此坚定地告诉她，她值得被喜欢。

她刚想慢慢地睁眼，又听容慎川闷笑一声，低沉的嗓音带点上扬：“仅此一次，下不为例。

“如果再有下次，我不保证会不会做些别的我喜欢的事。”顿了下，他声音微哑，“不仅限于办公桌。”

方疏净闻言，触电般把披在身上的属于容慎川的外套丢过去，趁对方不注意，迅速溜进了衣帽间。

“我先去换身衣服。”

直至重新换好自己常穿的那身棉布长裙，方疏净剧烈的心跳才总算恢复了正常。

不想立刻出去，她索性坐在了衣帽间角落的椅子上，一边向后倒，一边顺手往之前换衣服时落在一旁的手机那边伸手。

还没拿到手机，甫一坐下，卧室里发生的情境顷刻之间涌进脑海。

方疏净手上动作一停，旋即耳朵通红地把脸埋进了膝盖里。

就知道这个男人说不出什么好话。

和高中的时候一样，与她讲起大道理的时候，跟人生导师一样，一套一套的。

她居然还以为，他要主动吻她。

颊侧掠过的温度似有残留，触碰过的痕迹透过肌肤，在心底泛起一阵酥麻。

方疏净手指揪起一小块衣袖，很快就把柔软的布料揉得皱巴一片。

——她值得被喜欢吗？

那他是不是，其实也稍微有一点点，喜欢她呢？

被放在一旁忽略许久的手机响起提示音，适时打断她翻涌的思绪。

方疏净终于磨磨蹭蹭地抬起头，拿过手机看消息。

【你周周：阮苏没你联系方式，问你要不要和同学一起吃顿饭，她请客。】

隔着屏幕都能感觉到周怀雅打这行字时浓浓的冷漠。

【你周周：哦，她还让我问问容慎川，说了一大堆什么怀念过去的

时光之类酸里酸气的话。】

【你周周：我直接跟她说的我没他联系方式，但她肯定会去找别人要，你也明白她意思了吧，看着办啊。】

方疏净一个字一个字看过去，手指悬在屏幕上方几秒后，简短地回复过去。

【Jinz：行。】

聊天框上方显示“对方正在输入中”大约十几秒。

方疏净跷着腿等了会儿，椅子太舒适导致她坐姿越发显得懒洋洋的。

她猜周怀雅又要给她吐槽什么。

她还挺喜欢听周怀雅的吐槽，跟说相声似的，一大段一大段发过来连气都不带喘。

结果对方的相声没听到，只看到了连着发来的三个“！！！”。

方疏净疑惑，打了个问号回过去。

【你周周：不是，咱们话题先停一停，刚才突发情况。】

【你周周：我热得快炸了！】

方疏净眨了下眼。

【Jinz：什么季节了你还觉得热？不行就开空调。】

那边良久没回，又过了好几分钟，发了张照片过来。

【你周周：[图片]】

【你周周：我不是那个意思，我是说，我热得快，炸了。】

“热得快”这个词语乍一出现在方疏净脑海里，她一时还没能反应过来。

脑海里好不容易搜索出这个东西是什么，她已经点开了图片。

周怀雅给她发的是家里的状况。

地板角落处，已经报废的加热器孤零零躺着，室内处处都散落着锋利的碎玻璃，一眼看过去满目狼藉。

水渍在中间汇集成一小片，似乎还混杂着不少血迹。

——血迹？！

方疏净浑身一紧，飞速询问。

【Jinz：伤到哪儿了？没事吧？】

周怀雅没回应。

方疏净当机立断打了个电话过去。

提示音“嘟——”地响了好几声，周怀雅终于接通。

“喂，镜子……”

周怀雅一开口，声音就似绷不住一样，带着浓浓哭腔。

方疏净一听，心间的念头越发下沉。

“真伤着了？”

周怀雅还在哭，估计是被吓蒙了，说话前言不搭后语：“都怪我……好多血，止不住……

“镜子，我好害怕……”

“我很快就来，冷静，稍微忍耐一下。”

方疏净心跳紧张地加速，坐直身子，定了定心神，快速嘱咐道：“先别哭，联系 120 了吗？”

周怀雅那边哭声停了一下，说：“联系了，松大附属，十分钟之内能到。”

“还能走动吗？”

“能。”

确认对方意识还清晰，暂时应该没有什么生命危险，方疏净松了口气。

她握着手机，起身在衣帽间里走了一圈，随手选件外套披上，动作间不忘在心头计算一遍从自己家里到医院的距离，而后冷静道：“我现在开车去医院，你到医院之后把位置发我，先挂了，有事随时打电话。”

周怀雅吸了下鼻子，愣了一会儿说：“好。”

方疏净不知是不是自己产生的错觉，在挂断电话的时候，她隐隐约约听到那边远远有道男声响起。

“终于不哭了啊？”

但她现在无暇顾及这些细节，很快就将其抛诸脑后。

从衣帽间回到卧室，容慎川仍坐在桌前。

方疏净拿了桌上的车钥匙，简单给他说了下情况后，一刻不停地离开。

驱车一路驶入松大附属医院的停车场，方疏净前脚刚拔下车钥匙，后脚周怀雅就给她发了个具体位置过来。

医院里无论什么时候人都多得要命，这时走廊上人流熙熙攘攘，方疏净略带艰难地越过人群的缝隙，视线往前搜寻了一会儿，便找着了周怀雅的身影。

诊室门口的椅子上，一男一女并肩坐在最前头的两个位置上。

周怀雅抽抽噎噎地还在哭，眼泪跟不要钱似的往下掉，右手伸出去，隔着一张厚厚的纱布压在旁边男人额头上。

男人满脸无所谓地笑着，一双蕴着风流的眼里满是毫不在意的戏谑调侃。

好像额头上落了一片血迹的不是自己。

“之前才说你终于不哭了，怎么这会儿又哭起来了？”男人任由周怀雅帮他按着伤口，笑眯眯道，“妆都哭花了。”

周怀雅表情顿了一下，哭得更凶了。

男人似乎意识到了自己的失言，笑意变得有些无奈。

他找旁边过路的人借了张卫生纸，伸过去想帮周怀雅擦擦眼泪，说：“哭花了也漂亮，就是明天眼睛肿了不舒服。”

周怀雅不吃他这一套，脑袋别一边去想躲开他的动作。

就在这时，她余光注意到了不远处站着的方疏净。

方疏净见她终于注意到自己，轻咳一声，问：“这位是？”

周怀雅眼泪被这种尴尬的场面生生逼了回去。

她低着头，带了浓浓的鼻音：“我邻居，听见我家动静之后过来看，结果被伤着了……”

“所以你没受伤，受伤的是他？”

“嗯，我就被蹭了几道小口子。”周怀雅把自己手臂上的几道细小血痕展示给方疏净看，“他当时挡着我，眉毛上面被刮了好深一道，刚送过来的时候，医生说要缝针，我们就在这儿排队等着。”她情绪平稳了一点，稍有些紧张地补充，“镜子，我不是故意的，我当时脑子真的蒙了才没说清楚，不是故意浪费你时间让你过来……”

得知周怀雅没事的消息，方疏净原本高高悬起的担忧感瞬间消减。

“我知道，”她理解地点点头，转向男人，“谢谢你——”

察觉到方疏净的卡壳，周怀雅赶忙介绍道：“他叫沈则。”

方疏净颔首：“沈先生。”

周怀雅转过头，又冲着沈则介绍：“这位是我的闺密，叫方疏净。”

沈则看向方疏净的眼神带有一丝不可察觉的惊讶。

“方小姐，初次见面。”

这时诊室里有人喊沈则的名字，沈则正欲起身，周怀雅张张嘴，也紧张地跟着站起，手还帮他按着伤口，问：“要不，我陪你去？”

沈则侧身停了会儿，旋即嘴角弯出一抹笑，说：“好。”

进去前，周怀雅不忘朝着方疏净道歉：“抱歉啊镜子，今天耽搁你时间了，下次我请你吃饭做补偿啊——”

方疏净从不在意这点小事，笑了笑，说：“行。”

与周怀雅道别后，她又开车回到了家中。

进门时，周怀雅的消息又发了过来。

用人在一旁提醒她可以吃饭了，方疏净应了声，低头看消息。

【你周周：没事了，就缝了四针。你不知道我在一边看得要紧张死了，那人居然还跟我开玩笑！】

【你周周：要不是看他那么帅，我真的想当场揍他，哪还带着他打车回去啊。】

方疏净似乎感觉到了什么，思考了会儿，试探着问了一句。

【Jinz：你是不是看上他了？】

在周怀雅面前她一向是想问什么就直截了当，周怀雅也习惯了她这么直接。

【你周周：是有点。今天他挡我面前的时候，我真的有心动的感觉。】

【你周周：就是，我今天其实找过他要联系方式，你猜他跟我说什么？】

【你周周：他跟我说，他不想祸害像我这样的小姑娘。我寻思这又怎么算祸害了，看他那穿着，家境应该也不错啊。】

【Jinz：谁知道呢。我已经联系了家政，你回去他们应该也快到了，把你那窝好好收拾下，别睡着睡着又被玻璃碴子划一道。】

【你周周：知道啦，果然还是镜子对我最好！】

方疏净退出与周怀雅的聊天框，消息列表又蹦出来自另一个人的消息提示。

她定睛一看，是一个她没什么印象的名字。

“和谁聊天？”

对面静静等着她的容慎川执起筷子，忽然问。

方疏净没怎么听清楚，习惯性地回怼：“和小帅哥聊。”

“谁？”

方疏净本想说周怀雅，结果盯着聊天框的备注，一个嘴瓢念了出来：“刘定尧。”

“……”

“啊，不对是周怀雅。”方疏净感觉到容慎川情绪的变化，连忙补救，把手机扣在一边，“刚刚她找我。”

容慎川的眼神淡淡停留在她的手机背面几秒，“嗯”了声。

方疏净不敢现在就拿起手机回消息，于是安安分分地开始吃饭。

吃到一半，余光注意到容慎川不再看这里，她才偷偷把手机移到桌子下，点开聊天框。

做贼一样。

纯粹是因为她强迫症发作，刚才没看清别人发的消息心里不舒服。

那个叫“刘定尧”的男生她其实没什么印象，记忆里大概是高中的同学里的其中一个。

再深一点的印象，就是高二当着全班的面跟她表白被她拒绝过。

【刘定尧：阮苏就差你没加上好友了，所以托我再来问你一次，你要去吗？】

哦，对。

她刚才忙着去找周怀雅，这件事还没决定好。

她把手机盖在腿上，偷窥一眼容慎川。

男人肩背挺直，下颌微低。

就连用餐时，姿态也矜贵优雅得像是中世纪的贵族。

浅淡的疏离感萦绕身侧，无形之间便与人分隔开一道界限，让人不敢打扰。

“容慎川。”方疏净两只手捏着手机，试探着问，“你知不知道，过段时间有个同学聚会？”

容慎川轻瞥她一眼，回答：“知道。”

方疏净“哦”了一声，按住手机的电源开关，无意识地把屏幕开了又关。

她还以为他不知道。

视线从刘定尧发她的那句“阮苏就差你没加上好友”上掠过。

方疏净静默两秒，慢吞吞把屏幕熄灭，喉咙莫名有点发紧。

——所以，是阮苏联系他的吗？

在她印象里，除了必要的工作合作，容慎川从未同意过别人的好友申请。

他向来不是会在这方面浪费时间的人。

思及此，她抿了下唇，问：“那你去不去？”

容慎川好像对此毫不在意，反问她：“你要去吗？”

方疏净低头沉思片刻，说：“我不太想去。”

以前她跟班上同学的交情本就不深，后来对一些人还保有零零星星的印象全赖周怀雅偶尔在她耳边念叨。

这么多年过去了，她甚至不知道自己还能不能记住那些人的名字，估计再见面只剩尴尬。

容慎川搁下筷子，起身。

“那我也不去。”

“哎？”

这个回答让方疏净感到几分意外，她追上去跟在他身侧，问：“你真不去啊？”

“嗯。”

“真不去？”

方疏净不放心，再确认了一遍。

容慎川停下脚步，说：“你认为，除了陪你，我参加这个聚会还有别的意义吗？”

“不是还有……”

方疏净脱口而出，临到头“阮苏”两个字在舌尖打了个转，又生生给吞了回去，转换成一个“哦”字。

细细回味一遍容慎川刚才的话，方疏净安静下来，忽觉一种微妙的感觉在心底丝丝缕缕地蔓延。

她没忍住，背对着容慎川小幅度地弯了下唇。

只有她是他前往的意义吗？

自从方远亦把包子留在家里后，方疏净接下来这段时间几乎天天都住在这边。

方远亦那孩子第一次让包子超出自己的视线范围，老不放心，几乎每天一个电话过来打探包子的情况，方疏净觉得如果条件允许，他说不定会天天溜出来找包子玩。

容慎川照例早出晚归，方疏净也乐得自在。

前头她靠活动上的那两张照片火了一把，很快就有人扒出她家酒吧地址，据柚子所说，就算白天没开张，外头也总有人堵她。

暂时去不了店里，她索性直接把宅子里一个房间开辟出来，摆了个小型吧台用来直播。

听方疏净轻飘飘说出这件事的时候，周怀雅恨不得把“酸”字打在公屏上。

“那可是一整面墙的名酒啊，你怎么就说得跟处理路边大白菜一个样。”她狠狠拿叉子戳了一块面前的小蛋糕，边吃边含混不清地吐槽，“这就是有钱人的世界吗？花钱都不带心疼，爱了爱了。”

她虽说家境也不差，但家里对经济方面控制得严，没法像方疏净这么自由。

方疏净从她盘子里抢走一小块蛋糕，撑着下巴，不紧不慢道：“自己辛辛苦苦赚来的钱当然得心疼，但花老公的钱就不一定了。”

周怀雅闻言，故作嫌弃拖长声调：“噫——有老公的人就是不一样——”

说完，她也学方疏净撑着下巴，八卦兮兮地开口：“说起来，你最近跟我聊天，提到容慎川的次数明显变多了啊，难不成你对他有感觉了？”

方疏净手指僵了僵，有一丝微小的心虚划过心头。

她摇摇头将这种感觉忽略，捏起蛋糕上头的装饰樱桃，送到对面去堵住周怀雅的嘴，说：“你想什么呢？前段时间跟你说的你都忘干净了？”

周怀雅被迫咀嚼樱桃，低头准备吐籽时，又听方疏净出声：“倒是你，之前那个你看上的邻居，有没有什么进展？”

周怀雅脑袋颤了下，还没吐出去的樱桃籽差一点呛回喉咙里。

“不是，咳，你别这么突然转移话题。”她拍了拍胸口，眼里闪过一缕几不可察的复杂。

等顺过气来，她才抬起头，神色轻松地拍了下桌面，说：“嗨，你别说，我这天天找理由去敲他门，你猜那么久了我都了解到了什么？”她摊手，“除了知道他性取向正常，一无所获。联系方式还是没要到。

“我时隔那么多年难得又有了小鹿乱撞的感觉，再这么下去，这小鹿迟早得被铜墙铁壁撞死。”

“扑哧。”方疏净被逗笑，“行了，别想那么多，大不了咱换一个喜欢，再不济来我这儿借酒消愁也成。”

“有道理……”周怀雅颇为赞同地点头。

吃得差不多了，周怀雅离桌去买单。

方疏净等了十几分钟也没等到人回来，心底疑虑微起。

猜想是被什么事耽搁了，她于是帮周怀雅拿着东西，往外头走去看情况。

周怀雅站在柜台前，这个角度刚好面对着方疏净。

她对面站着一个身形微胖的女人，似乎在很激动地说着什么。

周怀雅听得心不在焉，一脸敷衍，偶尔尴尬地点头附和。

看见不远处要走过来的方疏净，她表情微变，小幅度地摇着头，用眼神暗示方疏净不要过来。

方疏净一头雾水地停住脚步。

然而还没等她退回去，周怀雅对面那女人已经注意到了细节，好奇地回头看过来——

是一张有一点点熟悉，却又十分陌生的脸。

看见方疏净，女人眼神一亮，忽然扬声，冲她挥手："方疏净，没想到能在这里看见你啊？"

方疏净迟疑了一会儿，最终还是在周怀雅生无可恋的目光下走了过去。

为了不让两个人面对面尴尬，周怀雅赶在方疏净问出"你是谁"这样的问题之前，抢先开口："我刚才结账的时候碰到了吴岚蓝，老同学嘛，就多说了两句话，所以耽搁了。"

一句话暗中提醒了方疏净对方的名字和身份。

把这个没什么印象的名字放在心里过了一遍，方疏净还是想不起来，只能假装诚恳地与对方客套："好久不见。"

吴岚蓝早在她短暂思考的时候把她从上到下打量了个通透，脸上的笑容比花都灿烂，说："都这么多年老同学了，还说这些做什么？"她亲热地挽起方疏净的胳膊，"听阮苏说你不去同学聚会？"

方疏净不习惯不熟的人对自己做出这么亲密的举动，不舒服地动了动，想要挪开手，回道："嗯。"

吴岚蓝像是感受不到她的抗拒，挽得更紧了，说："怎么不来呢？咱们老同学叙叙旧，只要还留在松城的几乎都来了，你可不要搞特殊啊！"

方疏净觉得自己脸上公式化的笑都快要保持不住了。她委婉地斟酌着开口："我觉得吧，我那个时候可能没空。"

"什么有空没空啊？一到饭点谁都有空，更何况像你这样的网红，我可知道，时间自由得很！"

吴岚蓝还在劝："周怀雅也要去，你和她关系那么好，怎么就不去了呢？更何况阮苏请客，就当去免费蹭顿饭多好？你也别担心位置的事，到时多添副碗筷就成！”

一席话把方疏净能想到的拒绝理由都给挡了回去，摆明了就是得让她去，颇有一种她不同意就不罢休的感觉。

不愿意再在这儿扯些无谓的浪费时间，也不想把关系闹太僵，方疏净抽回自己的手臂，只得无奈答应。

吴岚蓝心满意足地离开后，周怀雅才敢过去扯住方疏净的衣袖，满脸懊悔道：“早知道当时先发个消息让你别过来了。这都什么事啊……要不然等那天你再告诉他们你不去了什么的？”

方疏净倒还算平静，说：“没事，就当陪你吧。”

她不喜欢放鸽子，而且确实也没什么事，大不了去了坐一会儿就走。

同学聚会当天，下午六点。

聚会地址选在望江酒楼高层的豪华包间，方疏净轻车熟路地坐电梯上楼，还没走到包间门口，就看见外头走廊上聚在一起交谈的男男女女。

有几个面孔还挺熟悉，方疏净依稀叫得出名字。

听见脚步声，他们其中有人往这边望过来，假意热络地邀请她来聊聊天。

方疏净婉言拒绝，立刻有嘘声响起，开玩笑说她不厚道。

她笑了笑，没放在心上。

这时有个男人一边拨开人群，一边打圆场：“那么久没见了，你们那么热情会吓到人的。”

说完，他走近方疏净，笑道：“别管他们，我带你进去？”

方疏净打量了几秒这个男人。

高瘦白净，文质彬彬，看起来还挺有礼貌。

心里冒出一个猜测，她迟疑地开口：“刘定尧？”

对方笑了笑，说：“原来你还记得我。我还以为你真的不会来呢。”

方疏净点头，没往心里去。

刘定尧带她往包间走，路上偶尔会问她几个类似于最近如何的问题。

她心不在焉地回答，又听他笑说：“这么多年不见，你果然比以前更漂亮了，应该有很多人追你吧？”

“这倒没有。”方疏净随口说着，推开包间的门。

里面宽敞的大圆桌已经坐了大半的人，此时齐刷刷地往这边看过来。

而后纷纷起哄：

“哟，刘定尧你还对人家那么殷勤呢？”

“没想到你小子还挺痴情啊！”

……

方疏净自动忽略这些无聊的玩笑，放眼往里头观望一眼。

原本随意的眸光触及一个熟悉的身影，蓦地僵住——

容慎川怎么也在这里？

男人坐在正中偏左的位置上，没有抬头，手里捏着茶杯，懒洋洋的，似在把玩。

而他微屈的无名指上，空空如也。

第五章

失戒

方疏净背过手，把自己无名指上的戒指钻面往内侧转了半圈。

戒指表面凹凸不平，硌人的感觉透过指尖一路传进心里。

很好。

这不还是来了吗？

不仅假装单身，还装作不认识她。

方疏净面无表情地找了个空位坐下，本以为刘定尧已经找好了座位，没想到对方居然直接坐在了她身旁。

周围人的眼神一下变得玩味。

方疏净敛着眼神，把手上的包放在了另一边的空位上。

“喝茶吗？”刘定尧本人好像完全没有自觉，一落座就拿过手边的茶壶，给她杯子里添茶，“这是王志斌特地带的大红袍，品质不错。”把茶杯移到她面前时，假装不经意地靠近了她一点。

“王志斌这几年也是做直播发家的，不知道你们能不能聊得来。”

又是一个记忆里根本排不上号的名字，方疏净眉头微皱，并没有过多了解的心情。

方疏净努力压下心底的不适，把杯子又推回去，说：“抱歉，我不喝茶。”

戒指明晃晃摆在刘定尧面前，对方神色凝滞住。

“美酒虽好，偶尔也可以品品茶。”他干笑两声，说完这句话，便不知道再说什么。

“刘定尧，你这才几句就说不动了？”

有人不识趣地插话：“要还是和之前一样，可没有办法再续前缘喽——”

“嗨，你少说点。”旁边一个女人接话，“人家方疏净早就结婚了，你们是不是不上网啊，信息这么滞后。”说完，她又把注意力转向方疏净，“我给你说啊，你上次直播的金句，我同事在我耳朵旁边笑了一个星期！”

方疏净对这个女人面生，只能假笑以对，余光忍不住瞥向容慎川，发现对方压根儿没往这边看过。

女人故作优雅地呷了口茶，语重心长道：“说回来，我真的觉得你挺可惜的。当初考了那么好的大学，到头来居然做了个网红，我怎么想都想不通，虽然确实赚得多，但终究还是没有别的工作体面。”

方疏净食指有意无意叩着桌面，假笑不变，说：“是吗？不过我挺喜欢的。”

女人还想再挑起什么话题，都被方疏净轻飘飘挡回去。

久而久之，她也觉得无趣，便没再说话。

方疏净百无聊赖地坐着，抽出手机给周怀雅发消息。

【Jinz：你快点来，我好无聊。】

【你周周：马上马上，上电梯了。】

方疏净松了一口气。

早知道她就不该提前那么久出门。

两分钟后，包间的门被推开。

方疏净以为是周怀雅进来了，于是分了点注意力过去——

白裙女人嘴角带笑，走进来时自带一种弱柳扶风的气质，一双眼水光晶莹楚楚动人。

她款款走了两步便停下脚步，眼神从在场众人身上一个一个扫过，最后装作无意地停在了容慎川身上。

室内一静。

方疏净愣怔半秒后，移开视线。

即使容貌变化有些大，她仍能从这种气氛里凭直觉认出，这人是阮苏。

安静只维持了一瞬。

刚才那个女人很善于活跃气氛，很快便带头啪啪鼓起掌来，招呼：“盼星星盼月亮，我们这次的主角阮大班花总算来了，怎么又变漂亮了呀？”

众人于是回神，纷纷顺着女人的话接过去。

一个一个说得跟成语接龙似的。

这吹捧阮苏明显十分受用，她抿唇笑意加深几分，说：“哪里有，最近忙得都不修边幅了。”

她说着，在众人或歆羡或惊艳的目光下，抬步轻巧地往最上方走去。

手指碰到容慎川身旁的座椅椅背，她故意弯腰问：“容慎川，请问这里有人坐吗？”

容慎川没开口，反倒是身边好几个人交换了一下眼神，争先恐后地开口：“我们可是专门留出这个位置的，阮大班花你就放心坐吧！”

阮苏一开始还意思意思推托两下，到最后便不客气地坐到了容慎川身边。

受不了这种众星拱月客套的气氛，方疏净低头，刚想再催催周怀雅，忽然感觉旁边位子上坐了个人。

周怀雅生怕被人发现，猫着腰落座，把包给方疏净丢回来。

她狠灌一口桌上的茶水，松了口气，凑到方疏净旁边低声耳语：“我刚才本来都要进来了，结果阮苏非得先我一步，我懒得跟她抢风头。”

“都说了你别那么早来，赶着开饭就行，这都是我这么多年来的经验了，你看这不就无聊……咦？”

她扫到容慎川的身影，突然在桌子底下牵住了方疏净的衣袖，问：“这不容慎川吗？他怎么坐那儿？这是当着你的面挑衅呢？”

方疏净反手安慰她，隐约听见阮苏说开动，顺便舀了碗汤推过去，说：“随便，我又管不着他，这汤是招牌，你多喝点。”

“你真就不在意？”周怀雅接过汤，捂着碗暖手，几不可察地小声感叹，“要是我也能这么不在意就好了。”

“嗯？”

“没什么。”周怀雅摇头，悄悄指了指那边，“他们两个脑袋都要凑一块儿了，你还能忍？”

阮苏不知道在和容慎川说什么，捂着唇笑得含蓄，手指差一点就能攀上容慎川的肩膀。

容慎川岿然不动，也没拒绝，仿佛是在纵容她的靠近。

收回目光，方疏净“哦”了声：“初恋嘛。”

初恋嘛，所以念念不忘。

多正常。

方疏净心头顿觉无趣，不再注意外界，专心吃饭。

这时，刘定尧夹了一筷子菜过来，温声道：“你最喜欢的，多吃一点。”

方疏净移开碗，菜掉进了盘子里。

她眉眼冷淡道：“谢谢，没必要。”

她隐约感觉到有视线在她身上停留，可是抬眼望去，却发现并没有人留意她这里。

也许是错觉。

周怀雅继续帮着方疏净观察，几分钟之后，再次震惊地开口：“他们要干什么，为什么要一起出去？

“不是……这发展忒快了吧？”

她正说着，一男一女两道身影已经绕过圆桌，即将消失在包间门口。

属于阮苏的声音细细柔柔：“他要走了，我去送送他，顺便有点事要单独聊聊。你们先吃着，待会儿就回来。”

闻言，众人心照不宣地互换眼神。

隐秘的喧闹之间，方疏净只来得及回头一瞥那对一高一矮的身影。

黑西装和白色蕾丝长裙，站在一起正好合适。

阮苏仰头，笑得温柔，在走出去的那一刻，作势要挽住容慎川的手臂。

包间的门再一次关好。

方疏净能听见周围人的窃窃私语。

什么“郎才女貌”“天作之合”“旧情复燃”“就等他俩结婚”……

方疏净脑中不断回放最后那一个画面，眼帘低垂，拽住包带的手紧了紧。

明明说好了不在意，这会儿脑子里却又异常地活跃起来。

是挺郎才女貌。

阮苏漂亮温婉又得体，容慎川带到哪里都有面子。哪里会像她这样，拿不出手也不愿公开。

她只是容慎川退而求其次的选择，一旦他真正在意的人回到了他身边，她随时都可能会成为那颗弃子。

容慎川从未向外界透露过她是他妻子这件事，是不是心里抱着这样的打算。

那些“对家庭负责”“家人都很喜欢她”一类的话对他来说不过是出于一个丈夫的义务。

而推开她，也许只是因为他觉得她不配，而不是所谓的尊重她。

……

方疏净嘲讽地勾唇。

可笑的是，那些他说过的话，她居然有一点当真了。

耳边周怀雅的声音渐渐变得模糊，她拿出手机，踌躇片刻后，点开和容慎川的对话框。

删删改改许久，她才最终发过去一条消息——

【Jinz：今晚我估计睡得早，还要不要留灯？】

等了足足五分钟，容慎川才回复。

【容慎川：公司临时有点事，回来会很晚，不用等我，我去客房睡。】

这样啊。

方疏净把屏幕扣在桌上，一双似笑非笑的眼里毫无温度。

真就敷衍呗。

她是不是还得祝福他，忍了那么多年，今晚终于能正大光明喊出他日思夜想的“苏苏”这个称呼了？

还挺可喜可贺。

几分钟后，阮苏回到包间，身旁已不见容慎川的身影。

她施施然回到座位，笑道：“慎川有事先离开了，我们继续。”

停了停，她似是想起什么，拍拍旁边女人肩膀，说：“今天晚上我就不去了，你们好好玩，我负责结账。”

对容慎川的称呼已然从“容慎川”变成了略显亲昵的“慎川”。

没人再追问，但大家都十分配合地跟着笑起来。

想也知道是怎么回事。

男男女女夜间幽会，成年人之间能做什么昭然若揭。

笑声此起彼伏，方疏净听着刺耳，感觉到旁边的椅子有挪动的倾向，反手扯回即将奓毛的周怀雅，摇头示意她不用冲动。

周怀雅气不过，压低音量冷嘲热讽：“给别人当三儿还以为是件多骄傲的事了。”

“说不定是真爱呢。”方疏净扯扯嘴角，向后靠了靠，眼底一片冷然。

“走吗？”她轻抬下颌，示意周怀雅，“去我的酒吧喝两杯？”

夜色已尽数落下，霓虹织就的城市道路上，火红色玛莎拉蒂如流星一般从道路上飞驰而过，压着限速前行得肆无忌惮。

嘉园路口的一片专门划出的车位早已被挤满，玛莎拉蒂在车位前绕了个圈，稳稳停住。

轮胎在地上留下了浅浅的刹车痕迹。

车内，周怀雅身体向前狠狠一倾，接着落回椅背上。

她抚了抚胸口，长舒一口气，语气有点后怕，说：“你开慢点，刚差点以为你要带着我飞出去了，我可不想把命交待在这条路上。”

方疏净解开安全带，睨她一眼，说：“不信我车技？”

“哪敢？”周怀雅嘿嘿笑两声，跟着下车，顺手把车里的鸭舌帽拿下车。

方疏净打电话叫酒吧的人来帮忙停车的时候，周怀雅趁机把鸭舌帽扣在了她头上，还使劲儿压了压帽檐，说：“注意点儿，你别忘了还有人在蹲你。”

方疏净把两边压下来的碎发往后拨了拨，回应：“也是。”

后门有几个人在抽烟，她觉得这时过去会显得突兀，索性从正门溜进去。

找了个平时常待的卡座，方疏净舒舒服服把自己埋进沙发里，打了个响指，说：“喝点什么？我请客。”

“不如你亲自调的有意义。”周怀雅半开玩笑道，“我不太懂，随你开心。”

方疏净的鞋跟在地毯上跺了跺，把包随手扔在一边，弯了弯眼睛，说：“行。”

“哎，我开玩笑呢！”见方疏净当真要往吧台走，周怀雅忙拦着她，“怎么还有今天使唤你的道理？让他们来吧。”

“没事，正好看看有没有手生。”方疏净侧过头，光线照在她轮廓精致的侧脸上，显得嘴角的弧度越发桀骜不驯，“很快就回来。”

拗不过方疏净，周怀雅只能帮她看着包，身体无聊地往旁边歪了一大截。

“行。”

过了一会儿，方疏净率先回来，一屁股坐到周怀雅身旁，把她身子扶正，笑说：“差点以为你睡着了。”

身后服务员举着托盘跟在身后，小心地把两个杯子放在桌上。

“椰林飘香，你的。”方疏净把杯口缀着菠萝的那一杯推过去一点，示意她尝尝。

周怀雅喝了一口，菠萝与椰汁混着淡淡的酒味袭上味蕾。她满意地眯了眯眼，转眸看向方疏净面前的那一杯。

望着杯口燃烧的火焰，她凑近了一点，问：“你这杯是什么？”

“今夜不回家。”方疏净熟练地用柠檬扑灭火焰，执起酒杯，“你不能喝啊。”

“这就是那个……”周怀雅瞪大双眼，惊讶道，“你今天怎么调这么烈的？”

虽然她此前并未见过实物，但跟着方疏净做朋友这么多年，多多少少有所耳濡目染，也听说过这杯酒的度数有多高。

平时方疏净调酒只图一乐，旨在放松生活，所以很少尝试这一类。

这回看样子是真的受刺激了。

“偶尔试试。”方疏净淡淡品了一口，“你也知道我的酒量怎样，应该不会醉得太过分。”

晃了晃酒杯，为以防万一，她最终还是接着道：“要我今晚真的醉到不省人事，记得把我送回这附近的房子。”

“明白了。”周怀雅也不打扰方疏净的兴致，跟她碰碰杯，“咱也别理会那个男人了，等我这段时间的工作告一段落，来你家帮你做几天饭。”

“行。”方疏净声音懒洋洋的，“等两天我再去把包子带回来养，正好那房子我本来就不怎么喜欢过去。”

……

连着好几杯酒见底，方疏净脸上已能见酡红。

她抬手又点了杯，喝到一半时，被尚且清醒的周怀雅手疾眼快拦下，劝道：“别再喝了，到时候万一我搬不动你怎么办？”

“没事，我能自己走回去。”她满不在意地又喝一口，呛辣直冲喉头再冲上脑门，两颊红色又添几许，“大不了在附近帮我开个酒店，怕什么。

“姓容的能在外头风流快活，我怎么不行？”

方疏净说着，单手揽住周怀雅脖子，仰着头嗤笑道：“这人还跟我说什么公司有事，鬼才信，要真的公司有事，阮苏也不至于巧合成那样。还说什么对婚姻负责，我看负责着负责着就负责到白月光家里去了，我直呼内行！”

周怀雅见她已经醉了，迅速起身招来服务生，一起把她扶起来，安抚道：“没事没事。管他那么多干什么？”

她知道方疏净这人的德行，酒量好，平时不轻易醉酒，但真要喝醉了，酒品一言难尽。

思及此，她挽住身边人的力道又大了几分，说：“我这就带你去找小帅哥啊，咱们先回去。”

方疏净挣扎了一下，一双泛着雾气的眼迷茫地睁开。

她眨了下眼，睫毛微微颤动，靠在周怀雅身上，迷迷糊糊地说：“我知道我们关系是啥样，就是挺不甘心的。

“就是不想让别的女人在我眼皮子底下跟他亲密。

“那样我多没面子。”

周怀雅愣了一下，似乎发觉了什么，无奈地笑。

“没事的，咱报复回去。”

听见“报复”俩字，方疏净忽然一下又来了精神。

她歪歪扭扭地被带着往前走，身子的重心顺势往后压了压，脊背弯成了一个极为漂亮的弧度。

“这破事当然得报复。”

“老周，不然你今晚就给我介绍一个，”她扭过头，手抽离禁锢，反把周怀雅揽进怀里，“介绍个小帅哥，我立马给姓容的踹了。”

周怀雅刚想顺着她应声，眸光一转，却无意间注意到了不远处的一个人影。

她当即变了神色，停住脚步。

那道身影迈开腿，不紧不慢地向这边走来。

逆着光，他神色平静又淡漠，眼底情绪深邃，晦暗不明。

周怀雅被方疏净拉着，无处可躲，只能看着男人离她越来越近，最终生无可恋地张嘴：“容总……好巧。”

她是真没想到容慎川会出现在这里。

“嗯。”容慎川目光从周怀雅身上略过，淡淡落在方疏净身上，“劳烦周小姐的照顾，我来接我太太回家。”

第六章

回家

周怀雅只愣怔了几秒，便冷静下来。

眼底被抓包的慌乱逐渐趋于平稳，她扶住方疏净，没撒手的意思，说：“这里人多，出去说。”

直至将方疏净扶着躺在迈巴赫的后座上，周怀雅才抱臂倚着未关的车门，带点阴阳怪气地开口：“容总，玩够了终于知道回来了？”光是带刺的语调就能听出浓烈的不满。

容慎川停住上车的动作。

“嗯？”

周怀雅把车门倚得更开，说：“还装傻呢？今天你和阮苏的事，要是不解释清楚，我是不会让你把她接回家的。”她慢悠悠补充，“她也说过，不想回去，只是现在你盯着，我不方便送她回她的住处。”

方疏净自己的住处地址容慎川并不清楚，方疏净也没打算告诉他具体位置。

所以周怀雅并不想冒这个风险。

与容慎川毫无波澜的眼神对视，她心头无名火暗起。

“你也别想着把人强制带走，我告诉你，你真跟阮苏好上了的话，我不会再让你碰她一根手指头！”

容慎川抬手，示意她冷静。

“周小姐，我想你应该是弄错了什么。”他平静地开口，“我和阮苏没有多余的接触，刚才公司的事结束，我就赶过来接她回家。如果非要说做了什么多余的事情的话。”

容慎川走过去打开后备厢，里面整整齐齐摆了一箱各式各样的酒。

“在路上看到一家店，里面有她喜欢的酒，就给她带了几瓶回来。”

“是吗？”周怀雅歪过身子往那边看了看，又用怀疑的目光在他身上上下逡巡一遍，怎么也观察不出说谎的痕迹，“那你跟我说说，今天你和阮苏一起出去，都叙了什么旧情?

“为什么阮苏今天晚上也有事？”

这是她最大的疑点。

“我不知道她为什么晚上有事。”容慎川如实回答，眉头微微皱起，“我与她没有约定，当时她让我出去，确实是为了表白，但被我拒绝了，我跟她说过，我已婚。”

容慎川少有耐心与人解释这些琐碎的时候，他关掉后备厢，与周怀雅保持一段距离，面对面对峙着。

周怀雅脸上浮现出意外，说：“不对，那她为什么……”

话音戛然而止，她也迅速冷静下来。

容慎川不在，她问这些也问不出结果，阮苏为什么这么做，还得去问阮苏自己。

“也就是说，”她抚了抚下巴，自顾自点了两下头，“你和阮苏确实什么关系也没有。”

“嗯。”他颔首。

事到如今，一切就都说得通了。

弄清楚这件事，周怀雅的怒气才终于压了下去。

她扭头往方疏净怀里塞了个枕头，轻手轻脚关上车门。

手放在车把上，她站在原地，仍没有要走的意思。

“听说容总和沈则关系不错？”她状似无意地提起，“看在我照顾你老婆那么久的分上，不如帮个忙？”

容慎川拧眉，问：“什么忙？”

周怀雅摆弄了一下手机，屏幕对向他。

是通讯录的页面。

“给我一个他的联系方式？”她笑道，“容总应该不至于小气到连这点忙都不帮吧？”

容慎川抬手接过手机，轻车熟路往里面输入了一串数字。

在交给周怀雅时，他沉默一会儿，出声提醒：“沈则不适合你。”

周怀雅收回手机，放回包里，无所谓地笑道：“你放心，我知道他是怎样的人。”

“只是，”她顿了顿，笑容扩大几分，“好不容易这么喜欢一个人，总得努力去试一试。”

容慎川也不是一个喜欢妨碍别人选择的人，既然已经提醒过了，他便不再去管那么多。

“随你。”

“成。”周怀雅理了理头发，转头冲他挥挥手，“你要怎么跟她解释是你的事，我就先走一步了。”

“等一下。”容慎川叫住她。

周怀雅疑惑地扭头。

容慎川薄唇紧紧抿成了一条线，须臾的犹豫后，他缓缓开口——

“我想知道，你们为什么一直认为，我和阮苏有什么关系？”

周怀雅一愣。

敢情您以前从来没澄清过，是压根儿不知道这事？

黑色的迈巴赫飞速穿梭在路上，却也十足的平稳。

回去路上，容慎川目视前方，偶尔通过后视镜看一眼后座安静的女人。

方疏净半个身子歪在座椅上，手里紧紧抱着抱枕，带卷的长发散下来，发丝遮住小半张脸。

窗外光影透过玻璃射下，更显娇媚。

容慎川收回视线，苦笑一声。

若不是今天周怀雅告诉他，这些事他可能会一辈子蒙在鼓里。也怪不得她一直以为，自己喜欢的是阮苏。

原来是这样。

车停在院子里，容慎川下车，把后座的方疏净抱起。

方疏净双手死死抓着抱枕不放，身体微蜷，失了平衡，不适应地蹬了蹬脚。

容慎川无奈地把她拥紧了些，笑声压低："抱枕比我好抱？"

方疏净意识模糊，没回。

"睡着的时候把抱枕抱那么紧，"他亲亲她的额头，"也不抱我。"

吻毕，容慎川迈步向前，眼底丝丝缕缕的温柔缱绻像是能把怀里的女人包裹住。

"等你明天清醒了，再和你解释。"

像是意识到了什么细节，他忽然愉悦起来，低语道："今天这么做，是吃醋了吗？"

方疏净仍然安安静静地闭着眼，没说话。

一阵风吹过来，地上被清理成一堆的落叶沙沙作响。

方疏净冷得轻颤，往容慎川胸口又缩了缩。

容慎川脚步加快了几分。

回到房间，把怀中的女人小心翼翼地放床上，他才直起身，背对着床脱下外套，只余一件衬衫。

还未等他做出其他的动作，后背突然贴上了一道身躯。

身线曼妙玲珑，一双手臂自后方圈住他的腰身，紧了几分。

容慎川眸色一暗。

方疏净下巴轻轻搁在男人的肩膀上，一张泛着酡红的小脸凑上来，神志不清地在他颊侧蹭了蹭。

乖得跟猫儿似的。

做完这些，她闭着眼，像是在休憩。

容慎川一动不动地坚持了一小会儿。

感觉到时间差不多了，他抬手安抚性地拍拍她的脸颊，说："乖，我马上回来。"

方疏净摇摇头，仿佛在撒娇。

容慎川没有办法，总不能让她就这么睡过去，于是侧了侧身，把她抱到自己的腿上，打算抱着她去盥洗室洗漱。

方疏净却突然抗拒地挣扎起来，用力压着他的胸口，把他推倒在床上。

猝不及防被一股力道向后推，容慎川没想到醉酒后方疏净还能有那么大力气，眼中闪过一抹讶异。

女人跨坐在他的身上，一双手撑在他的腹部，沿着分明的肌理一路向上。

室内突然变得很安静。

一盏台灯的照耀下，窸窸窣窣的衣料摩擦声和两人的呼吸声互相交织，暧昧不清。

容慎川放在身侧的手掌握了握，旋即松开。

他纵容地舒展眉目，任她动作。

方疏净纤细的腰身轻扭，发型凌乱，双颊红得不正常，衬得瓷白的肌肤更显娇艳。

室内昏暗的光束从床头发散，她的影子落在床单上，单薄摇曳。

她双眸没有完全睁开，垂着眼睫俯身，捏住容慎川衣领，解开了第一颗扣子。

扣子有些难解，特别是在意识本就不清晰的情况下。方疏净手上动作越发急躁，唇瓣也被自己使劲咬住，像是不知道疼。

容慎川盯着她半晌，忽然脑中一个念头迅速划过。

之前听见的周怀雅那句教唆方疏净去找小白脸的话猛地浮现在脑海中。

胸口那双手还在作乱，还差一点就能将他胸口第一颗纽扣解开。

方疏净的双眼亮起，继续努力拨弄，指甲不小心轻轻擦过了男人的喉结。

蜻蜓点水般有意无意的，仿佛撩拨。

容慎川喉结滚动一下。

就在第一颗纽扣彻底被解开，方疏净的手即将短暂离开时，容慎川敛起眼神，五指紧握住她的手腕，迫使她的手依旧停在他的身前。

他四指用力，拇指指腹沿着女人手腕凸起的骨头慢条斯理来回摩挲。

不经意间，他淡淡开口：“方疏净，还认得出我是谁吗？”

方疏净只觉得手腕一阵发痒，听了问题后，她眼神变得迷茫。

看向容慎川，她嗫嚅两下，小声说：“容慎川。”

得到满意的答案，容慎川有些不舍地放开手。

至少，她现在不是把他当作所谓的小白脸，才那么大胆。

胸口突然又被使劲一推。

这次力气比之前更大，容慎川稍有些愕然地抬头，便撞进方疏净晶莹的一双眼中。

女人像是回忆起了什么，手掌抵着他的胸口，蓦地咬着牙开口：“渣男！”

两个字清脆落下后，她攥紧容慎川胸口的衣料，口齿没那么清晰地接着骂道：“刚和你那初恋白月光玩完就想无缝衔接下一个呢……嗝，是觉得愧疚想要补偿，还是和白月光待着的时间太短没尽兴啊？看你这么熟练以前是不是也经常这样？”

方疏净动了动脚踝，踢掉高跟鞋，赤着脚想站起来。

奈何跪坐久了双腿无力，站在毛茸茸的地毯上摇摇晃晃，仿佛下一秒就能跌回床上。

容慎川撑坐起来，想扶她一把，却被她刻意躲开。

“容慎川，你别碰我。”她手背在身后，小声嘟囔，“你碰过别的女人，我嫌你脏。”

容慎川哑然失笑，倾身握住方疏净的手臂，把她不容拒绝地拽回来。

方疏净踉跄着跌回容慎川腿上，两条腿晃晃荡荡，徒劳地做着挣扎。

睫羽沾了水一般湿漉漉的，看起来委屈兮兮。

容慎川笑两声，带着气音贴在她颈侧：“再动我可就忍不住了。”

感觉到异样，方疏净迷茫地眨眨眼，安静下来。

可就算安安分分坐着，她嘴里也念念有词：“渣男……”

“我哪里渣？”容慎川戏谑地抬了抬大腿，“今天我和阮苏没什么接触，就连衣角都没让她碰一下，嗯？”

突然被颠了下，方疏净紧张地下意识扶住容慎川的肩，低着头磕磕巴巴地说：“……不告诉我一声，还是去了聚会……还坐阮苏旁边，假装未婚，连个戒指都不戴……”

猝不及防又被颠了下，方疏净肩膀颤了颤，声音发紧，却又因为酒醉，吐字不清：“容慎川，我警……警告你啊……别拿你以前跟别的女人的经验拿来对付我……”

“跟别的女人的经验？”

容慎川两只胳膊搂住她的腰，双手交叉贴在她的后腰上，语调轻松上扬：“可是我没有过别的女人。”

他承认，今天他的做法是有一点吃醋的成分在里面。

在听阮苏提到方疏净还是会去参加，且是被刘定尧邀请去的后，他就决定了自己也要过去。

而在看见刘定尧如此频繁地与方疏净献殷勤后，心绪忽然被搅乱。

后来任由阮苏对他表示好感，他并未拆穿，确实带了些赌气的意味。

他向来懂得冷静处事，却屡屡在碰见与方疏净有关的事情时失去分寸。归根结底，还是因为她对他来说太过重要。

至于戒指。

他手指从领口勾进去一点，扯出一根项链。

上面穿着的戒指熠熠发光。

他知道，她一定不愿意公开两人的关系。

“你看，”他晃了晃戒指，诱哄地开口，“你就是唯一。”

“怎么可能。”方疏净抿抿唇，认真地说，“你明明就……那么熟练，骗鬼啊……”

还没等容慎川回应，她又低下头，闷闷地说：“算了算了，这又没办法验证……你说是就是，你说不是就不是。”

沮丧的模样过分可爱，容慎川忍不住亲了亲她垂下的眼睫。

“总有一天你会知道的。”

薄唇如蜻蜓点水一般一触即离，方疏净却宛如触电，捂着眼睛，僵硬了好久。

大约是醉酒的人脑回路都会变得有些奇怪，沉默了一会儿，她不可置信地开口：“你亲我？”

“嗯。”容慎川兴味浓浓地勾唇，放肆地在她颊边又落了一吻。

领口突然被一股力道拉住。

方疏净往他喉结上印了一吻，还撒气般轻轻咬了下。

末了，还未等容慎川反应过来，她又弓着背，往他衬衫胸口处亲了一下。

偏深色的口红在雪白的衬衫上留下一道唇印，漂亮且刺眼。

方疏净这才自顾自地满意点头，说：“你亲了我，我就报复回来。”说完，她趁着容慎川愣怔的功夫，挣开束缚，往旁边床上一倒，“好了我累了晚安……你就假装……没——看到我……”

方疏净应该是真的累了，倒下还没一会儿，就睡了过去，嘴里偶尔念念有词，听不太清。

容慎川帮她盖好被子，短暂地离开床边洗漱，回来时手里多了些东西。

小心地帮方疏净卸好妆，洗好脸，他把东西都放在一边，掀开被子也躺了进去。

方疏净很快自动钻进了他的怀中。

容慎川的手顺着她的发顶一路抚摸至发尾，抬眼望向床头柜，衬衫的红色唇印直直入眼。

他无奈地叹口气，把灯关上。

今晚看来是睡不着了。

也就只有她醉酒之后，才会对他如此主动。

鬼知道他今天有多想直接把她压在身下，不考虑后果地乘虚而入，将她彻底占有。

但他知道后果。

所以他不敢。

就连难得可以肆无忌惮的机会，他也只敢留下浮于表面的亲吻。

最后在黑暗中克制地亲了亲女人的发顶，他阖上眼，掩盖住眼底幽深的欲望。

“晚安。”

再等等。

次日。

“镜子啊，抱歉抱歉，我昨天真的不是故意的，您老就高抬贵手，饶了我吧？”

茶几前，周怀雅拿了个小马扎坐上，双手合十，好声好气地道歉。

方疏净坐在对面的沙发上，岿然不动。

“我不老。”她懒散地掀掀眼皮，“你挡我电视了。”

今早她一醒过来，还没来得及管宿醉头疼的事，一眼就感觉到了不对劲。

说好了让周怀雅把她送到自己的公寓去，周怀雅当初也满口答应下来，没想到睁眼的一瞬间，她就发觉了不对劲。

居然还是在熟悉的房间里醒过来。

容慎川一如既往地早起出门，连个回来的痕迹都没留下，要不是管家早上跟她汇报，她还以为那人真就夜不归宿了。

思及此，她抿了一下唇，越发显得冷淡。

“你原谅我我就让开。”周怀雅不依，“你相信我，真的是因为容慎川他说没和阮苏有什么接触，我才同意放行的！在那之前我可是负隅顽抗了好久好久，我绝对没有拿姐妹的幸福开玩笑！”

方疏净被气笑了，拿着遥控器敲了下周怀雅脑袋，说：“说没什么接触就没什么接触啊？是个人都知道男人的话不可信吧？周怀雅，你到底是站哪一方的？”

周怀雅收了小马扎，绕到方疏净旁边，揉着额头委屈巴巴道：“我不是看他还算有诚意嘛……而且你也知道，就算我打车送你回这儿来，也不能保证容慎川知道了这个地儿之后，不跟过来让你回去啊？”

有点儿道理。

方疏净本就没有过多为难周怀雅的意思，略一颔首，就当这件事过去了。

一想起昨天容慎川在她眼皮子底下的那些做法，她就忍不住心生烦躁，索性把这些破事抛在脑后。

就当买了个教训，让她学会了什么叫“男人的嘴骗人的鬼”。

周怀雅见方疏净不再追究，立刻扑上来，哭喊：“呜呜呜，宝贝你冤枉我，我要抱抱——”

方疏净露出嫌弃的表情，还是任她抱了一下。

周怀雅心满意足，撒手倒回沙发上。

方疏净拿着遥控板，随便翻了个台。

电视里播放的是没什么营养的相亲节目，方疏净跷着腿听周怀雅在一旁碎碎念着吐槽，思绪放空。

昨晚她应该没做什么坏事吧。

宿醉之后什么也不记得，她也是真的没想到自己能有喝到断片的这一天。

要是真做了什么过分的事，照着容慎川的性子，一定会好好跟她说清楚，再严重一点，说不定就是促膝长谈商量离婚。

……

耳边的吐槽突然消失，方疏净感觉到异样，扭头看向周怀雅，问：“怎么了？”

周怀雅抱着手机，打字飞快。

听见方疏净的问话，她头也没抬，说：“没，跟人聊天。”

方疏净瞄一眼屏幕，看见备注栏上明晃晃的一颗爱心。

她随口猜测：“沈则？”

周怀雅“嗯嗯”两声，把手机贴近胸口，说：“好不容易要到了联系方式，还没来得及聊多久。”

“终于要到了？”方疏净挑眉，调侃着问。

周怀雅神秘一笑，道：“昨晚要到的，费了好大力气。”

“怪不得那么开心。”方疏净没多问，但忍不住提醒一句，“但也别跟上回一样。”

周怀雅手上动作一滞，仿佛满不在乎地点头，说：“知道了，再犯之前的错误我就是小狗。”

接下来一连几天，方疏净都待在自己的小公寓里没出门，甚至为了清净，率先隔绝掉了一切容慎川的消息。

她中途有思考过要不要把狗一起带过来，最终还是放弃了。

再回一趟那边的房子，岂不是自找糟心事。特别是在刷朋友圈的时候看见刘定尧发的某一条动态之后。

那是几张截图，截取了阮苏这段时间的动态。

看起来像是恋爱了，字里行间都泛着粉红泡泡。

刘定尧配文：“懂的都懂，跨越十年，恭喜修成正果。”

说的是谁，昭然若揭。

方疏净看了两张图就觉得刺得慌，退出之后直接把容慎川拉进了黑名单。

很好。

没了她，他过得还挺滋润。

几天后的某个昏天黑地睡醒的下午，在柚子的连环电话催促下，方疏净才终于想起了自己还有直播这个事业，秉着自力更生不当咸鱼的念头，她起床发了条今天直播的微博通知，洗漱好后随便套了件白衬衫和黑色长裙，披上大衣就出了门。

然而在电梯上，她自己也没想到，居然能与阮苏狭路相逢。

阮苏走进电梯时，两人视线相撞。

方疏净面无表情，甚至想要别开视线。

奈何对方一直盯着她，她只能冲对方礼貌颔首。

过了会儿，阮苏冲她笑了笑，问：“好巧，要出门吗？”

这不是废话。

方疏净也跟着客套道：“嗯，去上班。”

“这样啊。”阮苏换了只手提着包，说话间状似无意地把自己包上的 logo（商标）展示在方疏净面前，“要不要我和我男朋友送你？”

方疏净本来毫无波澜地看着她的表演，在听到“男朋友”这个词时，眼神闪了闪。

男朋友?

“行，”她弯弯眼睛，“那就麻烦你们了。”

车上。

方疏净坐在后座，兴致缺缺地望着窗外，试图忽略耳边的说话声。

街道两旁的树叶落得干净，乍一看还有点萧瑟的意思。

路上没什么人，景色也只是普普通通的街景，一直盯着看的话，还挺无聊的。

但再无聊也没有阮苏说的话无聊。

车行十分钟，她就讲了十分钟她和她男朋友的故事。

从刚开始认识到现在，事无巨细。

要是男方是容慎川，她兴许还能分出一点儿注意。

可惜不是。

坐进车里，发现驾驶座坐着的人并不是想象中那张脸时，她甚至有些蒙。

男人三十多岁的模样，长相普通，面色和善。

在她坐好后，还主动与她打了个招呼。

“……我觉得他也不错，就这么在一起了。”

阮苏终于用她那故意放软的声音把他们冗长的爱情故事讲完，随后转头看向方疏净，期待她的反应，说：“你说缘分是不是个很神奇的东西？”

方疏净根本没有在听，意思意思附和一下：“嗯嗯，是的。”

驾驶座上的男人此时也笑着插了句话进来：“说来也是，我追了她有大半年，她也没答应，听说她回国了，我前几天抱着试一试的心态又表白一次，她居然就答应了。”

阮苏掩唇，含蓄地笑道：“之前不是怕距离太远，坚持不下去吗？”

方疏净听着，总感觉哪儿不对。

为什么，大半年没答应，这会儿突然同意了。

另外……

信息量有些大，方疏净觉得自己明白了点什么，却又觉得什么也没明白。

不过，别人的事情，她也用不着多管闲事。

阮苏唤了方疏净一声。

方疏净的思绪被拽回来，顺口答应。

“你是不是以为我说的男朋友是容慎川？”她笑着问。

“啊？哦……”方疏净点头，坐到中间一点，身子向前倾，才能听清阮苏说话。

“你想多了。容慎川已经结婚了，我和他只是出去说点事而已。”阮苏细声细气地解释，还不忘冲她眨眨眼，“但是你不要跟他们说我和我男朋友的事，我们才在一起没多久，我怕不够稳定。”

“啊？”

方疏净不太理解阮苏的脑回路。

阮苏叮嘱了她一句：“记住了啊。”

紧接着，她又转向男人，欲言又止。

男人余光注意到了她的神情，眼神柔和下来，说：“宝宝，我明白的，我不在意这些。”

阮苏满脸感动，顺便拨了拨头发，朝着方疏净的方向露出自己镶钻的耳钉，说：“亲爱的，你真好……”

方疏净一脸蒙。

更无法理解了。

下车时，方疏净满脸仍写满了莫名其妙。

把这两人的交往方式姑且称之为“一个愿打一个愿挨”，她一边往店里走，一边梳理着刚才捕捉到的一些信息。

也就是说，容慎川和阮苏之间，确实没有什么。

那就意味着，那天容慎川确实是有事。

而不是她所想的，夜会白月光。

这样啊。

心绪百转千回，得到这样的结论后，方疏净压抑的心情不由得明快些许。

她就说嘛，这男人平日里死板无趣，就算阮苏有意暗示，说不定他都看不懂。

进到店里，柚子一如既往地在她来之前安排好了一切，见她的身影，热情地冲她挥手，喊：“镜子姐快过来快过来！”

方疏净心情颇好地上前。

“嗯？”

柚子把一沓资料放在了方疏净面前，说：“最近的一些活动邀请。”

方疏净接过去，熟练地一张张翻看完后留出几张，交给柚子。

柚子接过后，站在原地没走。

她想了想，说道：“还有一个综艺邀请你去当一回嘉宾，不过应该是再过一段时间的事，所以可以不着急决定。”

方疏净“嗯”了一声：“等我晚些时候再看看。”

“好嘞！”

直播开始后，老粉们对方疏净常年不营业的状况已经见怪不怪，倒是有几个新粉满屏幕刷“欢迎回来”。

方疏净和以往一样，直入正题：“今天想看什么？”

【说好的教父！教父！教父！】

【对对对，我蹲了好久终于蹲到了！来一杯教父！】

……

方疏净看一眼弹幕，轻笑一声，秒懂他们意思，说：“想看我凿冰球是吧？行。”

她拿出冰块，手上动作行云流水，光是切割冰块这一简单的动作，都能做得赏心悦目。

手上忙活着，方疏净不时分心瞥一眼屏幕。

【这段时间是不是去陪老公了呀？感觉最近应该过得挺不错？】

“想说我胖了就直说。”方疏净半开玩笑，“男人有什么好陪的，不如自己待着舒服。”

【哈哈哈，楼上是不是没看过上次的直播，经典语录居然不知道吗哈哈哈！！！】

方疏净笑吟吟地看着弹幕不断刷新，本想跟着说上两句，临到嘴边却又停住。

不需要容慎川……吗？

脑海里细碎的判断交织闪现，她恍惚一阵。

不需要的话，为什么把他看得那么重。

……

直播顺利结束。

好久没有凿过冰球，方疏净放下杯子后，揉揉稍有些发酸的手腕，往店里的休息室走。

许是近日过重的思虑一下减轻，方疏净本来只是想休息一小会儿，没想到再睁眼，外头已经传来了不小的喧闹声。

她一看时间，晚上八点。

精力得到补充，方疏净难得来了兴致，推门走出休息室后，径自去到吧台帮忙。

调好一杯粉红佳人，服务员小姑娘过来端的时候，忍不住和方疏净八卦两句："16 卡座那儿有两个帅哥，贼帅！"

"是吗？"方疏净也顺着她说笑，"有多帅？"

酒吧里最不缺的就是长得好看的年轻男女，俊男美女见多了，自然就会产生免疫，没什么感觉。

小姑娘怕方疏净不相信，指了指那个方向，说："我敢说，比我之前见过的来这儿的所有男人都帅！"

说完，她端过酒杯笑嘻嘻地离开，走两步还不忘往那边看过去两眼。

方疏净没怎么把对方的话放在心上，在人离开了一段时间后，才因为无聊，随便扫了扫那个方位。

16 号卡座位于酒吧的角落处，隐匿在喧嚣之中。

方疏净的视线越过人群，隐约能看见两个被女人簇拥的身影。

来这儿的大部分都是玩咖，方疏净对这种情况见怪不怪，正欲收回视线，一束光流转过去，刚好照在其中一人的身上。

方疏净视线一顿。

那张脸她认得，上次医院的那件事她记忆犹新。

是沈则。

男人吊儿郎当地躺在沙发上，两边坐着的女人朝他靠过去，他也不闪躲，大大方方地把人揽进怀里。

方疏净面色陡然一沉，拿出手机想拍张照片发给周怀雅。

镜头在对准沈则的脸时，开启了夜视模式。

她借着镜头，看清了沈则旁边坐着的另一个男人。

那张脸，她更为熟悉。

想不到会是容慎川，方疏净放下手机，手指用力收紧，又艰难地放开。

她悄无声息地绕过吧台，往那边靠近了一点。

容慎川似是不屑理会周围的人，慵懒地向后一靠，神色散漫又随性。

与平日淡漠冷静的模样判若两人。

周围不时有目光停留，跃跃欲试。

他掀了掀眼皮，视线似乎往这边极为轻浅地扫过一眼。

方疏净一噎，低头避过。

大约是没发现异样，只须臾的停顿，他的目光收回。

方疏净抬眸，轻咬唇瓣。

倏地心情复杂起来。

她也是第一次知道，这个男人并非她一直以来印象中那般，只是个死板又无趣的书呆子。

那边，沈则正从女人手里接过酒杯，笑着跟容慎川开玩笑："今天怎么突然想通了，还挑了件这样的衣服？

"这唇印嫂子留的吧？也难为你们家用人了，专门留这一小块儿不敢洗，你这是打算珍藏到地老天荒呢？可太卑微了。"

容慎川没说话，手里握着沈则塞过来的酒杯，轻轻摇晃。

沈则嘴贱，但凡抓住一点，就忍不住激他："你说要是嫂子今天刚好在这儿，你岂不是跳进黄河也洗不清了？"

容慎川手指一伸，示意他往那边看。

"怎么，有美人儿……"

他转过去，到嘴边的话戛然而止。

望着不远处缓步走来的身影，他一怔。

"嫂子？"

方疏净没听见沈则喊她，从他身前掠过，扯着笑装作无意地靠近容慎川。

"玩什么呢？"她上上下下审视着一旁的女人，"这么高兴？"

女人脸色一白，识趣地让开。

方疏净顺势坐到了容慎川身边，尽力使自己的声音显得毫不在意。

她指了指那抹唇印："容总，几天不见，玩得还不错吗？"她美眸流转，略带讥诮地调侃，"玩那么开，小心有人逼你负责。到时候我可不负责处理你这些烂摊子——"

话音刚落，却蓦地被容慎川扯住手腕，纤细的手指被迫按在了那处唇印之上。

"你干什么！"手腕猝不及防被禁锢，方疏净仿佛被踩了尾巴的猫，用力想要挣脱。

男人目光灼灼，半含笑意，俯身贴在她耳边，咬字轻慢——

“是谁印上去的，谁就要负责？”

“……”

第七章

负责

空气仿佛在这一刻静止。

方疏净脖子僵硬地扭动了两下，脑子里一个念头飞快划过。

不是吧?

沈则在一旁目睹全程，聪明地选择不再出声。

心里对这时的情况大致有了底，他拍拍容慎川的肩，笑道：“怪不得今天那么反常，既然这样，兄弟就先回避一下了啊。”说完，他眯眼笑着看一眼方疏净，“免得说我打扰你俩交流感情。”

方疏净没心思管旁人的去向，此刻脑中就跟放了一团乱线，怎么也理不顺。

她退开坐正，嗫嚅两下，声音又轻又浅，透着满满的小心翼翼：“难不成这还是……我弄的？”

容慎川松开手，眼中噙着三分戏谑，说：“那天断片得这么厉害，什么也记不得了？”

方疏净一下子明白过来容慎川话里的意思。

也就是说，如果他没有说谎，这个唇印，其实是她喝到断片那天在他衣服上留下的?

她对那天晚上毫无记忆，本以为只是被人送回家就安安静静睡了过去，没想到竟然还有这种事。

一看那唇印的位置，就知道自己有多乱来。

方疏净大脑有点卡壳，两只手撑在腿侧，干巴巴地不知道说什么:“你这衬衫穿得挺久啊。”

“送去洗的时候特地嘱咐了，不要碰到这一块。”

容慎川语调舒缓，笑意在深黑的眼瞳中翻涌流淌，带着其他不明的情绪。

“不然，没有证据，怎么来让你对我负责?”

方疏净耳尖一红。

这话说得好像她是个翻脸不认人的渣女一样。

但确实，要是今天容慎川没提醒她，她可能连那天晚上有没有见过容慎川都不清楚，更别提另外的事。

迎着男人似笑非笑的目光，她喉头紧了紧，声音有点儿无力：“除了这些，我还做没做过别的……”

没底气，说话声都发虚。

她一边说，一边把手往后撑，想退上一段距离。

容慎川淡淡颔首，单手把人拉回来，他慢条斯理地扯了扯领口，语气平稳得仿佛在陈述今天中午吃了什么——

“你指的是，那天抱着我不肯松手，把我推倒在床上，解我衣服扣子，还是……”

方疏净脑子“嗡”的一声，赶忙抬手想捂住容慎川的嘴:“别说了！”

她现在只想立刻找个地缝钻进去。

要是能重来一遍，她就算再怎么不高兴，也绝对绝对不会蠢到选择把自己灌醉。

都说酒后吐真言，醉酒后的行为，才是自己心中最深的欲望。

自己居然，真的当着容慎川的面，做出了那么出格的事。

周遭人群嘈杂，一束光接着一束光地划过她身前，让她思绪更加混乱。

容慎川应该也知道了吧。

她的心思。

——明明嘴上说着不在意，却因为他与别的女人的接触，接连招惹了他两次。

她扭头，看到不远处的另一处卡座，沈则吊儿郎当地跷着腿，一脸看好戏的表情，冲她举杯。

心里隐藏多时的那些羞于启齿的念头仿若尽数被剖开，毫无遮拦地暴露在光天化日之下。

方疏净霍然起身，逃也似的跑开。

她现在只想冷静一下。

手握上方向盘的那一刻，冰冷粗糙的触感自手心传来，方疏净这才镇静下来。

眼前是开阔的山道，耳畔是陈子帆远远的叫喊——

“我的老祖宗，你真没事吗？看你那状态我总怀疑你下一秒就能飞出这条道！”

陈子帆是真的有些担心。

十分钟前，方疏净一声不吭闯进俱乐部，找他要了车钥匙就往车上奔，一副魂不守舍的样子。

他还没来得及反应，就见她已经跳上了车。

玩这玩意儿最忌分神，一个不留神就有可能跟死神擦肩，出于对好友生命安全的考量，他不放心地又开口道：“你要不要先缓一缓情绪再开始——”

“没事。”方疏净冲他摆手，“用不着你负责。”

她过不过来玩向来看心情，平日也常是在感到烦闷的时候过来放松心情。

习惯了用痛苦当作往前冲的推进器，她对此并不在意。

夜风吹过，脑中意识清晰几分。

她定了定神，说：“走了啊。”

说完，车身宛如离弦的弓箭，直直向前冲去。

“不是……”陈子帆手停在半空，小声念叨，“我对谁都不用负责啊姐姐……”

余光这时瞄见了另一辆车。

下一秒，那车也追着方疏净的脚步向前奔出。

陈子帆：！！！

这是怎么回事！

他根本没有注意到这个人!

陈子帆脸色变了又变，扭头回去翻记录。

与此同时，车道上。

一个漂亮的漂移，车身近乎擦着道路边缘过弯。

方疏净娴熟地操控着方向盘，双眼略带认真地眯起。正准备再一次加速，她倏地从后视镜里捕捉到了另外一辆车。

这是谁?

方疏净隐隐约约能记起来，在自己发车时，瞥见过有辆车过来。

她当时满脑子都是今天在酒吧的尴尬遭遇，根本没注意。那辆车在她后方不远处，与她一直保持着同样的距离，不远不近。

方疏净尝试加速，没能甩开。但对方似乎并没有超车的意思，就这么一直与她保持着安全的距离，甚至有点守护她的意思。

方疏净皱眉，不知道是不是自己的错觉。

即便如此，她的胜负欲也被充分勾起。她太喜欢“赢”的感觉，不论哪方面。

脑中原先的纠结被丢在一边，方疏净逐渐全神贯注起来。

过弯，提速，耳畔尽是风声与引擎的轰鸣。绕过眼前无比熟悉的弯道岔点，终点近在眼前。

在后轮压过终点线的那一刻，方疏净踩下刹车，重重提起的一颗心最终轻轻放下。后头那辆车也停了下来，不远不近刚好与她拉开的还是那么一段距离。

解开安全带，方疏净故意等了会儿，眼睛盯着后视镜，想看看对方到底长什么样。

车门被打开，男人骨节分明的手扶着车门边缘，弯腰步出。

后方车灯刚好映在他的脸上，熟悉的面孔霎时映入眼中。

方疏净呼吸一滞。

是容慎川。

他什么时候跟出来的?

方疏净低声咒骂一句，飞速拉开车门想要逃跑。

她现在就算是见到阎王老子也不愿意见到这个男人。

还未等她跑出两步，肩膀忽然被一股大力握住，视野不受控制地不断转移，一只手捏着她的肩膀，直直将她抵在了车门上。

后腰凉意不断侵袭，方疏净打了个哆嗦，正对上容慎川冷淡的眉眼。

高高在上地将她的满身狼狈尽收眼底。

心头的某一个点忽然被戳到，方疏净咬着唇，奋力想把他推开，说：“容慎川，你干什么！一路跟着我到这里，你是跟踪狂吗？”

容慎川敛眸，没说话。

感觉到对面的男人向后退了一步，方疏净微微松了一口气。

还没等她完全放松，又被掐着腰翻了个面，整个人被压着趴在了车前盖上。

她什么时候这么憋屈过?

心里模拟了一遍容慎川站的位置，方疏净铆足了劲儿往一处用力蹬，说：“你再不放开小心我废了你！”

容慎川压着她的手松了松，双眸仍沉稳平静。

女人似是挣扎累了，坚持了一会儿便停下了动作。

因着刚才动作幅度有些大，裙摆往上缩了一截，展露出小片雪白肌肤。

容慎川帮她理好裙摆，又揽着她的腰把人扶起，淡声问：“冷静下来了吗？”

方疏净回身瞪了他一眼，恶狠狠道：“没有！”

她还从来没被人打过屁股，这人还当她三岁小孩儿呢这么教育？越想越生气，她理了理头发，转头就要回到车里。

车门被容慎川挡住。

男人很高，方疏净站着，抬头跟他用眼神对峙，说：“让开。”

容慎川微低着头，胸口那块红色的印迹仍刺着她眼。

他看着她，忽地嘴角弯出一抹笑：“今天也是因为吃醋？”

方疏净咬牙，红着耳朵选择不回答这个问题：“你先让开。”

——她那天喝醉了到底都说了什么！

事已至此，她再怎么解释也只能显得自己心虚。

破罐子破摔一般，她闭着眼说：“是又怎么样？我就是见不得她们离你那么近，再怎么说你也是我丈夫，也说好了对这段婚姻负责，我可不想明天就在新闻头条上看到什么关于你的花边新闻。”

山顶的风一阵阵吹来。

方疏净为了保证自己气势足够，不敢弯着身子抱臂，两只手背在身后，捏在一起试图取暖。

容慎川的眼神放柔。

他走过去，把方疏净拥进怀里。

突如其来的温暖袭来，方疏净有须臾的恍惚。

男人的怀抱轻柔又坚定，手搭在她的后脑勺，轻轻帮她梳理着长发。

“方疏净，你听我说。”

埋在男人的胸前，方疏净闭着眼，被温润宽容的气息包裹着，忽地没了脾气。

“嗯……”

“出席上次聚会，是因为听人说你也要去。”容慎川解释，“不是为了阮苏。后来阮苏找我出去，确实是告诉我她喜欢我这件事，但是我拒绝了。”

“嗯。”

经历了今天和阮苏的那系列事情，方疏净能猜到这个结果。

但她还是想不通。

觉得容慎川胸口那个红印实在碍眼，她干脆抬手去把那一块布料攥紧，问：“那你为我才过去，为什么还要跟阮苏走那么近，她那意思你又不是不懂，干什么纵容她？”

容慎川停顿一下，无奈摊牌：“是……我承认我当时被嫉妒冲昏了头脑。”

嫉妒？

方疏净皱眉，又听容慎川道：“看见别的男人接近你，对你示好，我就控制不住自己。更何况……”

他犹豫片刻，说：“你说刘定尧是小帅哥。你还从来没说过别的男人帅。”

方疏净在黑暗里眨眨眼。

——所以，这个男人真就把她这一句嘴瓢记了那么久？

原来他也会吃醋啊。

不知怎的，方疏净心底莫名生出了一种“扯平了”的想法，嘴角不自觉缓缓勾起。

感觉到怀中女人的分神，容慎川轻轻捏了捏她后颈，接着道：“离开是因为公司确实有急事，本打算回家和你好好解释，没想到后头那么多意外的事。”

方疏净听见容慎川微不可察地轻叹一声，旋即温柔地捧起她的脸。

“虽然我不知道，你为什么一直认为我喜欢的是阮苏。”

“可是，”他似乎想吻她，却又生生克制住，甚至带了点微小的委屈，

“明明我心里只有你。

“方疏净，你能不能也对我负责。”

男人的声音低沉有磁性，含着丝丝蛊惑的意味，一点一点入侵方疏净的心防，诱人沉沦。

方疏净愣怔两秒，稍稍冷静下来，说：“等等，你的意思是，你真的喜欢我？”

过往婚后的一些细节桩桩件件倏地罗列在她的眼前。

仔细一想，才发现这一切原来都有迹可循。

是她从一开始就走入了那个误区，所以固执地认为他永远不会喜欢上她。

“总算没想错。”容慎川满意地轻捏她白皙柔嫩的脸颊，嗓音纵容。

“那你——”方疏净还想追问关于他醉酒后喃喃“苏苏”的事，但转念一想，又觉得把醉酒的事拿出来说，似乎有些过分胡搅蛮缠。

既然他选择隐去不提，那便算了。

至少她能确定，现在容慎川唯一喜欢的，只有自己。

他不会在这方面说谎。

换了个话题，方疏净皱着眉，颇有秋后算账意味地踮脚，说：“那你今天还跟着你那好兄弟来我这儿？”

容慎川揽过她腰，让她贴近了些，额头相抵。

“不这么做你今天又怎么会注意到我？”他笑声带着气音，“还不是为了找你。”

这几天他都寻不着方疏净的踪迹，直至在微博刷到她直播的消息。

若不是这个原因，他断然不会答应沈则的邀约。

一切都是他为了引她注意而布下的网，如果不这样做，方疏净看见他，也许下一秒就会转身躲避。

他在赌，赌方疏净对他有一点心动。

“下次不要一声不吭就跑掉，嗯？”

容慎川在她唇上轻轻印下一吻，蜻蜓点水一样。

方疏净脸颊蓦地通红，捂着唇向后仰。

容慎川眉间一松，放开她。

方疏净立刻转身，背对着他弓着腰，耳朵红了又红。

透过捂得严实的手指缝，她说话声音模糊不清：“怎……怎么就亲了……”

“嗯？”容慎川没动，等着她消化好自己的情绪。

半分钟后，方疏净深吸一口气，站直。

“不是，”她没转回来，“我就是觉得，我们这刚说开没多久，就发展到这个地步，是不是有点太快了？”

虽然她经营着酒吧，这档子事也见过不少，但骨子里些微的保守还是让她有点处于状况外。

不是说她排斥容慎川，只是她还没准备好去完全正视这段感情。即便两个人本就是合法夫妻，除了最后一步，之前该做的也都做过。

至少此刻来说，两个人的关系对她而言还只是刚确定好恋爱关系的小情侣。

“我不知道你以前的情史如何，我也不想再问，”她折了个方向，过去打开车门，“但于我而言，这是我第一次确认对一个人的喜欢，也是我第一次恋爱，所以，我希望我们能稍微认真一点。”

“至少，”她抿抿唇，抬手打算关掉车门，“不要老随随便便就乱亲我……”

容慎川一怔，旋即低低地笑起来。

他大步走去挡住方疏净关车门的动作，一手抵在门框处，一手撑在座椅靠背上，低下头与她对视。

车里幽幽的暗光照亮女人通红的双颊与一双躲闪的漂亮眼睛，反射出盈盈的亮光。

容慎川爱极了她这副模样，俯身停在她的颊边。

暧昧在刹那间充盈整个车厢。

方疏净干巴巴地吞咽一下，以为他又要做点什么，警惕地向后缩了缩。

“说了不要随便就亲……”

容慎川仍在笑，漆黑的瞳眸里清晰地倒映出她的影子，温柔宠溺得一塌糊涂。

他珍重地揉揉女人的头顶，笑音毫不掩饰：“放心，不经你同意，我不会轻易碰你。

“我只是想告诉你，我也是第一次谈恋爱。”

容慎川的声音不急不缓：“在此之前，我从没有过别的女人。”

方疏净停下来，有点惊讶地望着他。

在现在这个年代，像容慎川这种身家地位的男人，再怎么也会有那么一两段恋爱史吧?

而且……

“没有过这些经验，之前那么熟练是跟谁学的？”方疏净小声嘀咕。

“梦里。”

“哎？”

容慎川没继续说下去，捏捏她鼻尖：“你喝醉之后还嫌我脏。”

听他又提起她醉酒之后做的丢脸事，方疏净别过脸：“你别说那天了……”

容慎川勾出她颊侧一缕鬓发来玩。

这么多年来，他不知道多少次梦见自己彻底拥有她的场景。

这些都不能和她说，怕把她吓着。

卷了好几圈发丝绕在食指上，容慎川松手，问她：“今晚还回昭阳路那边吗？”

没等她作答，他补充道：“包子很想你。”

“好……”

这个男人能不能坦率一点。

回到昭阳路的宅子，推开门的那一刻，方疏净竟有种恍若隔世的感觉。

包子一听见动静就跑出来往她腿上蹭，闹腾得很。

方疏净蹲下去想把它抱起，但包子体型过大，任她怎么用力都抬不动。

她只好放弃。

这时久违的饥饿感终于升起，方疏净站起时眼前一花，差点往后仰倒。

她这才想起，自己还没吃晚饭。

家里用人大多已休息，方疏净不是个喜欢在这种时候打扰别人的人，索性自己走进厨房，想看看有什么可以吃。

她一边在巨大的冰箱里翻找，一边碎碎念着各类食材的名字。

厨房那边一般是当天运过来食材当天用完，留下的东西少得可怜。

搁在餐桌上的手机响起，她扬声往厨房外唤：“容慎川，把我手机拿过来一下。”

容慎川在外头停好车，刚进门就听见方疏净的呼唤，于是过去拿了手机递给她，不忘告诉她来电人：“你弟弟。”

方疏净关冰箱的动作缓了缓，说：“方远亦？”

这么晚了，按理说那小孩儿应该睡了才对。

她接通电话。

那边困倦的声音传过来。

“喂，姐姐睡了吗？”

方疏净“嗯”了声：“你怎么还没睡？有什么事吗？”

方远亦打了个长长的哈欠，说：“爸妈因为冬至家宴的事情吵起来了，我睡不着。”

“这样啊。”

方疏净了解那夫妇俩的秉性，大半夜因为面子上的事情吵架无可厚非。

怕方远亦明天精神不足，她提醒：“你早点休息，实在不行找吴妈要两个耳塞。”

“不是，我知道的，”方远亦沉默许久，声音有点拖拉地请求，“姐姐，冬至要到了，你回不回来过呀？我想和你一起包饺子……”

方疏净眼神一闪。

时间过得这么快。

居然都冬至了。

她想起来之前还没有搬出方家的时候，那时候方远亦也比现在更小，话都说不利索。

家里冬至照例摆宴席，外头鸡飞狗跳，她这个讨人嫌的永远上不得台面。那时候小小的方远亦也会跟着她翘掉宴会，和她一起在小厨房悄悄包饺子玩。

小锅里咕嘟咕嘟冒着热气，一大一小围在炉前，聊很多很多东西。

方远亦喜欢悄悄在饺子里包硬币，且每次都能精准无比地夹到她碗里。

外头是觥筹交错的喧嚷与萧瑟的寒风，名利交错，虚伪且无聊。

厨房角落的那个安静冒着温暖蒸汽的小炉子，仿佛就是他们的全世界。

思及此，方疏净有点发呆。

方远亦许久没听见她的回应，小声问：“姐姐？”

“还是像以前那样包饺子吗？那我……”方疏净张张嘴，刚想答应，忽然听见听筒那边远远传来中年男女的声音。

“小亦宝贝你怎么还没睡？赶紧去睡了，明天还要去你爸爸的公司学东西。”

方远亦似乎把手机藏了起来，声音很小很远：“可是明天我想去学校郊游。”

“郊游？小亦，你将来是我们方家的希望，方家的骄傲，最重要的是学习，郊游这种事咱们就先放放，好不好？”

“嗯……”

“爸爸妈妈最近也很忙。你看，最近都要冬至了，又要忙家宴，所以顾不到你，你不要往心里去，好好学习。”

“嗯。”

“还有，别什么事情都跟你姐姐说，这次冬至的家宴，也别告诉她，要是她问到，就说今年取消了。”

“……”

“小亦，你能理解爸爸妈妈的吧？爸爸妈妈辛辛苦苦筹备的宴会，不能因为你姐姐而出现什么纰漏。”

方疏净捏紧手机，唇瓣骤然咬紧，泛着疼。

感知到身边人的沮丧，容慎川没有说话，抬手去捏了捏方疏净空出来的手。

也许是刚接触过冷冻食材的缘故，有点冷。

那边方远亦想争辩：“可是姐姐她也不会影响……”

“你还小，不懂这些。”方母声音里带点轻蔑，“我们都不希望见到她，不仅是爸爸妈妈，你的舅舅姑姑也都不希望见到她，所以不要再提了。”

“哦……”

方疏净面无表情地挂断了电话。

果然和她想的一样。

就算，她从未做错过什么。

给方远亦发了条语音说明自己不回去，方疏净懒得再去思考吃什么，直接打开冷冻层，从里面拖出一袋速冻水饺就下锅煮。

煮出来后，她扭头问一旁一直守着她的容慎川：“你吃吗？”

容慎川微微摇头，说：“我不饿。”

“哦。”方疏净端着碗，往餐桌走。

速冻饺子口感不好，方疏净的味觉本就灵敏挑剔，加之心情低落，吃了几口垫垫肚子，就没了食欲。

注意到对面的容慎川在发消息，她挑挑眉，问：“还在忙工作？”

容慎川放下手机。

“没。”

“那是什么。”方疏净咬着勺子，含混不清地问。

“给管家留了条消息，让他派人准备一下食材。”

“哎？”

容慎川捧过她的碗，帮她解决剩下的饺子。

迎着她疑惑的目光，他不紧不慢地开口：“冬至那天我请个假，在家陪你一起过。”

方疏净一怔，说：“可是，就过个小节日，晚上一起吃顿饭就好，也不用请假吧……”

“要包饺子的话，可能会费些时间。”容慎川拿筷子敲敲碗壁，“工作的事我自会处理，你最重要。”

“哦……”

方疏净低下头。

在听见“你最重要”四个字的时候，她能感觉到，心里像是被什么东西慢慢地填满。

明明，只是一个很小很小的细节。

容慎川再一次拿起手机，往屏幕上瞥了一眼。

备注“方先生”的人在刚才给他发了消息。

【方先生：容总，今年冬至的家宴，您看您愿不愿意赏脸出席？】

【方先生：小净她还有别的事，所以只需要您一人出席，像上次那样就好。】

容慎川薄唇微抿，眉眼冷下来几分，随意敲下两个字发过去。

【容慎川：没空。】

简明扼要的两个字，甚至透出几分不耐烦。

那边的人似乎没有感觉到，又或者不敢有别的反应，先回了他一个亲切的表情。

【方先生：没关系，容总年轻有为，事务繁忙也正常。】

非常官方且无聊的话。

容慎川移开视线，对于那边有意的拉近距离选择视而不见。

不知是不是试探，过了会儿，那边又发了条消息来。

【方先生：容总，最近小净她没有给您添麻烦吧？她从小顽劣惯了，有些不像话，这几年承蒙您费心照顾了。】

容慎川眼眸微凝，端起碗往厨房走时，不忘回过去。

【容慎川：不麻烦，从小照顾习惯了，我很喜欢。】

不欲多废话，他揣好手机，把碗放进洗碗机后，转身回到餐桌。

方疏净还趴在桌前等他，大约是高兴于刚才他的那个承诺，她抬眸看他的时候，一双眸子亮晶晶的。

容慎川眉眼蕴了丝丝笑意，忍不住走过去揉揉她的发顶。

方疏净躲开一点："你怎么越活越回去了，以前的坏习惯还带到现在。"

高中那会儿容慎川就喜欢揉她头发，同桌的时候每次在她旁边坐下都要摁着她脑袋。

她当时比现在还矮一点，次次反击都以失败告终，要不是后来她个子还长了些，她一定会恨他一辈子。

容慎川毫无愧疚地收回手，整理了一下袖口，状似无意地发问："这些事都记得那么清楚？"

"当然！"方疏净一想起高中时容慎川对她的"欺凌史"，就忍不住控诉，"每次跟我讲题都说我笨，吃个午饭非得逼着我把菜吃光，好不容易遇到女孩子来表白结果故意玩失踪把烂摊子留给我处理……容慎川你说你是不是魔鬼！"

想当年，她仗着无人看管，打算在学校一展宏图好好儿当个大姐头，结果这美梦还没开始做，就被容慎川生生打碎。

在学校里，大到成绩，小到挑食，都被他管得死死的，生生断了她叛逆的路子，带着她往在老师面前装作德智体美全面发展的好学生这条路上越走越远。

男人闻言，眸光未曾变化。

方疏净恨恨咬牙："就连收到封情书都玩失踪，非得让我出面解释你已经有喜欢的人了，你要是当年——"

说到这儿，她说不下去了。

要是当年他不那么可恶，说不定早跟阮苏在一起了。

那就没她事了。

领地意识令她骤然警觉，决口不提阮苏的名字。

"行了。"她跳下椅子，趿着拖鞋上楼，"我好累，洗个澡先睡了啊。"

容慎川眼中笑意晕染，逐渐扩大。

"好。"

洗了澡出来，方疏净靠着床头，打算刷会儿手机。

头发没怎么吹干，半干不湿地搭在肩膀上，有点凉凉的。

身边陷下一块，方疏净感觉一条腿压在了她腿上。

她有点不舒服地抬了下小腿，往另一边缩了缩。

耳边一缕发被人捏在掌中，轻轻碾了碾。

“没吹干就睡觉，会不舒服。”

方疏净敷衍地“嗯嗯”两声：“都习惯了，问题不大。”

容慎川没答，掀开被子下床。

过了会儿，他走到她那一边，轻轻拍拍她肩膀，示意她转过去一点。

方疏净往身旁睨了眼，在看见对方手里拿着吹风机后，听话地侧了侧身，背对着容慎川坐在床沿。

吹风机功率很大，吹出来的风就算是最低档，也让方疏净耳边充斥着嘈杂的嗡嗡声。

她见容慎川手法娴熟，不禁调侃：“想不到容总居然这么体贴。”

容慎川没说话，动作习惯性放轻。

有人专注给她吹头，方疏净也乐得轻松，舒舒服服抱着手机继续玩。

柚子给她发消息，告诉她综艺那边定下来了。

她只需要在其中的某一期当一回嘉宾。

方疏净给她回了个“好”。

退出微信，方疏净来回翻了一下主页面，屏幕画面忽然变了变，提示她有新来电。

来自周怀雅。

方疏净抬手示意容慎川暂停一下。

风声渐止，她接通电话。

那边周怀雅的声音有点紧张，仿佛有什么事藏着掖着。

“镜子，我的银行卡好像掉你们店里了，可不可以麻烦你让店里人帮忙找一找？”

“掉店里了？”方疏净疑惑地问，“你今天去过店里？”

她记得没错的话，周怀雅上次去店里，已经是几天前的事了。

依周怀雅的性格，怎么会到现在才发现？

周怀雅沉默了一会儿，磕磕巴巴地说：“就前几天掉的，也不知道找不找得到，你们那边有人捡到，就跟我说一声啊——”

话音未落，后头忽然一阵窸窸窣窣的声音。

方疏净本以为是周怀雅在被窝里翻身，刚准备回她，却模模糊糊听见了一道醉醺醺的男声。

“怎么，”稍有些熟悉的男声带着混不吝的调笑，醉意有些深，“不再来一次？”

方疏净闭上嘴，唇瓣抿紧。

要是她记忆没有出错，这道声音似乎是沈则的。

这一句话有多暧昧，方疏净做不到假装不懂。

那边窸窣的声音更加剧烈，情况似乎有点混乱。

只听周怀雅慌乱地惊呼一声，压低声音说：“不是叫你不要出声儿了吗？！”

接着，她急促地对方疏净道：“我这边有事，先挂了。”

下一秒，电话挂断。

方疏净看着手机上显示的“通话中止”字眼，怔忪了几秒后，什么都明白了过来。

想起沈则之前左拥右抱的浪荡模样，方疏净僵硬着手指给周怀雅发了两条消息过去。

【Jinz：掉的不是你的卡，是沈则的，对吗？】

【Jinz：如果是他的，让他自己去找。】

光是之前在酒吧的时候做的那些事，就让她对沈则毫无好感。

周怀雅居然真的入了这个人的套。

放下手机，方疏净扭头，望向正欲打开吹风机的容慎川，忍不住怒上心头。

“你这都交的什么狐朋狗友？啊？”

她转过来，揪着容慎川的衣领，把他往她这处带，说：“以后是不是还打算跟他取个经，学学他怎么玩的？”

她知道容慎川不是这样的人，但一想到周怀雅，她现在就心慌得难受，忍不住找他撒气。

等这一通噼里啪啦说完，她冷静下来，深呼吸了一下，缓缓松手，顺便帮他整理好被扯得乱七八糟的领口。

容慎川在此期间没有开口，也没有别的反应，任由她动作。

待到领口桎梏松开，他回退一点，耐心解释：“沈则是我当初大学时认识的合作伙伴，虽然……私生活方面乱了些，但他工作能力很强，在公司的地位很重要。”

“至于会不会带坏。”他坐到方疏净身边，朝她那侧微微倾身，“你明明最清楚。”

逆着光，近乎额头相抵的姿势，方疏净能清晰地与他呼吸相撞。

男人的五官隐没在阴影中，却又染上一点神秘的诱惑。

方疏净“啊”了声。

是啊，她最清楚这个男人容不容易受人影响。

就连大部分人心智还未发育完全的中学时期，他都可以心无旁骛地与外界分隔，甚至还把妄想带坏他的她自己给收拾得乖乖巧巧。

但是，她有时又觉得，容慎川好像变坏了那么一点。

在撩拨她的这件事上，总是游刃有余得让她心颤。

胡乱推开趁机凑上来的男人，方疏净回过神来。

现在不是纠结这方面的时候。

“这件事我会好好跟周怀雅说说。”她定了定神，道，“无论沈则与你关系有多好，但凡他让我闺密受了一点伤害，我绝对不会顾及一点你的情面。”

说完，她趁机钻进被窝，不再说话。

虽然这件事说到底还是他们两个的私事，你情我愿也抓不出什么错。但方疏净就是不放心，心里有根刺似的。

容慎川稳稳当当把她从被窝里又拽出来，捏着她的肩扶起她。

“你头发还没吹干。”他淡声道，“不吹干可能会感冒。”

不等方疏净拒绝，他已经重新打开吹风机。

方疏净仅剩的脾气也被磨没了，闭着眼听之任之。

这个男人什么时候都一副沉得住气的样子，好像什么事都在他心底掀不起波澜。

手机振动。

方疏净睁开眼，往床头柜瞄过去。

她本以为是周怀雅又给她打电话来，没想到根本不是她的手机在振动。

是容慎川的。

界面上赫然亮着两个大字——

阮苏。

看清电话号码的备注，方疏净伸手拿起手机，举着屏幕在容慎川眼前晃了两下，问：“阮苏的电话，接吗？”

容慎川刚好帮她把头发吹干，拔掉吹风机电源线，往浴室走，说：“你接吧。”

方疏净一顿，追问：“万一是正事呢？”

“那就转述给我。”容慎川简短地回答，“我们之间没什么事需要回避。”

“哦。”方疏净点点头，接通电话。

她还没来得及说“喂”，那端阮苏捏着的哭腔便传进了她耳朵里。

“慎川……我真的不知道我的这段婚姻该怎么继续下去了……抱歉这么晚还来打扰你……可是我现在真的有点坚持不住了，你可不可以和我说说话？”

方疏净：“……”

对面阮苏演技自然里掺杂了些许浮夸，方疏净听得脚趾蜷缩，半天不知道作何回答。

她亲眼见证过阮苏和其男朋友的“恩爱实录”，如今听她仿佛有两副面孔一般绘声绘色表演，只觉得自己能用脚趾抠出一座爱丽丝梦幻城堡。

奈何那边的阮苏丝毫不知道这件事，在一把鼻涕一把泪梨花带雨声线带颤地叙述完自己的凄惨境地后，不忘问一句：“慎川，你还在吗？我是不是打扰到你了？”

方疏净闭眼默念只要自己不尴尬尴尬的就是别人，三遍以后斟酌着发出一声“嗯”。

阮苏安静了，大约是发现了不对劲。

她轻轻地问：“请问你是？”

方疏净声音也轻轻的，想尽量不让对方太过尴尬：“你……猜？”

她的声音很有辨识度，虽然通过听筒去辨认，有些失真，但阮苏仍能认得出来。

又是冗长的沉默。

方疏净甚至能听见朝她走过来的脚步声。

往回来的容慎川身上瞥一眼，她手机放离耳朵一小段距离，诚恳地对着那边说：“要不要我把手机拿给容慎川接？”

那边挂断了电话。

方疏净莫名其妙地把手机还给容慎川，问他：“你要不要打回去？

她好像还想跟你说说话。”

“没什么好说的。”容慎川接过手机放在床头柜上，“你希望我多听听？”

方疏净从善如流给他让出空位，一个错神，莫名有了种老夫老妻的错觉。

“你想听就听呗，别老征询我的意见。”她钻进被窝，把自己裹得严严实实，“我就只是提醒你一声，她没什么有意义的话题要找你讨论，当然老同学叙旧我也不拦着。”

阮苏那什么心思她能不知道？

一开始她确实有点儿蒙，但反应过来后就品出不对劲了。

她当然不愿意，但性格使然，一句“不想”在脑子里转了几个弯，最终也只能别别扭扭说出这么一句来。

拿被子蒙着头，假装自己要睡了，等了半天没等到容慎川的回应，方疏净把被子往下扯了扯，露出一双眼睛去看那边。

容慎川坐在床头，又把手机拿了起来。

方疏净心里微微下沉，问他：“怎么还不睡？”

不会真的去跟阮苏联系吧？

容慎川头也不抬，淡声道：“删联系方式。”

方疏净：？

“是挺浪费时间。”容慎川解释说，“她之前也总爱给我发些没意义的消息，不太明白她想做什么。”

方疏净恨不得起立给容慎川鼓掌。

她第一次觉得这个男人太过直男也是个优点。

放下心来，她带点愉悦地把被子往底下拉了点，呼吸恢复通畅。

容慎川关了灯，躺在她旁边。

窗帘遮光效果好，没了光源，房间里顿时陷入漆黑一片。

方疏净感觉到被子动了动，男人的手搭在了她腰间。

温热的力道隔着睡裙的衣料，透过肌肤清晰地渗入感官。

她下意识地屏住呼吸。

接着，又听男人在黑暗里闷笑一声：“下次想要什么，直接说就好，不用担心我会拒绝。”

“……”

“无论什么情况，我只会偏袒你。”

“……”

方疏净搭在胸口的两只手攥了下。

良久，她慢吞吞地开口：“好……”

这段时间酒吧里的人明显能感觉到方疏净的愉悦，原本店里有个大美人就已经十足赏心悦目，如今大美人总爱笑得风情万种，明眸善睐，甚至对店员都宽容了很多，连带着店里的氛围都比以往要柔和轻松得多。

某次直播结束，方疏净轻轻哼着歌，绕过吧台准备离开，见柚子还站在原地，满脸狐疑地看着她，她细长的一双眼眯了眯，眸中华光流彩，问：“怎么了？”

思绪被拽回来的柚子愣了下，下意识地应声：“镜子姐，我总觉得你这样像是……”

“嗯？”

柚子咽了口口水，把嘴里想要说出来的话全部吞了回去。

“没……你这几天的造型都很不错。”

——她其实想说，方疏净这几天无论是从神态还是各方面透露出的愉悦情绪，都像极了少女怀春的模样。

但她也不敢多加猜测。

她对方疏净的私生活其实几近一无所知，只能从方疏净平日的各种穿着推测出方疏净家境不错，而且不是一般的不错。

明明是已婚状态，却潇洒得像是未婚，有的时候她也会在心里猜测，会不会是一场父母之命媒妁之言的家族联姻一类的东西。

加之之前听了方疏净对丈夫的评价，更让她坚定了这个猜想。

而如今这般少女怀春的样子……

柚子干咳一声，警醒地默念自己不该胡乱猜测老板的生活。

“镜子姐，之前有接到邀请，说是冬至的时候让你参与直播活动，你要不要去？”

方疏净抬手把自己的头发往后理，眸光一直望向柚子：“嗯？”

柚子老老实实地补充：“就是，之前跟我们有过合作的一个彩妆品牌，好像叫……”

“不用了。”

没等柚子说完，方疏净直截了当地拒绝。

“哎？”柚子一呆，“可是要是你去不了，安妮可能会……”

“安妮？”方疏净笑了笑，“你都忘了她出过什么事了？还把她当成竞争对手一样的存在呢？”

“是哦。”

此前安妮一直对方疏净这个品牌的资源虎视眈眈，所以柚子总对这方面过分紧张。

“帮我推了吧。”方疏净音调落得轻松，脚步也轻轻巧巧落到地上，“我还有事。”

“哦。”

柚子摸了摸鼻子。

可是，她为什么总觉得，方疏净这副模样，像是要去约会？

方疏净走后，旁边有和柚子相熟的工作人员凑过来，带点八卦地跟柚子使眼色，问：“哎，你说，镜子姐这个样子，像不像是有约会？

“我跟你说，她这个样子真的和我前段时间刚谈恋爱的小表妹好像，要不是知道镜子姐已婚，我可能真的会以为她才谈恋爱……”

柚子摇摇头，低声提醒：“你少说点，别乱猜。”

方疏净对此一无所知。

时间过得很快，转眼就到了冬至。

晨间公司忽然有紧急会议需要容慎川亲自出席，他只好动身再去公司一趟。

方疏净闲着也是闲着，想着结婚那么多年她还没去过容慎川的公司，索性跟着他一起出了门。

他们从地下停车场直接坐专属电梯上到顶层，门开便是容慎川的办公室。

办公室布置得很简单，除了一些必要的东西以外，几乎没有任何多余的摆设。

甚至连盆绿植也没有。

方疏净在办公室里待着时，忽然来了兴致。

“我能给你办公室里放两盆绿萝吗？”她背对着容慎川，从落地窗往下看，“没有植物，你这儿总有点死气沉沉的。”

“嗯。”容慎川走到她身边，“随你喜欢。”

“我先去开会，要是你还觉得困，就回休息室去睡会儿。”容慎川知道，这个时候对于方疏净来说才是刚起床的时间，他把一张卡递给她，

“办公室和电梯的钥匙。”

方疏净把卡接过去，点点头：“行。”

她确实困了，打算待会儿容慎川去开会的时候，下去买盆绿萝上来，再进休息室睡觉。

容慎川离开后，她先在办公桌前坐了会儿，休息够了便下楼，开车到隔壁那条路的花店自己挑了几盆绿萝。

花盆也是她亲自挑的，这样会更搭调。

整个过程没花多少时间，方疏净回来时，在走廊上撞见了另一个陌生的身影。

大概二十出头的年轻女孩儿站在办公室门前，抱着一沓资料，似乎在等待什么。

她穿着一身职业装，乍一看规规矩矩，可细节上仍能看出下了好些功夫。

听见不远处传来的脚步声，她往那边看过去，就见一手提着一盆绿萝的方疏净踩着哒哒哒的高跟鞋向办公室走来。

方疏净走近了，那女孩儿才上上下下把她打量了一遍，狐疑道：“你是？我好像没在公司见过你。”

闻言，方疏净一边拿卡打开办公室门，一边扭头看向她，反问：“你是？”

女孩儿愣了愣，说：“你不知道我吗？”她指了指自己，忽而想到什么，露出一个不失礼貌的微笑，“你应该是新来的吧？我是容总的秘书，姓董，你可以叫我董秘书……”她一边说，一边若有所思地把目光放到方疏净身上，“说起来，我感觉你长得有点像一个网红……哪个部门的？”

“啊……”

方疏净不熟悉容氏内部情况，不敢贸然应答，又不想直接在人前暴露身份，于是微微低了下头，想都没想胡诌了个身份出来：“也许有点像吧，我是来给容总送花的。”

她今早起床时计划得匆忙，没来得及化妆，素面朝天，加之穿着也比平常宽松温柔些。

确实和在镜头前的状态不一样。

顶着对方越发狐疑的目光，她不愿意再继续这场对话，往办公室里走了两步，找到自己之前计划好的地方，把绿萝摆上，说：“是容总的太太托我把花送过来的。”

“哦……”

董秘书终于半信半疑地点头，方疏净微微松了口气。

不过——

容慎川不是说自己没有什么女秘书吗?

为什么她今天看到的这个，既年轻又漂亮?

发现了盲点，方疏净手贴在桌面上，眼里闪过一抹兴味。

有意思。

董秘书在放下东西后，许久没有要离开的意思。

方疏净假借摆弄绿萝，饶有兴趣地看她坐在办公桌前，气定神闲的模样。

自顾自坐着等了会儿，当董秘书发现方疏净许久都还未离开，她原本舒展开的眉毛再一次紧拧，问：“你怎么还不走?”

方疏净早想好了对策，把手里的卡在董秘书眼前晃了晃，解释道：“太太让我等容总回来，把卡亲手还给容总再离开。”

董秘书不满地道：“可这里是办公重地，并不允许闲杂人等在此停留。”

“这样啊……”方疏净面露苦恼，“可是，我看您的事情也已经办完了，不如我们一起离开？您也放心一点。”

她觉得这董秘书有点不对劲。

“我为什么要离开？”董秘书柳眉倒竖，语气也越发强硬，“你把卡给我，我待会儿交给容总，请你现在马上离开。”

见方疏净还站在那里，她不耐烦地走过去，说：“也别说那什么商业联姻的所谓太太了，我们容总估计也不会上心。”

说完，她状似无意地撩开长发。

颈侧吻痕清晰夺目。

“那个传说中的太太，在公司里可没有一个人认识，商业联姻而已，你觉得能影响到容总？”

方疏净一愣。

这女的有点意思。

她之前只是觉得这个所谓的秘书看起来工作能力也不过关，气质也怪怪的。

现在她才发现，自己的直觉准得可怕。

要不是容慎川昨晚一直留在家里，她恐怕都信了。

“行。”方疏净意味不明地笑笑，把卡交给董秘书，“我先走了。”

出办公室前，她听到董秘书轻哼一声。

她低头给容慎川发消息。

【方疏净：你这美女秘书看起来不太行啊，建议换换。】

发完，她收了手机，一个人悠悠地在车里闭着眼睛小憩。

另一边。

会议过半，容慎川中途一低头的工夫，便注意到了方疏净发来的信息。

他面无表情地退出界面，神态自若地继续会议。

会议结束后，他回到办公室，就看见了站在中央，满面笑意的董秘书。

“容总。”董秘书快步上前，把手里的卡交给容慎川，“之前有人来送花，是夫人送的，我让她先走了，卡我代为转交给您。”

容慎川接过了卡，手指在卡面上摩挲两下。

董秘书见容慎川没拒绝，笑容越发扩大，说：“那个人之前还想要在办公室里逗留，后来我告诉她这里是办公重地，闲杂人等不能久留，把她请走了。夫人不会怪我吧？”

听起来像是邀功，又像是请求原谅。

容慎川忽地冷笑一声。

“既然闲杂人等不能逗留，那你呢？”

董秘书脸色一白。

“不过是交个资料，为什么还一直在办公室里逗留？”

容慎川慢条斯理道，却说得对方脸色跟纸一样白。

“之前钟秘书有事，你父亲让你暂代他上几天班，说是磨炼一下你，现在看来，你根本没有任何长进。”

董秘书张张嘴：“不是的容总，我……”

容慎川垂着眸，并未听她解释：“我从不知道，作为我的秘书，居然可以那么闲。”

在董秘书哀求的目光下，他捏捏鼻梁，说：“出去吧，你要明白，我们公司从不会养闲人。也把这句话转告给你的父亲。”

董秘书听懂了容慎川话里的意思，面色倏地灰败：“是……”

解决完一切，容慎川回到停车场，一眼就望见了不远处亮着灯的车。

打开车门时，方疏净把放平的座椅靠背调回来，坐直了望向容慎川，问：“卡拿到没？”

容慎川“嗯”了声，对她报了一串数字。

方疏净不明白。

“我办公室监控摄像头的账号和密码，”容慎川一边说，一边启动汽车，“事情处理得如何，还请夫人检阅。”

听见“夫人”两个字，方疏净纤细敏感的神经被触到，耳朵红了红，说：“别在外面这样叫我。”

她拿出手机，照着容慎川的指示操作，不一会儿，刚才办公室里的情景便完完整整地映入她的眼中。

看完整场好戏，方疏净笑得前仰后合：“不是，所以她这什么情况，合着她根本不算是你的秘书？”

“嗯。”容慎川解释，“她是公司里某位股东的女儿，这两天有个秘书有事暂离，她父亲就安排她来顶替几天。和你说的一样，能力不行。”

“噗！”她想起那个董秘书之前假装不经意露出吻痕的精彩表演，再一次忍不住。

确实是好手段，估计因为这个，以为容慎川和她有关系的人不在少数。

等洗脑得够多，假的都能被说成是真的。

万一通过什么特殊渠道再传到她耳朵里，恐怕又是一阵腥风血雨。

容慎川开着车，目视前方，说：“她现在的这个职位，我会重新让人挑优秀的人选。”

方疏净还在笑，两条腿动了动，撑着座椅换了个姿势。

“行。”

回到家中。

方疏净之前在车里休息够了，精神回来了，进门就直奔厨房。

用人一早就准备好了食材，在一旁静候帮忙。

方疏净让人先离开。

当饺子皮和馅摆到了容慎川眼前，方疏净拍拍小盆边缘，示意身旁的容慎川：“你先开始？”

容慎川面色不变，淡然道：“你先包，我看一会儿。”

方疏净一开始没觉得有什么问题，包到一半，忽然意识到了什么。

她拿手肘贼兮兮捅了下他，说：“容慎川，你不会是还没试过包饺子，不知道怎么包吧？”

容慎川神色岿然不动，没有回应。

相当于默认。

方疏净笑得更欢了。

她把手里包好的一个递到他眼前，揶揄道：“既然不会，当初为什么还这么积极地说要陪我？我还以为你多有信心。”

“……”

“行了。”方疏净又拿了张皮摊开在他面前，“那我教你吧，别的不说，包饺子这事我最在行！”

容慎川也学着她拿起一张皮，纵容道：“好。”

十分钟后，方疏净成功后悔了。

——这个男人的学习能力强到可怕，这才一小会儿，已经从慢慢摸索着包出形状，变成了比她包得还漂亮美观。

再一次成为她的自信粉碎机。

方疏净包到一半，看着男人把包好的饺子放下，心情酸溜溜的。

手背一热，忽然被人握住。

后背贴上了一道劲瘦的身躯。

“放松，”容慎川语气带笑，“这张皮都快被你扯破了。”

被发现走神，方疏净脸颊红了一点。

放下手里已经被弄得乱七八糟的面皮，她强词夺理：“这样装的馅儿多！”

容慎川无奈地松手，指了指不远处，说：“是。包得也差不多了，要不要下锅？”

尴尬的话题被主动转移，方疏净当然乐意，看了一眼旁边已经沸腾的锅，欣然答应：“下。”

水饺在锅中翻腾了一会儿，等到浮上水面，方疏净又等了等，从锅里捞出一个。

刚出锅，形状整齐的水饺还冒着热气。

方疏净吹了两下，边转头边自顾自道：“这个是你包的，不知道好没好，你先试个毒？”

唇瓣突然与一片温热擦过。

容慎川正低头，她转过去时，不偏不倚印上了他的唇。

也正好，捕捉到了男人眼底一闪而逝的，得逞的笑意。

猝不及防之下，方疏净勺没拿稳，饺子滑落进沸腾的汤中。

容慎川手疾眼快帮她挡住飞溅的水珠，顺手接过汤勺。

“我来吧。”

他神情泰然自若，好像对刚才的事毫无察觉。

方疏净扭过头去，明知这人是故意的，但她耳尖的热度，却怎么也消不下去。

她并不排斥这样的触碰。

甚至——

隐隐有些期待更多。

饺子出锅，热腾腾地被盛进盘子里。

盘子有些深，经过特殊设计，捧着的时候不会感到烫手。方疏净两只手心都贴在温热的盘底，舒服地眯起了眼。

稍一侧头，眼前映入玻璃窗外的景象。

窗外好像起风了，卷起几片树上本就摇摇欲坠的枯叶，打在窗上，发出不易察觉的脆响。

这几天气温持续走低，颇有种停不下来的趋势。

厨房外头传来些动静，似乎有人脚步急切地往这边来。

方疏净过去推开厨房门，就跟一个小小的身影撞了个满怀。

她晃了下神，拿紧手里的盘子，靠着墙稳住身形，低头，在看清来人时，愣怔须臾：“小亦？”

方远亦退开一点，“嗯”了声当作应答。

小男孩一身羽绒服，把自己裹得紧紧的，呼出的气息还带着外头的冷意。

方疏净把手里的盘子交给容慎川，稍微蹲下，用手心捧住方远亦冰冷的小脸，问：“今天家里不是有事吗？怎么跑到这里来了？”

“好无聊。”方远亦忸怩半天，不忘补充，“我这次不是偷偷溜出来的，是跟管家爷爷说了才过来的！”

“虽然……我让管家爷爷不要告诉爸爸妈妈。”

方疏净就知道会是这个理由，了然地笑笑。

“行。”

她站起身，拍拍方远亦的头，说：“去坐着吧。”

“好！”

方远亦嘴上应着，歪着脑袋往方疏净身后静静等候着的容慎川看了过去，中气十足地道了声：“叔叔好！”

方疏净没想到这小孩儿居然还这么称呼容慎川。

容慎川知道方远亦对他一直挺有敌意，反倒没有过多的反应，泰然自若地颔首。

方疏净放下心来，低头对方远亦道：“快上桌吧。”

方远亦摇摇头，绕过她走到容慎川跟前，说：“姐姐你先过去吧，我再跟叔叔说点事。”

方疏净拗不过这孩子，只能先过去。

没等两个人过来坐下，她先吃了一个。

刚出锅的饺子还没放凉，一口下去汤汁四溢，方疏净没留神被烫了一下，挡着嘴小口吸气。

其间她看着一大一小落座，方远亦似乎听到了什么好消息，满脸愉悦，跟容慎川相处起来的气氛也较之前融洽了不少。

落座后，方远亦晃着腿，伸着脖子在盘子上方吹了吹，转而跪在椅子上，身子向前倾着，把筷子伸向了饺子，一边给桌上的人分，一边碎碎念。

“这个给叔叔，这个给姐姐，这个给我……”

他一个一个夹过去一圈，再重复，偶尔拨出一个破掉的，装在碗里准备给包子送过去。

“这个给我……哎，不对，这个给姐姐——”

他正要把手里那个放进自己的碗里，突然意识到什么不对，又夹给了方疏净。

方疏净疑惑道：“上一个给我，这个应该给你自己才对吧？”

方远亦不以为然，把饺子给她塞进碗里，说：“给都给了，姐姐你多吃一点！”

方疏净筷子拨弄了下，忽地弯弯眼睛，应下：“行。”

她夹起刚才那个饺子，配合地咬了一口，牙齿碰到了硬邦邦的东西。

“咦？”

她拨开饺子皮，里面除了肉馅，还有一枚硬币。

天花板的灯光照下来，金属的银色表面带着透明的汤汁，莹莹闪着光。

这时，旁边方远亦夸张地“哇”了一声，拍起手来：“姐姐，今年也是你吃到硬币！”

方疏净展眉，自然觉察出了小孩儿的心思，也不拆穿，配合地跟着假装惊喜，说：“今年也是我吗？”

方远亦重重点了两下头：“姐姐，这意味着，你今后也能一直开开心心平平安安！”

小孩儿说话的声音清清脆脆，此时一个字一个字认真地说完，颇有一种认真中带点滑稽的感觉。

方疏净单手托腮，笑意融融道：“借你吉言。你还有什么愿望没？兴许姐姐能分你点儿喜气。”

方远亦故作深沉地沉思一会儿，抬头看向她，一双眼睛忽闪忽闪——

“姐姐，我能在你这里多玩一会儿游戏吗？”

方疏净抬手拍了下他脑袋，无奈笑道：“行。”

原本方远亦非得拉着容慎川一起玩，甚至立下了豪言壮语，要玩到后半夜才回家。

可小孩儿的精力终究有限，天还没完全黑透，人就已经瘫在了沙发上。

回去的路上，小孩儿虽然精力跟不上，但没尽兴，又舍不得离开方疏净，躺在后座闷闷不乐地噘嘴撒娇。

方疏净透过后视镜看他，忍不住笑道：“下回还可以过来啊，别不开心了。”

“管家爷爷说，就这一次偷偷让我过来，下次不帮我瞒着了。”方远亦还是闷闷不乐。

“怎么可能，”方疏净哄他，“管家那么疼你，这么说只是吓吓你。”

“是吗……”

闻言，方远亦没那么低落了，坐直了身子，乖乖巧巧地看向窗外。

路旁的风景越来越熟悉，意味着离方家也越来越近。

车行至一处拐角，方远亦忽然开口：“在这里停吧……我让管家爷爷在这里等我的。”

方疏净抬起下颌，透过窗户往外看，果真在路边看见了一个人影。

她这才放下心，低声跟容慎川说：“就在这儿停下吧。”

容慎川颔首，停在路边。

车停稳后，方远亦抬手去开门，碰到门把手的时候，又停住了，转头回来，喊：“姐姐。”

“嗯？”

小孩儿在兜里摸索半天，不知道摸索到了什么，拿出来后迅速背在身后，郑重道：“把手伸出来。”

方疏净半信半疑地伸出手，还未看清方远亦手里拿的什么，微凉的触感贴在掌心。

——一张薄薄的卡片状的物体。

“这是之前爸爸妈妈给我开的银行卡，我的零花钱都存在这里面，大概存了一年。”方远亦认真地说，“本来想拿来给姐姐买礼物，但班里那些小孩子推荐的都太幼稚了，所以我就直接把卡送来，姐姐想买什么就刷这张卡。”

指尖感受着卡面上凹凸不平印着的数字，方疏净怔忪半晌。

“就这样，姐姐我先走了啊，下次再来玩！”

像是怕方疏净会拒绝，方远亦一口气把话说完后，拉开车门就跳了下去。

“不行，这——”

方疏净还未说出口的话，被车门的关闭声截断。

她只能收回抬高的手。

在一旁静候多时的容慎川看她一眼，询问：“需要帮你还回去吗？”

方疏净无奈地叹口气，把银行卡收好，说：“那孩子你又不是不知道，铁了心要送我的话，就算还回去也会用各种方式送回来。”

只能先收着，等后头有机会再还给他了。

手机里又有了新的消息提醒，来自方远亦。

语音很短，小孩儿故意压低的声音夹杂着一小阵风声入耳。

“听管家爷爷说，以后爸爸妈妈的公司都是我的，那等我以后继承了公司，再分姐姐一半——”

方疏净放下手机，舒着眉轻轻摇了摇头，无奈中透出了啼笑皆非的意味。小孩儿表达爱的方式总是这样直接又笨拙，一股脑把自己所想的最好的东西交出，又不带任何功利性。

——要是方家那对夫妇知道了，他们死守着不让她碰的家业到最后还是会被拿出来共享，不知道会是怎样的反应。

目送管家带着方远亦走远，方疏净把座椅靠背调得向后了些。

感受到汽车发动，她注意力放向容慎川，揶揄着称赞道：“今天表现不错，是个合格的司机。”

容慎川目视前方，微微挑眉道：“谢谢夸奖。”

见男人总是这副岿然不动的神态，方疏净心头一念忽起，脑袋靠着车窗，问他：“今天感觉怎么样，陪小孩儿玩了一下午，累不累？”

容慎川把车速减缓了些，让方疏净脑袋不至于被窗玻璃磕得太难受。

“不累。”他声音淡淡。

“哦。”方疏净听他就这么轻描淡写带过，有点无聊地跟着回应一声，坐起来。

未等她坐直，又听男人慢条斯理道——

“就当提前体验一把带孩子的感觉，也不错。”

方疏净打开一点窗户，试图用吹风的方式分散注意力。

夜间的风带着刺骨的寒意，吹了一会儿，脸上就不太受得住。

她刚关上车窗，汽车忽然停了下来。

方疏净看过去，疑惑地问：“怎么了？”

“前面出了点事故。”

容慎川简单地解释道，轻抬下颌示意她看过去。

方疏净跟着望去——

前面不知道排了多长的车队，一眼竟然望不到头，红色的黄色的灯光交织在一块，混乱又嘈杂。

这条路是回昭阳路必经的一条道，要换一条路走，还得花费好一阵工夫。

容慎川打开手机看了眼，道：“前面出了事故，估计还要耽搁些时间，你先休息一会儿。”

这样啊。

方疏净点了点头，蓦地想起什么，打开导航。

上面的关联链接解释了这件事故的起因。

前头高架桥塌了一块，挡住了整条路，正在抢修，预计通过时间不明。

她的视线又在地图上的某一个点停留两秒，熄灭屏幕。

仿佛做了什么重要的决定，她不着痕迹地深吸一口气，冲容慎川开口：“要不要转去走旁边那条路？再前面一点就是我的房子，可以先在那里凑合着歇会儿。”

一直待在车里，确实挺难受的。

容慎川没想到方疏净会如此提议，搭在方向盘上的手指顿了顿。

旋即，他轻轻勾唇。

“好。”

另外一条岔出去的小路明显要顺畅得多，虽然前面也因为高架桥的事故堵住了一小片，但方疏净的房子位于路段中间，并不受影响。

车开进小区停好，方疏净便带着容慎川上了楼。

这还是她第一次带除周怀雅以外的人回这边来，难免紧张。

一边按亮楼层的按键，她一边小声跟人介绍：“这边住户比较多，不过都挺好相处，我住最里面那间，采光最好，就是往里走要麻烦一点。

“这边的环境不像昭阳路那房子和你们家那样的条件，我平时一个人住，也用不着那么好的配置，可别嫌弃。”

容慎川全程耐心地听她说话，不时点点头表示自己了解了。

到达方疏净的楼层，方疏净带着他往走廊最深处走时，碰到了隔壁的邻居。

邻居是个三十出头的成熟女人，性子比较开放，在看见方疏净时，爽朗地与她打了个招呼。

方疏净也微笑着回应。

女人这才把注意力换到了容慎川身上，也打了个招呼，旋即问方疏净：“这是你男朋友？”

听见“男朋友”三个字，方疏净下意识地摇摇头，刚想解释，又听女人神秘地笑笑，压着声音小声问：“那就是准男友？”

方疏净一愣。

也确实，她平日里独来独往的模样，根本不像个结了婚的人。

方疏净偷眼回头看了看容慎川，尴尬地摆摆手，向女人解释：“不是……”

“我们是夫妻。”容慎川神色自然，伸手把方疏净揽进怀里，“这么久以来，我家太太承蒙你照顾了。”

女人自觉失言，掩唇道歉：“啊，抱歉抱歉，是我糊涂了。”

方疏净又与她寒暄几句，才互相告辞。

见容慎川始终一副淡然平静的模样，似乎没把这件事放在心上，她松了一口气，把门打开，顺便按开了客厅的灯。

“我家就这样了，你随便坐坐，别嫌弃就——嘶！”

方疏净话音还未落，就感觉到肩上的力道骤然增大。

眼前一花，她已被男人按住肩膀，抵在了门板上。

男人戏谑的目光近在咫尺，眼底的欲念毫不掩饰。

方疏净浑身一紧，下意识地想逃离，却被扣住手腕，带有压迫感的身躯再一次逼近。

“带过多少男友回来过？”容慎川声音落得不疾不徐，握住她手腕的手缓缓向下，强制性与她十指相扣，“说说看，嗯？”

身后灯光投射下来，容慎川的影子将方疏净完全笼罩住。

后腰被强制贴在门板上，动弹不得，冰凉硌人的感觉自脊柱向上蔓延，方疏净想动一动，又被人气定神闲地按回去。

容慎川没怎么用力，并不会把人弄疼，但就这么不容拒绝地锢着方疏净。

逆着光，他薄薄的眼皮轻描淡写地垂下，透着三分散漫。

“有过几个？”

方疏净鲜见容慎川这副模样。

男人此刻完全站在支配者的位置，不由分说地将她牢牢控制。

她呼吸微滞，忽然觉得有点委屈。

不过是邻居一个玩笑话，这个男人明明听了她的解释，还这么对她。

更让她感觉羞耻的是，在这样的情况下，她居然会忍不住腿软。

身体最真实的反应无法控制，方疏净忍不住呜咽一声，委屈的感觉越发加剧。

“数不清了，满意不？”她恶向胆边生，抬脚踩上男人的皮鞋，泄恨似的，“都阳光帅气还温柔体贴，哪儿像你这个男人，老是乱吃飞醋。”

容慎川仿佛丝毫察觉不到疼痛，仍慵懒地与她对视。

方疏净分毫不肯示弱，也恶狠狠地盯回去，吼：“看什么看，有本事你先放开我啊？”

两人对峙良久，就在方疏净以为容慎川会发怒时，忽然感觉到男人深深低下了头，埋在她的颈侧。

禁锢住她的力道消失，取而代之的是一双轻柔地围在腰间的手。

容慎川的声音很轻，带点酸溜溜的感觉：“是，我承认，是我乱吃醋。对不起……”

“哎？”

没想到容慎川会主动道歉，方疏净迷茫地眨眨眼。

愣了一秒后，她清清嗓子，维持自己刚才的架子，开口道：“那下次还敢不敢？”

容慎川在她颈侧吻了吻，沉声说：“不敢。”

的确是他的错，一旦想象到方疏净和别的男人有任何亲密的关系，他就无法控制住自己的情绪。

就像上次在酒吧见到她被别的男人搭讪，或是见她与陌生男人姿态亲昵的时候。

平日努力压抑的名为“嫉妒”的情绪，在这时会如同藤蔓一般疯长。

想要将她独占，听她一遍一遍地告诉他，她只属于他。

但这些都是不可告人的秘密。

将残存的暗意敛进眸中，容慎川指尖假作无意地钻进方疏净敞开的外套，停留在她略微敏感的腰窝位置，隔着布料轻轻摩挲。

“今天是不是穿得有些少。”

方疏净在听见容慎川主动道歉的时候，气已经消了大半，又被以这样的方式若有似无地撩拨，只能咬着牙虚软无力地在他腰间掐了一把。

——这个男人真的越来越放肆了。

摸索着把身侧玄关处的中央空调开关按开，她气息有点不稳地欲盖弥彰：“谁知道今天气温会这么低，前两天这么穿都不会冷。”

空调打开，室内温度在几分钟之内变得暖烘烘的。

容慎川松开手，方疏净借机脱掉略显厚重的外套，只剩里面薄薄的毛线裙。

裙子有些贴身，勾勒出她玲珑的身材，纤细有致。

她坐到沙发上，浑身轻松地长舒一口气，打开电视机，顺手招呼容慎川过来。

容慎川从善如流坐到她身边。

家里沙发有点小，方疏净靠近容慎川一点，把脚往旁边一放，就没了多的位置。

容慎川手指有一瞬间的僵滞，随后眼中闪过一缕无奈。

他鼻尖萦绕着若有似无的淡香，身侧女人的注意力放在电视屏幕上，不时无意识地往他身上靠一靠，脑后垂下的发丝拂过他的下巴，轻轻擦过喉结，带起些微痒意。

他无奈地轻捏鼻梁，换了个坐姿。

电视上正在播放新闻，天气预报显示今天有可能会降下松城今年的第一场雪。

方疏净来了兴致，身子挺直了些，说：“今年的雪居然来得这么早？”

按照前几年的规律，正常情况下，松城下的第一场雪应该是在一月初。

今年难得应景。

她穿好拖鞋站起来，走到窗边去，兴致勃勃地贴着窗户往外看。

装修这间房子的时候，方疏净特地做成了落地窗，加之楼层还算高，从上往下看去，四周夜景一览无余。

方疏净对雪有一种情有独钟的感觉，就算年年经历，也照样年年期待。

一边想象着城市银装素裹的模样，她一边随口问容慎川："天气预报有说几点开始下雪没？"

容慎川看了眼电视屏幕，答道："说是晚上十点。"

方疏净点点头表示了解。

见还有些时间，她进到房间里，拎了两瓶没开的酒出来。

沙发旁边有个家庭版本的迷你小吧台，她把两瓶酒往上头一放，径自坐下。

两个酒瓶设计精巧，在暖黄色灯光下反射着漂亮的光。

一瓶红葡萄酒，一瓶白葡萄酒，白葡萄酒的外形像是一棵玻璃做的圣诞树，晶莹又漂亮。

"前几天听他们推荐这两款，就打算买了尝尝看，"方疏净一边解释，一边开了那瓶白葡萄酒，"本来打算圣诞的时候再喝，现在估计那天我回不来，不如现在边等下雪边喝喝看。"

容慎川见她熟练地拿出两个漂亮的高脚杯，折腾了一会儿才把酒倒好。

抬头发现他还没过来，方疏净又摆摆手，让他坐在另一把椅子上。

容慎川只好又绕过沙发，坐到她对面。

碰杯时，他双腿交叠，忍不住揶揄："不怕喝醉？"

又被一句话勾起前段时间的丢脸回忆，方疏净别开脸，喝了一小口。

"那只是特殊情况，你以为我酒量跟你一样差啊？"

容慎川微微勾唇，没有多说。

"说起来，你当年不是还冲冠一怒为红颜，为了阮苏跟人出去拼了一晚上的酒？"方疏净托着腮，突然想起陈年旧事，好奇道，"当年我都还没弄清楚胜负如何？"

"谁告诉你我是为了阮苏？"容慎川睨她一眼，"我赢。"

方疏净抿了口酒，说："不是吗？听那个男生打算骚扰阮苏，你二话不说晚上约人单挑，最后变成了拼酒什么的……”

手里这酒质量中规中矩，她抿了一口之后就放在一边，不时摆弄一下，没有多大的喝的兴致。

“他打算骚扰阮苏？”容慎川哑然失笑一阵，“这我真不知道。”

“那你干吗去跟人单挑？”方疏净明显不相信，“你跟人家没仇没怨，难得见你一个好学生做这么出格的事。”

要知道，当初那件事近乎轰动全班，大家纷纷想要知道细节，双方却如同忘记了这件事一般，对此事绝口不提。

也正是在那件事后，“容慎川喜欢阮苏”这件事在同学之间越传越远，几乎成了众人心照不宣的事实。

要说容慎川不知道，鬼才信。

迎着方疏净奇怪的目光，容慎川晃了晃酒杯，淡声解释：“我当时一心用在学习上，对这些事很少关注。”

手上动作停了停，他反问她：“你难道不记得，我收到的情书，以前全都是交给你处理的？”

对哦。

一句话把方疏净残存的记忆尽数拉回来。

当初她和容慎川常年同桌，又因为从小关系不错的缘故，她无聊时总爱在他身上寻乐子。

容慎川是众人口中的模范好学生，而她仗着自己有几分小聪明，整日无所事事，鞍前马后帮他处理一身烂桃花，顺便看笑话。

那个时候情书都由她代收，她收得烦了，也知道容慎川从来不会拆开看，有的时候喜欢在信封上乱写乱画一阵，再交给他。

反正最后那些纸片的归宿都只会是垃圾桶。

那个时候她心思活络跳脱，听说有人犹犹豫豫想表白，她就笑嘻嘻过去递号码牌，看见有人在信封写“致我的白马王子”，她就在底下大笔一挥写上：“他是小公主，喜欢一下我这个正版白马王子不好吗？”

也不知道容慎川发没发现过她这些小动作。

——看起来是没有。

指尖无意识地碰到杯壁，发出清脆的碰撞声，方疏净的思绪被拉回来。

“但这样更解释不清了啊。”她身子往前倾了些，“你总不能无缘无故就干出这档子事吧？”

“他尾随你。”

容慎川手指放松地搭在桌面，说：“我记得很清楚，出校门右转第一个拐角，往前走有个小巷，他当时躲在那里，脚下踩着一箱啤酒。正好没事，就跟他拼了起来。”

语调轻松地一笔带过。

几秒后，气氛变得微妙。

“啊？”

方疏净愕然地睁大眼，俨然一副“本来津津有味地吃瓜看戏结果发现主角是自己”的震撼反应。

任她怎么猜也猜不出来，当时容慎川竟然是为了她。

半晌，她才从喉咙里挤出句话：“可你当时放学，和我不走一个方向啊？”

自容慎川因父母的事故被接回老宅，放学后就有了专车接送，而方疏净家离学校近，恰逢方远亦出生，也没人顾得上她，她平时通常走路上下学。

两个人出校门之后，一个往左一个往右，甚至有种分道扬镳的意味。

那容慎川又是怎么知道，当时有人在尾随她的？

容慎川手握成拳，放在唇边轻咳一声：“偶然……路过。”

偶然路过也不带这么路过的吧？

方疏净腹诽，但最终也没说出口。

——真的只是路过吗？

心头一股莫名的情绪翻涌而过，她微微低头，掩盖住眼底升起的复杂情绪。

有些事情的真相，和她所听闻的，好像存在很大的差距。她似乎察觉到了什么，但脑中那个念头一闪而逝的速度太快，她抓不住。

好在又有一通电话打进来，让她得以略过这个话题。

看一眼屏幕，发现电话来自方母，方疏净不太情愿地接通。

她猜，又是兴师问罪。

她已经习惯了夫妇两人没事不闻不问，有事净赖她身上的做派。虽然依旧会生理性想要逃避，却也能忍。

强忍住自心底翻腾而上的不适，她端着酒杯，避过容慎川走到窗边，疏淡了眉眼。

电话接通。

“喂？”她喝一口酒，等那边说话。

没等到想象中尖刻的语句，方母的声音竟然比平时温和不少。

“今年过年，要回家一趟吗？”

上一次听对方提到“回家”二字，已经是很多年以前。

方疏净听后，颇为意外。

她“嗯”了一声：“看情况吧。”

“你们夫妻一起回来吧，”方母仿佛很满意她的回答，又道，“你也很久没回来看过了。”

不仅很久没有回去看过，更是连被这么好声好气地对待，都已经很久没有过了。

就连“家”这个概念，也已经成了很模糊很久远的回忆。

方疏净对这突然柔和的态度有点不适应，应了声后，问：“还有什么事吗？”

“你爸爸想跟你说点事。”

那边停顿几秒后，又是一个男声响起。

“女儿，这段时间过得怎么样？”

又是一反常态的问候。

方疏净越发迷惑，捏紧手机，答道：“一切都还好。”

“那就好，过年一起吃顿饭，毕竟是一家人，也该过个像样的年。”

说完这些，方父状似无意地转换了话题：“这段时间有空的时候，你也跟容慎川提一提，关于荣夏那块地皮的事情。”

原本还诧异于对方突然温和的对待，在听见这句话后，方疏净倒是彻底把疑虑打消了。

果然，这对夫妇在没事的时候，是不会专程给她什么好脸色的。

荣夏那块地皮她也有所耳闻，地段优越，导致竞争强劲，松城几家占据龙头的房地产企业都对其虎视眈眈，而望江混在其中，只能说不上不下，概率渺茫。

他们给她打电话，大约是想让她劝容慎川，让他给望江提供帮助。

她抿抿唇，语调没什么起伏：“他很忙，我最近可能也没这个时间跟他说。”

结婚这么多年，容慎川帮过方家多少忙她早就记不清了，此刻她打心眼里不愿意让他再帮忙。

大约是听出了方疏净话语里不太情愿的意思，那边的方父沉默两秒，声音明显沉下来许多。

“方疏净，这件事对方家来说很重要，不要让我失望。

“你明白的，这是你一个偿还方家的机会，你也不愿意一直是方家的罪人，不是吗？”

方疏净没说话，但捏着手机的指节已然泛出了苍白色。

“你再好好考虑一下，不要再在过年时，当着家里那么多亲戚的面，为我丢脸。”

方父说完，没给方疏净反应的时间，便强硬地挂断了电话。

方疏净也放下手机，却因之前用力过猛，一个没拿稳，险些往地上坠。

不知是不是刚才的那番话使她变得有几分迟钝，她一下子脑袋没反应过来，条件反射地用另一只举着杯子的手去接，不承想杯子就这样脱手，摔在了地上。

这杯子方疏净还挺喜欢，于是想也没想就蹲下去捡碎片。

一片片玻璃碎片纤薄锋利，在捡起其中一片时，指尖传来刺痛，被划出了一道渗血的印痕。

滴落在地板上的鲜血红得刺眼，竟让方疏净有了种类似晕血的感觉。

她闭眼，尝试用深呼吸调解状态。

受伤的手指轻柔地被旁边的男人牵过去。

在确认了伤口不深后，他放下心来，从电视柜下面找出医药箱，仔仔细细给她包扎。

方疏净有点呆滞地任由他帮她处理伤口，过了会儿，双眼有了焦距后，她讥诮地笑了声，自言自语：“就喜欢拿这些莫须有的事威胁我，从小到大都一样。

“明明是自己经营不善，却万事都推在我头上，说我是扫把星，不如说他自己。”

容慎川一言不发，转身去拿了清扫的工具，帮方疏净打扫地上的一片狼藉。

方疏净无聊地跪坐在地上，盯着自己包扎好的手指，脚尖随意动了动。

纱布渗出一点血，便不再蔓延。

一旁容慎川仍在收拾，方疏净忽地问道：“容慎川，你家里有人迷信些什么玩意儿吗？”

“没有。”容慎川回答得简洁，“伤口疼吗？”

方疏净摇了摇头，过了会儿才感觉到指尖传来的刺痛，忍不住轻嘶一声。

好在还在可承受的范围内。

她晃晃手指，继续道：“那你们家挺好，不像我们家那群人，不知道信什么信疯了，当初我出生的时候，刚好家里投资失败，认为我留在方家就是为祸一家，唯有把我抛弃，再生个男孩儿，才能转运。

“他们脸皮薄，不愿意把我扔了，以为这就是对我多大的恩赐，我觉得吧，就是为自己的失败找个合理的替罪羊呗，我倒宁愿他们把我扔福利院或者别的地方，至少比在方家待得自由舒坦，至少不会用报恩威胁我，被逼着像个棋子一样哪里需要放哪里，不需要的时候又见不得光。

“方远亦出生之后，他们该失败还是一样失败，但每次还是归罪于我。你说扯不扯，放外面别人信不信？但这确实就发生在我们家。”

别的方疏净没有多说，寥寥几句听下来，仍能想象得出她到底过得是怎样的生活。

容慎川一边把碎玻璃扫走，一边沉下眼眸。

就算与方疏净从小到大认识了这么多年，他也从未从她那里了解到这些细节。

方家都是一群爱面子的人，也不会让他知道家里有这种事情。

从小到大，方疏净在他面前永远一副吊儿郎当、不修边幅的模样，他一直以来只知道方家夫妇对她有所忽视，她也对方家多有怨怼。

但他从来不知道，竟然已经到了这种地步。

处理好碎片，他走回来，扶起方疏净。

方疏净懒懒地把自身重量交给他，翘着食指一直盯着那块有点沁出来的血渍，满脸无所谓。

“这回打电话，又是想让你帮忙，荣夏那块地皮他们本就做不下来，我实在搞不懂为什么要打肿脸充胖子。”

容慎川把她扶稳，捏住她手指指根，观察伤口还有没有继续出血的迹象，顺口询问：“所以，我不管这件事？”

“当然不管。”方疏净想都没想，“谁情愿当这个受虐狂啊。”

如果说她被安排着嫁给容慎川，是为了报答前面那么多年方家的养育之恩——

那便到此为止。

容慎川亲亲她伤口包扎好的地方，纵容道：“那就不管。你过年还要回去吗？”

方疏净仰头，笑得狡黠，说：“当然要，他们都邀请我了，我怎么也得回去看看。

“说不定——能瞧见一出好戏。”

第八章 门背

那件事后，方疏净根本没再关注方家的一举一动，自己的日子该怎么过怎么过。

手上的划伤几天就好得差不多了，只剩一道浅浅的痕迹。

某日。

酒吧。

方疏净低着头，专心擦拭玻璃杯。

身旁小姑娘一只手拉着工作服的袖子，可怜兮兮地朝她走过来。

“镜子姐……这身工作服对我来说太大了……”

前面是镜头，方疏净没抬头“嗯”了声后，跟她说：“你去问问那边的人，有没有别的尺寸的。”

服装是节目组那边提供的，所以就算跟她说，也没有用。

小姑娘这么明晃晃在镜头面前说这些，心思几乎快要摆在脸上。

方疏净放下杯子，出于礼貌，还是帮她挽了一下袖子。

这是一档明星模拟经营的真人秀综艺，每一期会选择不同的店铺供嘉宾们体验经营，而这一期方疏净作为临时嘉宾，拍摄地点也选在了她的店里。

她旁边这个小姑娘叫夏萌，是个小有名气的偶像，选秀出身，刚满二十，走“嗲精”人设。

沉默地帮夏萌把过长的袖子挽上去，小姑娘动了动手臂，虽然袖口还是略显空荡，但确实合身了很多。

她甜甜地道谢：“谢谢镜子姐。”

这时，又有一个比夏萌大些的年轻演员过来，瞧见这一幕，带点夸张地“哇”了一声：“萌萌，你这也太瘦了吧？”

这位方疏净不怎么眼熟，似乎是叫陈凝凝。

夏萌低着头笑了笑，说：“也没有很瘦啦，最近吃太多，又胖了一点，我正愁着呢。”

“是吗？你这也太优越了吧？”陈凝凝过去挽住夏萌的手臂，亲昵地问，“你平时都怎么保持身材的啊？”

怕这两个人聊着聊着就要往广告的方向而去，方疏净及时喊停：“离客人过来还早，我先教你们一点基本的。”

夏萌抢着应和：“好！”

由于只是一期综艺，嘉宾们大部分也都是带着玩票的想法过来体验生活，方疏净只随便教了几种简单的，便没再往深里教了。

平时白天酒吧本就不营业，所以客人也都是节目组雇来的群演，有剧本在手，也不会出什么问题。

两个小女生觉得新奇，自己在一旁玩得开心，方疏净转而去给其他人布置任务。

布置完任务后，她就清闲地退居二线，眼见节目按着既定的剧本有条不紊地进行。

她尽职尽责做好自己身为背景板的工作，只在中途需要的时候露一会儿脸。

拍摄中途，遇到一位顾客的“刁难”，夏萌过来找方疏净帮忙。

女孩子眼眶红红，满脸透着委屈，过来找方疏净诉苦。

明明是一句话就能解释清楚的事，夏萌停在她眼前，满脸委屈地前前后后啰唆了很多。

方疏净其实不太喜欢和这类表现欲太强的人打交道，感觉到镜头对着她的脸，她才抬眼看过去。

“走吧。”她起身，简洁地接道。

夏萌一怔，脸上还挂着几滴眼泪没来得及擦。

方疏净走了两步，专程停下来等了她一下，说：“你不过去吗？待会儿客人等急了。”

“啊？哦。”

习惯了之前几期节目的众星捧月，夏萌还有些不适应方疏净这么平淡的反应。

于是在方疏净调酒的过程中，她忍不住再次开口——

“镜子姐，你调酒那么厉害，是不是学了很多年呀？”

方疏净没有抬头，专心做着眼前的事，回应：“还好。”

夏萌点点头，露出一个理解的表情，说：“学什么都要时间嘛，我知道的。”

她微微仰头，似是无意地提起：“我以前学舞也是这样，虽然教练总说我那么快学完已经是天才的水平了，但我总觉得他是在安慰我，班上那么多优秀的人，也不知道为什么只这么评价我。”

方疏净自动忽略她的絮絮叨叨，把手边几个杯子递过去，说：“洗一洗。”

夏萌接过杯子，站在原地一动不动，似在苦恼什么。

这时，陈凝凝从一旁经过，往她手上瞥了一眼，突然停住。

“萌萌，这是你新做的指甲吗？哪家做的啊，好漂亮！”陈凝凝一边夸赞，一边凑近了想看得更仔细。

夏萌抿着唇笑了笑，说：“是呀，昨天刚做的，那个美甲师只接熟人，你要的话，我可以帮你问问。”

“这样啊。”陈凝凝点点头，这才把注意力放回她手里的杯子上，担忧地皱眉，“那你还要洗杯子吗？会不会不太好碰水？”

“没事的。”夏萌安抚地笑笑，“镜子姐交给我的任务，再怎么也要完成。”

“要不然我来洗吧？”陈凝凝说着伸手就要去接过杯子，“你干点轻松的。”

“这样好吗……”夏萌推托了一会儿，才犹豫着交给陈凝凝，“那就麻烦你了……

“没事，”陈凝凝摆摆手，“举手之劳而已。”

那边两人说得起劲，方疏净充耳不闻，一心专注手中的事。

把调好的酒交给别人，她转身离开。

在休息区坐着，她无所事事地阖眼养神。

不远处有工作人员小声谈话——

“夏萌每期节目都那么水，真不怕被骂吗？”

“你又不是不知道她前面几期是什么样，听说人家后台蛮硬，有剪辑出马，黑的都能给你剪成白的。”

“也是……”

“只是可惜陈凝凝咯，帮着做了那么多事，估计后面她镜头都没几个。”

方疏净明了。

怪不得那么有恃无恐地秀存在感。

过了一会儿，工作人员的声音止住。

方疏净感觉到自己身边有一阵动静。

她睁开眼，就见夏萌笑着坐到了她身边，手里被塞了一杯白开水。

“镜子姐辛苦了，我来看看你。”

方疏净应了声，随口问：“前面不忙了吗？”

“还好，我就来看看你，待一会儿就走。”

“哦。”

方疏净对夏萌本就没什么好感，懒懒散散地移开视线。

但不知为什么，这姑娘非得在她面前刷存在感——

“镜子姐，你是什么时候开始决定开一个酒吧的呀？”

方疏净喝了口水，照实回答：“三年前吧，刚毕业那会儿。”

“本科毕业吗？”夏萌眨眨眼，“真好啊，好羡慕你一毕业就能坚持自己的爱好。”

说不上怎么回事，明明是羡慕的语气，可方疏净怎么听怎么觉得不舒服。

还未等她应声，就听夏萌再一次开口，小声地抱怨：“我妈以前一直不准我来酒吧这些地方，而且我觉得我在松大能毕业就不错了，她居然还非得要我考研，说是考松大对我来说不过小菜一碟，不能浪费了天赋，所以不能像你那么轻松……”

方疏净一言不发，安静地又喝了一口水。

这下听出来哪儿不对了。

也不知道这姑娘是习惯性这样说话还是故意为之，几乎每一句话都带着明贬暗炫的意味。

“这次好不容易来一次镜子姐的酒吧，真的觉得好有意思——”

方疏净轻声打断夏萌的话：“是研究生毕业。”

夏萌一怔：“啊？”

方疏净捧着水杯，语气平淡道：“松大的研究生确实挺好考，说不定以后你能成我师妹。”

忽略夏萌僵滞的表情，她敛眉，冷淡地将水放在手边台子上。

“我去前面看看有什么需要帮忙的地方，你不在，陈凝凝一个人估计应付不过来。”

说完，她便不再停留，径自走出休息区。

待到拍摄工作正式收工，已然临近深夜。

店里人走得差不多了，方疏净留下来再检查了一遍，确保店里没有别的问题后，朝着后门走去。

为了防止冷风呼啦一下全部吹进来，方疏净先试探着将门开了一道缝。

她手还停在门把上，便听见了来自外头的一道熟悉女声——

“容总，请问您可以帮我一个忙吗？”

透过门缝望过去，夏萌站在一辆黑色迈巴赫外，一手轻轻敲响车窗玻璃，努力想透过车窗往里观望。

方疏净饶有兴致地挑挑眉，手放在门把上，就保持着这个角度看戏。

她知道这辆车的车窗贴了膜，从外面根本看不见里面。

见里面半点反应也没有，就连车窗也没有降下来的意思，夏萌咬咬唇，不死心地再敲了两下，说：“容总，我的车出了点问题，你能不能……”

方疏净悄悄拿出手机，秉着看热闹不嫌事大的原则，给容慎川发了条消息过去。

【Jinz：人小姑娘都快要急哭了，怎么不开个窗回应下？】

消息刚显示发送成功，腰际忽然攀上一双大手。

随之而来的，是耳边带着戏谑的笑音：“我在这里，怎么帮她开窗？”

话音落下，门应声轻轻关上。

店里的灯已全被方疏净关上，从门缝照进来的唯一光源消失，也暂时蒙蔽了视觉。

背后略带灼热的气息侵袭感官，方疏净大脑有些发蒙，手掌贴在门板上，额头也近乎抵了上去，勉强保持稳定。

方疏净喉咙动了动，终于找回一点属于自己的声音。

“你怎么在这里？”

“工作结束了，我来接你。”容慎川弯着腰，下巴搁在方疏净肩上，“你一个人回来，我不放心。”

“容总，你在里面吗？”

后门不似前门那般隔音，加之方疏净离得近，外头夏萌拔高了声调的问询再一次入耳。

感觉到身前女人身体的微僵，容慎川耐心地解释：“她的保姆车就停在不远处，没有任何问题。”

“这样吗……”虽然方疏净早已有了这个猜测，但亲耳听见容慎川解释，才肯完全放下心来。

果真是别有所图。

“嗯。”容慎川接着解释，“上次赵卓请我吃饭，她跟在赵卓身边，应该是那个时候，她记住了我的车牌号。”

赵卓？

这个名字方疏净隐隐约约有点印象，但不深。

努力回想一番，她才总算想起了个大概。

方疏净以前跟着容慎川与他有过几面之缘。

看起来是个老实踏实的人。

据她所知，赵卓是家里的独子，赵家也没有什么乱七八糟的亲戚，而且——

方疏净转过身，背靠着门，拧眉：“他不是早就结婚了吗？”

新娘她也认识，也是那个圈子里的，和赵卓青梅竹马，夫妻两个人的感情一向不错。

既然如此，为什么赵卓还会找夏萌作陪？

容慎川手垫在方疏净的脑后，防止她仰头时撞到，平静地道：“和你猜想的差不多，扛不住诱惑。”

毕竟是和他不相关的人，他也不想浪费时间去多做了解。

心里的猜想被印证，方疏净微讶片刻，恢复了冷静。

也是，这个圈子诱惑太多，少有人能做到完全将那些东西隔绝在外。

就算是知根知底的看似深情的青梅竹马，也——

思绪顿住。

方疏净踮了踮脚，心里有种难以言喻的感觉。

“你呢？”她揪住容慎川的衣领，问道，“那么多女人觊觎你，诱惑也不少。”

“我？”容慎川眉头舒展，半开玩笑道，“你忘记了是谁评价我是个书呆子，从来不解风情的？”

旧事重提，方疏净手紧了紧，脸快埋进男人胸口。

容慎川轻轻捏了捏她的后颈，温声哄道：“抬头。”

方疏净不情愿地又把头抬起来，眸子却不愿意抬起，始终垂着眼向下看。

容慎川慵懒地眯起双眸，并无不满，甚至带点愉悦地勾唇。

他单手捏住方疏净的下巴，拇指沿着肌肤轻轻擦过。

“你说的诱惑——”

下巴被抬高，唇上猝不及防的温热触感让方疏净下意识地向后逃离，却又被门板挡住。

男人的吻很轻柔，却又隐隐含着不容拒绝的霸道。

方疏净与他身体贴近，呼吸揉在一起，周围的空气在顷刻间升温，暧昧又磨人。

她被迫承受，两只手软软下垂，又控制不住地捏紧再放开。

方疏净吻技生疏，不一会儿便觉得呼吸困难。

迷糊间，忽然听见一道声音隔着门板传到了她的耳中。

“那我先回店里等一等，等容总忙完了再说吧。”

她顿时清醒几分，吃力地想把容慎川推开，唇齿间溢出破碎的话音：“有人……”

容慎川停了一秒，随意地反手锁上了门。

“专心一点。”他道。

耳边是门把被转动的声音，与她仅仅一门之隔。

方疏净身体绷得很紧。

虽然知道门不会开，但心头那种缺氧的刺激感仍如潮水一般上涌。

她抬手搭在容慎川的肩上，无声地将指尖嵌入男人的肩背。

另一边，夏萌尝试了几次也没能打开门，只能带着疑惑离开这里。

“奇怪……刚才出来的时候还没上锁啊……”

听见脚步声越来越远，方疏净心头紧绷的那根弦一松，还未来得及调整，又被容慎川肆意地掠夺了呼吸。

容慎川极有耐心，一步一步缓慢地攻城略地，引导着她向更深处沦陷。

……

漫长的一吻不知进行了多久。

方疏净总算感觉到男人放过了她，连忙往旁边挪开一小段距离，小口小口地喘气。

门口的小灯被打开，视线变得明亮。

容慎川的视线停留在她略显红肿的唇上，轻笑道："是这样吗？你说的诱惑。"

衣领稍显凌乱，使得男人在灯光下显现出些许轻肆的感觉。

方疏净还不知道怎么回答他，又被他握着手臂，拉进了怀里。

"关于刚才的问题，你也知道，这不一样。"

刚才的一吻极其令人感到满足，容慎川心情颇为愉悦地捏着她乱晃的手，道："与我而言，只有你是诱惑。

"我也从来，只觊觎你。"

方疏净抿了抿还有点发疼的唇瓣，不知道怎么回答。只知道，自己现在能清晰地感知到自己的心跳声。

见她还在发呆，容慎川躬身，与她鼻尖相抵，闷笑了声。

"夫人，该回家了。"

"或者，"他慢条斯理地扣住方疏净的后脑勺，把她往自己身边带，眼底浮起三分笑意，"再来一次？"

当天晚上，方疏净不知道自己是怎么回去的。

回去之前，容慎川把她压在车座上又吻了一遍。

意识模糊间，她只记得落于唇上的那道令人心颤的触感，与辗转灼热的呼吸。

若不是及时喊停，场面甚至……有可能失控。

方疏净第一次真切地领略到了禁欲多年的男人有多可怕。只是一个吻尚且如此，若真的任由他折腾——

她想象了一下，觉得自己可能会见不到第二天的太阳。

好在临近年尾，公司事务繁多，接下来的一段时间里，容慎川都在忙碌中无法抽身。

这让方疏净至少有了个缓冲的时间，便也乐得清闲。

松城人民医院。

病床上的周怀雅听见门外传来的脚步声，两眼放光地朝外看，在看见方疏净的身影后，亮着眼睛冲她挥挥手，说：“镜子，你终于来啦！”

方疏净把水果放在旁边的桌上，自己也随之坐在一旁的椅子上，点了下头。

上下打量了周怀雅一遍，确认对方除了面色稍显苍白，其他地方都没什么大问题，精神气也不错后，她放下心来，问道：“怎么了？突然住院，吓我一跳。”

大清早的方疏净就接到周怀雅的电话，让她来医院一趟，她以为出了什么事，草草收拾一顿就赶了过来。

周怀雅双手交叠放在小腹的位置，闻言笑嘻嘻地说：“晨跑没注意摔了一跤，差点把孩子摔掉，好在没什么大事，医生说这段时间好好静养就行。”

捕捉到话里的关键词，方疏净思维停滞了几秒，缓慢地开口问道：“你怀孕了？”

周怀雅仍一副轻松的模样，撑着床坐起来一点，说：“我也是今天才知道，不过也没什么意外的。”

方疏净试探：“沈则的？”

“嗯。”周怀雅作势要拍她肩膀，“你在想什么呢，除了他还会有谁，我俩现在好着呢。”

得到肯定的答复，方疏净非但没有放下心来，反而越发有种隐隐的担忧。

削了一个苹果递过去，她踌躇道：“你打算……”

“孩子吗？”周怀雅接过苹果啃一口，含含糊糊道，“等过段时间再告诉沈则呗。”

眼见方疏净眼中的担忧还有化不开的意思，她弯了弯眼睛，说：“你放心，沈则一直都挺宠我的，根本没舍得让我受什么委屈。”

说到这里，她顿了顿，眼角眉梢染上点幸福的意味：“过段时间是我们的纪念日，听他朋友悄悄告诉我，他瞒着我去找人定制了戒指，所以我猜啊——”

她俏皮地眨了眨眼。

言下之意，不言而喻。

“所以我打算，把这个消息当作礼物告诉他，之前问过他，他还挺喜欢小孩的。”

方疏净把水果刀仔细擦干净放好，终于点了下头：“行……”

“不说这些了，”周怀雅把自己手机拿出来，指了指屏幕，“昨天你那期综艺播了我没来得及看，这才看到一半，你看过没？”

方疏净诚实地摇头：“我不感兴趣。”

她充其量就是个背景板，最大的收获就是微博从昨晚开始慢慢地涨了些粉。

“你自己的节目都不看啊。”周怀雅退出播放界面，“那我待会儿再继续看。”

她顺手打开微博逛了一圈，一边逛一边不忘絮叨：“说起来，我还真挺烦那个叫夏萌的，看了半天也看不出她有什么用，偶尔帮个忙弹幕全是什么女儿好可爱之类的话，我就纳闷了……”

她手指在屏幕上动作一番，忽然停住。

“镜子，你来看看这个。”

周怀雅语气变化很大，促使方疏净好奇地看过去一眼。

是热搜界面。

顺着周怀雅手指的方向看过去，方疏净眼神微沉。

镜子学历太假

热度居高不下，甚至还有持续攀升的趋势。

周怀雅点进话题，把手机给她，问：“怎么回事？”

方疏净摇摇头：“不知道，我先看看。”

话题里热度最高的是一条营销号发的片段剪辑。

节目里不知道什么时候拍摄了在休息区的时候她和夏萌的对话。

营销号配文：“这人也太能吹了吧？是有点人气就开始飘了吗？三年前研究生毕业还能只是开个小酒吧？”

不仅原文质疑不断，评论区也是满满的嘲讽味。

【还吹什么松大，松大是出了名的严格好不好？我以前松大的朋友毕了业个个被抢着要，哪里看得上这种职业？】

【看了下资料，她也才二十六岁，这还立起了天才人设呢？】

【心疼我们萌萌，动不动就被无视，她拽什么拽……】

……

方疏净淡定地继续往下翻，周怀雅在一旁看着，嗤笑声不断。

“所以说有些网友就是没见过世面。”她摩拳擦掌道，“镜子，要我帮你怼回去不？”

方疏净淡定地把她按住，说：“你别凑热闹，这件事没什么意思。”

“那行。”周怀雅除了见着评论里一群人骂得花样百出有点儿火大，对这事的结果丝毫不担心。

她了解方疏净，当然知道他们讨论的这些对她来说没什么意义。

说话间，方疏净收到了一条消息。

备注“张萱”。

【张萱：小镜子，你看到热搜了没？】

方疏净淡淡地笑了笑。

这是她的学姐，当年她在松大的时候对她颇有照顾。

【Jinz：看见了，我没生气。】

【张萱：我知道你没生气，那群人被带偏了而已，学校论坛现在都在讨论这事，我估计你后头低调不起了。】

【张萱：就连庹教授刚才都来找我打听这件事，这么多年了他还在可惜你那会儿没继续读博的事。】

方疏净眼神闪了闪。

【Jinz：都过去了，况且我确实志不在此，记得帮我跟庹教授问个好啊，我平时都不敢叨扰他老人家。】

【张萱：行，有什么敢不敢的，下次要是有聚餐，我叫你啊！】

回了张萱一句“好”，方疏净切回了微博。

刚好刷到夏萌更新了一条微博。

【夏萌 V：大家私下里聊天确实不会顾忌那么多，不要太追究这些啦。】

底下的评论里，一大半是在夸夏萌人美心善不计较，另一小半则都是在内涵方疏净。

方疏净神色泰然自若，直接转发了夏萌那一条微博，并配了个“：）”的表情。

评论区几秒便炸开了花。

【明眼人都看得出来这是萌萌在给你找台阶下，没想到你还真敢借着上纲上线。】

【就没见过像你这么不要脸的，有本事别阴阳怪气啊？】

【萌萌才是最委屈的人，你这样是想恶心谁呢？】

……

眼见着评论持续增多，方疏净熄了屏，把手机放回兜里。

“明天再来看你，你注意身体。”

“好嘞！”周怀雅果断地冲她挥挥手，“那明天再见！”

方疏净自从发了那条不像回应的回应后，便不再搭理微博上的纷纷扰扰。

回到家里，她没闲着，把包子牵出去遛了一圈。

包子比起之前又大了一圈，来这边之后被好吃好喝地供着，更肥更欢脱了。

在外头跑上一圈下来就累个半死，大冬天的方疏净额头都冒了细汗，回去以后洗了个澡，她换了身毛茸茸的居家服，抱着同样被打理得干干净净的包子躺床上看电影。

按常理来说，由于容慎川有点儿洁癖，平时不会同意包子跑上床来。

但最近方疏净仗着那个不经允许的吻，越发肆无忌惮起来。

室内空气暖烘烘的，又本就有些疲惫，方疏净盯着屏幕看了一会儿，就感觉有些困了。

她闭着眼，就这么睡了过去。

与此同时，微博那边却是另一番天地。

众人正因为方疏净的“不知天高地厚”而嘲讽得正起劲时，突然有人再次转发了这条微博。

【张萱V：原博主很奇怪，既然是松大的学生，这会儿应该不会还不知道她吧？】

一开始，众人都以为这只是方疏净请的强行挽尊的水军。

可当看见微博认证后，通通傻眼了。

人家是正儿八经的松大风云人物，更是松大赫赫有名的庹教授手下的得意门生！

这字里行间写满了对方疏净的维护，又是怎么回事？！

就在众人都还没反应过来时，张萱的转发里更是呼啦涌进来一群人，纷纷为方疏净撑腰。

【我班两年修完学分，毕业之后被庹教授亲自抢过去的天才小姐姐，怎么就假了？】

【听说当年本来都跟庹教授说好了会考博，后面突然反悔，还把老

人家气得几天没睡好，之前我们只是听说有这么一位学姐，今天才知道居然是她！】

【刚才顺手查了查那位夏萌的资料，读的不是松大吧？松城大学银杏学院就别硬跟你松大爸爸攀关系了吧？】

……

如此劲爆的消息一经挖掘，微博直接炸了。

没人想到会有这样的反转，而此时夏萌也不敢出声，只能躺平。

网络上事态在短短几个小时内扩大，于方疏净而言，只不过是睡了一觉的时间。

容慎川回来时，方疏净怀里抱着包子，睡得正香。

毛茸茸的领口遮挡住下半张脸，双眼安静地阖着，更显几分恬静可爱。

走到床边，容慎川蹲下，轻手轻脚地想把包子从方疏净的怀里悄悄移开。

包子感觉到有人靠近，下意识地蹬了两下腿，朝脚步声传来的方向张望。

见是容慎川，它才安静下来。

可刚才的动静还是不可避免地打扰到了方疏净。

方疏净迷迷糊糊地睁眼，把狗松开。

等到怀里空了，她才揉着眼睛坐起来，问："几点了？"

"晚上八点。"容慎川揉揉她略显凌乱的长发，语气里隐含着酸溜溜的醋味，"狗那么好抱？"

方疏净把被子拉高了点，嗔怪地瞪他一眼。

她以前怎么不知道这个男人那么幼稚?

居然连狗的醋都吃。

下午到现在都没吃饭，意识彻底清醒后，饥饿感席卷而来。

方疏净推开容慎川的手，说："我饿了，先去吃饭。"

坐在桌前，方疏净一得空，就又刷起了微博。

接下来的发展里已经没有她的事了，网友已经开始了对夏萌的进一步深挖。

不知道是谁放出了一组偷拍的小视频，视频是几段前面综艺拍摄中的情况。

详细记录了夏萌把事情推给别人的各种姿势。

而这些被推给别人做的事，最后一经剪辑，通通变成了夏萌的功劳，令人拍案叫绝。

【没想到夏萌居然是这样的人，之前一直以为她就是个没什么心机的小姑娘……】

【这个叫陈凝凝的也太惨了吧，期期被她当丫鬟使唤，镜头都没几个。】

【之前就觉得她有点不对劲，这下终于明白是为什么了！陈凝凝好惨，是努力的打工仔没错了。】

……

看着评论一面倒地提起陈凝凝，方疏净无声地笑了笑。

没想到另一个也不是个省油的灯，也不知道等这个机会等了多久。

她这算不算刚好给人递了刀。

不过一眼就能看穿的小把戏实在太拙劣，她没什么闲心去欣赏别人的大戏。

晚饭很简单，两荤一素在桌上热腾腾冒气。

吃饭时，方疏净一直偷眼观察着容慎川的反应。

过了许久也没等到男人开口，她反倒没坐住，率先试探着开口："容慎川，你平时看微博吗？"

容慎川没在吃饭，只是陪着她在饭桌上看书，闻言抬眸，回答："偶尔。"

"那你……要不要看一眼？"

方疏净满眼"你老婆受委屈了你竟然都不知道"的暗示。

她其实也不觉得委屈，可她就是想看看容慎川知道这件事之后的反应。以前她从没有过这样的想法，也不知道是不是最近被容慎川宠坏了的缘故。

容慎川合上书，双手在桌面上交叠，说："我知道。"

"哎？"方疏净有些意外。

"我看事情已经解决了，不需要我来帮忙，又怕问到你会生气，所以没过问。"容慎川解释道。

"这样啊……"

确实，以她曾经的性格，若是这些旧事被别人重提，她真的会觉得很没面子。

低头扒了口饭，她小声问：“没什么想说的吗？”

容慎川指节轻敲桌面，说：“其实我有一个问题想要问你。”

“嗯？”

“已经决定好了要读博，怎么突然又不读了？”容慎川身体微微前倾，“因为结婚吗？”

三年前，刚好是他们结婚的时候。

方疏净一下没了声儿。

感受到容慎川沉沉的目光始终落在她的身上，她慢慢扯出一个笑。

“没有，我不想学了而已，你也知道，我从初中开始就不怎么好好听课。

“更何况当时家里事多，他们要求我中断学业也没错，当时我本来就忙得焦头烂额，哪儿有这个时间。”

方疏净眼里划过一丝黯然，转瞬即逝。

“我吃完了，还是有点困，再去睡一觉啊。”

搁下筷子，方疏净似是不愿再在这个话题上停留，转身想要离开。

容慎川坐在原处，岿然不动。

他掀了掀眼皮，问：“还想读博吗？”

方疏净脚步微顿。

本想满不在乎地说当然不想，却发现话到嘴边，怎么也无法说出来。

她耸耸肩，说：“都这样了，也没什么意义了吧？”

身后传来一声微叹。

方疏净逃也似的背对容慎川往回走。

还没走两步，骤然落入了一个温热的怀抱。

容慎川袖子挽到手肘，左臂圈住方疏净腰肢时，能看见优美漂亮的肌肉线条紧了又紧。

他小心地控制住自己的力量，确保自己没有弄疼方疏净。

“忘记我跟你说过什么了吗？想要什么就说出来。”

鼻尖满满都是男人令人安心的沉稳气息，方疏净身体僵滞，许久后轻吐了一口气。

容慎川无奈地再次轻叹。

“我不希望你今后再为别人，放弃自己想要的东西。

“你没有亏欠任何人，你不需要为任何人付出。”

方疏净闷闷地“嗯”了声。

她当然知道，可是有些东西就跟刻进了骨子里一样，一时半会儿消散不了。

习惯了降低期待值，在还没听到拒绝前先说不要，习惯了用“亏欠”的思维待人，给自己筑起一道墙，将自己层层保护。

即使这些年有了很大的改变，但潜意识里的习惯，依旧存在。

克服还需要一些时间。

容慎川不逼她，松开箍住她的手，顺便帮她理了理发丝，手指顺着她的颊侧划下，轻轻捧起她的脸。

“现在，我可以亲你一下吗？”他眼里噙了笑，忽然问。

方疏净手指胡乱动了动，睫毛颤抖两下。

容慎川坦然道：“听说，接吻是放松心情的最好方式之一。”

方疏净无语。

这！都！什！么！理！由！

见女人的耳尖再次泛起红色，容慎川戏谑地问：“现在心情轻松些了吗？”

怕再逗她会奓毛，容慎川指腹轻轻刮了刮她脸颊，放开手，眼角眉梢仍带着笑意，说：“去睡吧。”

正欲给方疏净让个位置，他忽觉脖颈一紧。

方疏净直接拉着他领带，迫使他弯下腰来。

随后，一个重重的吻碾过薄唇，生涩又急切，一触即离。

松开领带，方疏净红着脸绕过容慎川，不让他看清自己的表情。

“上次你趁我不注意强吻我，这次我也要这样，扯平了啊。”

目送女人略带忙乱的身影上楼，直至消失在视野范围内，容慎川后退两步，两手撑着餐桌，兀自低笑一声。

“所以你们到现在也只是亲过？”

咖啡厅里，周怀雅拍了拍桌子，惊讶出声：“不会吧，你们可是夫妻哎？现在感情也好了那么多，居然还没那个？”

方疏净给周怀雅摆了个“嘘”的手势，让她说话声小些，随后拨了拨鬓边的小卷发。

“是啊，顺其自然呗。”

“噫——”周怀雅摆摆手，故作嫌弃，“你什么时候也主动一个啊，我看要是你主动，容慎川也不可能这么能忍。”

方疏净轻轻咬唇。

自那次主动的亲吻后，她胆子比之前大了不少，也不再到处躲着容慎川，甚至晚上睡觉的时候，会悄悄地抱住他。

她发现自己并不排斥与容慎川的亲密接触，且隐隐地期待着更多。

有几次她分明能感受得出容慎川欲望的波动，然而到最后却什么也没发生。

她知道这是容慎川尊重自己的表现，可是以她的性格，要让她在这方面主动，还是有点做不到。

连暗示都有贼心没贼胆。

之前明明还因为这事躲着他，结果没想到，那是给自个儿挖了个坑。

方疏净自己都觉得没出息。

周怀雅和方疏净做了那么多年朋友，一个眼神就能读出对方的意思。

她拿小勺子敲了敲杯壁，说："所以啊，你就是太纯情了。"她单手托着下巴，不正经地打趣，"待会儿陪我逛街的时候，买两套内衣回去，我就不信容慎川还能无动于衷。"

"别跟我出馊主意。"方疏净把自己这边的小靠枕扔过去一个，突然想起什么，话锋一转，"不过说起来，今天不是你和沈则的纪念日吗，怎么又改主意跟我过了？"

周怀雅接住靠枕的手僵了僵。

"啊……"

她侧过头，若无其事地把靠枕给放好。

"没什么原因，就是我和他分了呗。"

"分了？"方疏净没想到会得到这样的答案，怔忪两秒。

明明前段时间还好好的，突然这样，可以说是几乎没有一点征兆。

"是啊。"周怀雅别开视线，语气尽量轻描淡写，"我发现，他那天去订戒指，不是给我订的。"

方疏净睁大眼："那他……"

"那戒指是送给他那个白月光的。"周怀雅冷嘲一声，"说来也巧，今天原本该是我们的纪念日，我还寻思着就算分了，今天至少还能再吃顿散伙饭。没想到今天还是那小模特的生日，他不会来了。"

方疏净不知道该说什么，绕到对面去，默默抱了抱她。

"没事。"周怀雅的语气仍然轻浅，往里面坐了一点给方疏净腾出位置，拿袖子随意擦了擦眼泪，“都说男人一生都忘不了初恋，是我自己不信，非得在一件事上栽两次才长记性。”

方疏净挨着她坐，能感觉到她身体微微的颤抖。

“说到底，一直都是我死缠烂打，苦苦死撑，我知道他其实也没那么喜欢我，所以也怨不得他。”

说完，周怀雅深吸一口气，调整好坐姿。

动作间，方疏净注意到她下意识地用手护住小腹，忍不住问：“那……”

“你说孩子吗？”周怀雅并不像方疏净那般避讳，敛着眉眼，轻声说，“放心，虽然我的确很傻，但也还没到那种地步，孩子我不会留，说好的结束，就只会是彻底结束。”

“只可惜，”她无奈地笑叹，“本来想把这个消息当礼物的，现在也送不出去了。”

方疏净垂眸，握住了她的手。

骨节突出，一片冰凉。

瘦了好多。

“你说得对，这次就当又捡了回教训。”沉默了会儿，方疏净缓缓开口，“没有下次了，我帮你看着，要再这么固执，我就先把你的腿打断啊。”

“算了。”想了想，她纤长的指甲抵着桌面，敲了两下，红唇抿起，“还是先把渣男的腿打断比较好。”

周怀雅看着她，莫名被逗笑。

“行。”她知道方疏净说话风格一向是这样嘴硬心软，抬了抬下巴，配合地说，“那我以后的终身大事，可就交给你了。”

方疏净轻哼一声，忽被响起的手机铃声打断。

方疏净下意识地在桌面上找手机，却发现自己的手机仍处在黑屏状态。

“是我的电话。”周怀雅拿起自己的手机，解释道。

她轻瞥了一眼屏幕，眼神一晃，旋即避开脸，接通电话。

“王秘书……”

那边不知道说了什么，她静默许久。

“我知道。”她嘲讽地笑了笑，“告诉沈先生，不需要劳烦他费心，我今天晚些回来就收拾我的东西，保准把地方干干净净地腾出来，不打扰他和他的小情儿。”

挂断电话，她用余光睨了一眼方疏净，收拾了一下表情转过来，说：“行了，事情基本都解决了，就当翻篇了吧。”

“嗯。”方疏净这个时候只能当一个静静的倾听者，闻言点了下头，就被周怀雅牵着站了起来。

“这种事上不值得浪费时间，今天不是说好的逛街吗？走，周姐带你飞！”

周怀雅伸了个懒腰，恢复了笑吟吟的神情。

如果忽略她微微泛红的眼眶，看起来确实像个没事人。

方疏净轻笑一声，又抱了她一下，说：“行，今天你请。”

“好嘞！”

大概是真的化悲愤为力量，周怀雅在商场里穿梭了一下午，仍健步如飞，没有停下来的意思。

方疏净今天穿的鞋子带点跟，不太好走，每当周怀雅试衣服时，她就找个地方安静地坐下休息。

一个下午过去，周怀雅手里满满当当，方疏净手里只提了一个小袋子，还是周怀雅嚷嚷着说好了要请她，硬帮她挑的一条裙子。

方疏净看了一眼，暗红色的丝绸质地，修身剪裁，是她喜欢的类型。

临走前，两人经过一家男士西装店，周怀雅又来了兴致，凑过去跟方疏净耳语：“你要不要给你老公买点什么东西？快过年了，也该准备礼物了。”

方疏净想了想，点点头，和周怀雅一起往里面走。

自两个人把感情的事说开后，她确实已经很久没有再像以前那样形式上地互赠礼物了。

容慎川衣服的尺寸方疏净不太了解，于是给他挑了条领带。

是与她今天买的这条裙子相配的暗红色，她记得容慎川还没有这个颜色的领带。

从商场出来，天色已晚，周怀雅死活不让方疏净送她回去，执意自己离开，方疏净拗不过她，只能叮嘱她几句后，同她挥手道别。

回到家，方疏净把车开进院里停车场后，坐在位子上等了一会儿，直到周怀雅给她报了平安，才解开安全带下车。

推开门，她一边换鞋，一边随口问道：“容慎川回来了吗？”

用人接过她的外套和手上拎的袋子，恭敬答道："先生在书房。"

方疏净点点头，抬起下巴往里看了看。

书房的门一如既往地紧闭着。

她没去书房，先上楼简单洗漱了下，试了试新裙子。

周怀雅本职与时尚有关联，挑衣服的眼光一向不错，这身长裙质地轻薄贴身，穿着很舒服。

走到落地镜前，方疏净少有地细细打量了一番。

吊带很细，简简单单地缀在肩头，衬得精致的锁骨更加分明。曲线蜿蜒向下，裙摆长度及脚踝，向外散开，如一朵盛开的玫瑰，层次分明却又不显累赘，风情万种而又内敛不张扬。

红玫瑰啊——

方疏净脑中迅速闪过了"白月光"三个字，又被她随意抛在脑后。

懒于短时间内再折腾换衣服的事，又或是夹杂了些许的私心在其中，方疏净提了提裙摆，拿起手边装领带的礼盒，走出衣帽间，径自下楼。

室内常年保持适宜的温度，方疏净这样穿也不会很冷。

她站在书房门前，对着厚重的门板敲了三下后，压下了门把。

婚后她很少看书，虽然当初装修书房时，书架分了一半当作她的领域，但她没在书房待上几次，后来便默许了容慎川把他的书放过去。

欣赏完一整面墙的书架，方疏净收回视线，与坐在书桌前的容慎川视线相触。

男人只简单地穿着白衬衫，一如他往常的风格一般板正工整。

她勾勾唇，慢悠悠地走过去，假作不经意地把手里的礼盒推到对面。

"今天顺手买的，送你了。"

手撑着桌面，她故意弯下腰靠近容慎川，问："要我帮你戴吗？"

容慎川把手中的笔关上，打开礼盒，当看清领带的颜色后，眼中愉悦毫不掩饰："好。"

方疏净拿起领带，绕过桌面走到他身边。

容慎川从善如流地侧过身，任由方疏净动作。

方疏净手上动作着，嘴里也闲不下来，小声翻旧账："这还是我头一回见你用我送你的东西，之前的我甚至连影子都没见着。"

容慎川笑而不语。

女人微微低头，与他的距离极近，因为嫌麻烦把头发挽了上去，露出优美的脖颈线条，裸露在外的手臂纤细白皙，漂亮得令人移不开眼。

根据记忆打了一个很少接触的结，方疏净满意地直起身，向后退了两步，赞道："不错嘛。"

裙摆也随着她的动作，如花瓣一般荡漾出好看的波纹。

不得不说，这个男人无论穿什么都好看。

耳边忽然听见有什么东西落地的声音，虽然很小声，但也引起了方疏净的注意。

感觉到裙摆似乎挂到了别的物体，她拎起裙摆，低头看。

是放在书架下层的一个铁盒，被她的裙摆从架子上扫下来，摔开了盖子。

盒子很普通，是路边文具店几块钱就能买到的那种，表面上了一层白漆，大约因为年代久远，已经掉得斑驳。

在容慎川的书房里，极少能见到这么朴素的小铁盒，方疏净定睛观察了两眼，忽然来了兴致。

盒子倒扣在地上，旁边有几个小东西掉落。

方疏净摸索着捡起了一个。

手上动作猛地滞住。

是一个袖扣，还有点眼熟。

似乎是上次过什么节日的时候，她送给他的。

"原来都放在这儿了啊。"她没抬头，用调侃的语气说道，顺手又把滚落的几颗袖扣拾起，自言自语，"我以前怎么送了你那么多袖扣？"

她送礼物送得敷衍，之前还没感觉，现在看清楚了，才意识到自己已经不是一般的敷衍。

所以为什么容慎川要把这些玩意儿单独放在这样的铁盒里？是因为不想把她送的礼物摆在衣帽间，觉得看着难受？

方疏净压下心底的胡乱猜测，继续收拾散落的东西。

手指往地上又摸索了一把，指尖忽然碰到了一个触感不一样的东西。

她拿起来，才发现是一个塑料发夹。

要是记得没错的话，是她以前最喜欢用的那一种。

当时她头发多，碎发不好打理，最喜欢用这样的发夹随便别一下。

门口小卖部一块钱一个，便宜好用，经常掉也不心疼。

久远的记忆猝不及防涌来，方疏净心底一下起了疑，也不敢去看此刻容慎川的反应，小心翼翼地把倒扣的铁盒翻过去。

当里面的东西"哗啦"一声全部洒落出来时，她怔住了。

她爱用的皮筋，常掉的橡皮擦，甚至上课时无聊与他递的，时至今日已经泛黄的字条，还有几张有着明显裁剪痕迹的纸片……

时隔将近十年，再一次完整地出现在她的眼前，也将回忆裹挟到了她的身边。

方疏净有几分恍惚。

为什么他会……如此珍重地收藏着这些东西。

心里已经隐隐有了猜测，但她仍不怎么敢相信。

抬手捡起一片被裁剪过的纸片，方疏净脑内已经划过了无数个猜测，可当看清上面是什么的时候，她仍不可避免地死死愣住。

这时当初别人让她帮忙递情书的时候，她仗着容慎川从来不看，随手在信封上留下的字。

信封已经被剪得七零八碎，只剩下她的字清晰可见。

“在？这姑娘挺可爱，不如试试谈个恋爱？”

底下不知什么时候，多了苍劲有力的字迹——

“别闹。”

“这个信封好可爱，要我是男生我肯定火速答应。”

“如果是你，我也会火速答应。”

“为什么你这么多情书，我一封都收不到……”

“都在我这里。”

……

方疏净越看，心情越复杂。

这时，男人不紧不慢的声音终于响起。

“看清楚了吗，还有什么想问的？”

方疏净耳朵早已红透。

明明是窥见了别人的秘密，却仿佛把自己的心思戳穿了似的。

她手上动作停了下，慢吞吞地开口：“可是你以前偷偷给阮苏买礼物。”

容慎川挑眉，说：“给你买的，被发现了不敢承认。”

方疏净一噎：“你还抢走别人给她的情书。”

他言简意赅：“那是让她转交给你的。”

“帮她做作业。”

“你们小组的作业。”容慎川无奈地看着她，“你让我帮忙的，忘了吗？”

方疏净一愣。

她真的记不起来了。

她记性本就时好时坏，记住的都是比较重要的事情，像这些中学时无足轻重的事，当然会模糊。

追根究底，竟然是她自己的记忆出现了偏差。

耳根莫名变得更为滚烫，方疏净已经无法想象自己的脸色有多红，低着头顺了半天凌乱的思绪，才终于迟钝地把一切都理清楚。

她心头丝丝缕缕的酸涩逐渐扩大，上升到鼻尖，使得眼眶也发着热。

料想到如今自己的模样会很狼狈，就算容慎川让她抬起头，她也只是轻哼一声，忸怩着不敢抬。

直至今日，她才终于相信。

原来，这个男人说的一直都是真的。

他喜欢的从来都不是阮苏。

他喜欢她，喜欢得隐忍而克制，却漫长到贯穿整个青春，直至长远的未来。

沉默着把东西全都装好封入铁盒，直至放好了盒子，方疏净的情绪才终于稳定。

“还有什么要问的吗？”

容慎川见她站起身来，扯着她的手让她坐到自己腿上，声线舒展。

方疏净埋头沉思了一会儿，忽地挣开容慎川，转了个身。

她跨坐在男人的腿上，两只手攀住他的肩，眼里晶莹闪烁，却泛着令人无法忽视的娇媚笑意。

“最后一个问题，”她高高扬起声调，贴近男人胸口，似笑非笑，“喝醉之后，为什么会念叨‘苏苏’这个称呼?

“再直白一点，苏苏是谁？”

盈盈的笑意中，零星地含着三分威胁。

就算事情已经有了最好的解释，可只要沾上了“白月光”三个字，不把所有细节问清，她终究不愿轻易翻篇。

望着男人泰然自若的目光，方疏净眨眨眼，单手扯住容慎川的领带。

“容总，解释一下？”

过长的裙摆在这个姿势下显得有些累赘，方疏净索性将其拉高，白皙的小腿垂下，松懒随意。

摆弄裙摆时，肩带朝着两边微微滑下。

容慎川眼底越发深沉。

他抬手捏起她的一侧肩带，悠然地笑了声：“忘了？”

“嗯？”方疏净忽觉不妙。

果然，容慎川背脊挺直了些，手掌覆在她的肩头，似是漫不经心地开口：“是谁以前牙齿漏风，非得让我喊她‘苏苏’？

“又是谁在我叫习惯以后，不让我叫了？”

被容慎川近似撩拨的声音这么一提醒，想的起来的想不起来的全都重新浮现在脑海中。

方疏净忍不住在心底暗骂一声，一股羞耻感让她脸上刚褪下的红晕再一次出现。

这记忆实在太久远，久远到要不是容慎川这样提醒，她可能一辈子都回想不起来。

那是她七八岁的时候，正值换牙，门牙掉了之后有很长一段时间都在漏风，然而她自己又对此毫无感觉。

因为嫌弃容慎川叫她“镜子”的时候显得娘里娘气，她于是非得让人喊她“疏疏”。

可惜牙齿漏风，口齿不清，到最后就变成了“苏苏”。

后来快到中学时，她又嫌弃容慎川这么叫她太幼稚，逼着他只能叫她全名，借此来证明她已经是个大人了。

回想起来，幼稚又好笑。

怪不得这么多年过去，容慎川都只叫她全名。

敢情这还是她自己的锅。

想通以后，方疏净更觉得没脸面对容慎川。

可容慎川不知是不是故意的，他缓缓凑到她耳边，带着气音唤了声：“苏苏？”

方疏净触电般僵了下，反应过来后，咬牙切齿道：“容慎川，你是魔鬼吗？”

她松开扯着男人领带的手，身子往前倾，抬手轻捶他胸口。

力道不重，纯属打闹。

容慎川眼神纵容，任由她不服气地折腾。

方疏净气得在男人肩上咬了一排牙印，才终于安静下来，嗔怪地推了一把容慎川，准备站起来。

却在下一秒，被人扣住了腰肢，牢牢地控制住不让她动弹。

“苏苏。”

这次的声音和以往有些不同，更低哑了几分。

又不是什么单纯小女孩，方疏净自然能明白这意味着什么。

她干巴巴地吞咽一下，声音变得紧张：“你……”

“嗯。”他把方疏净按在怀里，沙哑着声音道，“乖一点，别再乱动，否则我说不准会做出点别的事情来。”

再怎么说，他也是一个正常的男人，面对心爱的女人还能坐怀不乱这件事，一次还好，要是再继续下去，那几乎是一件不可能的事。

方疏净脸颊贴在男人的胸膛上，能听见男人明显而有力的心跳。

时间仿佛在无限拖长，每一秒都带着如火一般灼烧的难耐。

不知过了多久。

方疏净指甲微微嵌进掌心，蓦地抬头，打破一室安静。

“容慎川，我们要不要试一试？”

几乎已经是明示。

容慎川把她的头按下去，说：“别乱开玩笑，趁我还能控制得住。”

方疏净倔强地再次仰头，没再说话，直接吻上了男人的喉结。

她明显能感觉到，男人的身体紧了紧。

内心的紧张与兴奋交织，方疏净闭着眼，从唇齿中含混不清地发声：“容慎川，我可以的。”

话音刚落，下一秒，她退开一点，立刻感到炽热的温度袭来，再一次将她的呼吸淹没。

男人的吻比之上次更为来势汹汹，将她紧紧包裹……

第二天早上，方疏净磨磨蹭蹭了好久才肯起床。

哪里都酸，特别是腰。

靠着床头，方疏净揉揉太阳穴，脑海里又浮现了昨天晚上男人的模样。

耳郭蓦然红了个通透。

浴室传来开门声，方疏净懒懒地掀起眼皮看过去，正好看见容慎川走出来。

男人从下往上扣好衬衫的纽扣，修长的手指移动，缓缓将微开的领口聚拢。

即使被衬衫遮挡，方疏净仍不可避免地想起了他衬衫底下的身材。

——比想象中的，更令人难耐。

打住。

方疏净咬了咬唇，企图止住自己满脑子的旖旎想法。

思绪飘忽间，容慎川已坐到了床沿，凑过去在她唇上轻轻碰了碰：“早。”

阳光下，男人分明的下颌线越发突出，有未擦干的水珠蜿蜒至喉结，就连投在她身上的阴影，也性感得过分。

方疏净觉得自己嗓子有点哑，忍不住拉高了被子：“早……”

容慎川的视线在她胸前停顿片刻，勾唇问：“还难受吗？”

她没吭声。

这种问题让她怎么回答。

虽然她算不上脸皮特别薄的人，但这些问题于她而言还是有些说不出口。

容慎川闷笑一声，抬手拉开床头的抽屉，说：“是我昨晚没控制住，弄疼你了。”

羞耻感上涌，方疏净感觉自己的脸烫得吓人，连忙别开视线。

这个男人，到底是怎么做到，那么淡定地提起这种话题的啊！

不想再同容慎川谈这些，她直接钻进被窝，把被子拉高过头顶，假装继续睡觉。

容慎川见她这副即将奓毛的模样，不再继续跟她开玩笑。

俯身掀开被子，他在她光洁的额头上落下一吻：“蒙着被子对呼吸不好，再多休息一会儿，我会早些回来。”

这一吻极为温柔缱绻，惹得方疏净心尖一颤。

她把脸埋进柔软的被子里，闷闷地说：“嗯……”

许是昨天体力消耗确实有些大，待到容慎川离开后，方疏净倒头就睡，再醒来已是接近午餐时间。

有电话打进来，她没看是谁，懒着声音接通：“喂？”

“嫂子。”

沈则带着沙哑的声音传来。

听清了打电话过来的是谁，方疏净困意消了大半。

她挑眉，道：“怎么了？”

光是想起昨天周怀雅跟她说的那些，她就没法给对方一个好脸色。

更何况她还有一点起床气，刚醒就被这样打扰，两相结合，更能轻易勾起她的不满。

沈则似乎踌躇了许久，才开口问道："你知道周怀雅现在在哪里吗？"

方疏净嘴角绷直，隐隐有了怒意："沈则，你是以什么样的立场来问我这个的？"

不等沈则回答，她嗤笑一声："周怀雅的前男友？"

"……"

"沈则，你不要以为我会看在你和容慎川关系好的分上，把这些事情都告诉你。"方疏净坐在床沿，声音淡漠中透着嘲讽，"你这段时间怎么对待周怀雅的，你自己应该最清楚，这个时候又回过头想找她，你以为她是你招之即来，挥之即去的丫鬟呢？"

电话那边死寂一般的沉默。

就在方疏净打算挂断电话前，沈则声音更加喑哑地传来："如果，我自己去找呢？"

"放心，"方疏净抬起空闲的那只手，打量着指甲，轻飘飘道，"在周怀雅想要见你以前，我不会允许你去见她，你敢翻遍整个城市找到她，我就敢跨越大半个松城来揍你。"

说完，她不想再听见沈则的声音，丝毫不拖泥带水地挂断电话，把手机掷回床上。

她揉了揉太阳穴，疲惫地去洗漱。

待完全清醒过来，她给周怀雅发了条消息。

【Jinz：刚沈则给我打了电话，问你在哪儿，我没回，到时候要是他找到我那儿，你直接搬我这边的宅子来就行，谅他也不敢硬闯。】

她让周怀雅暂时住她那边，也不知道能躲多久。

毕竟周怀雅还有工作，想要通过这方面找到她，对于沈则来说，也算是轻而易举。

只要他想。

周怀雅那边回的是一张图。

机票订单的截图。

【你周周：放心，我就在那边待两天，把东西收拾好，等做完手术恢复得差不多了，就出去走走。】

【你周周：我把工作辞了，这么多年多少也有点积蓄，打算回来之

后开个工作室……你别告诉我爸妈啊，否则他们非得打死我不可。】

这个决定也不错。

方疏净见她对沈则没有太大的波动，便也不再主动提起。

【Jinz：那你注意身体。】

又聊了会儿，方疏净走出房间去吃午饭。

近来松城的雪下得越来越频繁，外头时常陷在一片白茫茫之中。

前两天天气刚好一点，今天又卷土重来。方疏净望着窗外的雪，忽然有点想容慎川了。于是，她给容慎川打了个电话。

提示音响了两声后，被人挂断。

方疏净刚纳闷，就见容慎川又给她打了过来。

“喂？”男人的声音稍微压低，沉着而磁性。

方疏净握着手机，也不由得跟着压低了声音：“今天多久能回来？”

“等开完这个会，估计还有一段时间。”容慎川说话声音逐渐放柔，哄道，“很快的，要是无聊就再睡会儿？”

方疏净这才意识到容慎川还在开会。

“好——”意识到这一点，她紧张地应了个字，便迅速挂断了电话。

因为这点小事，打断了别人的工作。

她什么时候变得这么黏人了啊……

摇摇头，把脑海里的念头全部甩开，她想了想，最终打算去容慎川的公司一趟。

自上次她去过以后，通行卡便一直在她手上。

到公司后，她轻车熟路从停车场坐电梯直达顶层，没有惊动任何人。

不想坐在沙发上等，又怕有人进来看到她会尴尬，她于是进到了休息室里去。

休息室的床很大，被收拾得整整齐齐。

方疏净一下又犯了困，倒在床上，美其名曰“午休”一番。

不知道自己睡了多久，再醒来时，她隐约听见了房内有动静。

撑起身，她还没来得及开口说话，就瞧见一旁衣柜前，容慎川背对着她，刚好把衬衫扔到旁边的椅子上。

裸着的上身肌肉匀称，劲瘦好看，有一种恰到好处的力量感。

方疏净脸一红，脑中再一次飞速闪现昨晚暧昧旖旎的场景，紧张地别过眼：“你、你怎么不穿衣服？”

男人伸进衣柜的手一顿，低笑着侧过身问：“醒了？”

腰部流畅的肌肉线条随着他的一举一动，越发使人心猿意马。

更不用说，昨晚才深入体验过。

方疏净磨磨蹭蹭"嗯"了一声，脸别得更开，又听他解释："刚才被人不小心洒了一身咖啡，刚好换一件。"

"哦……"

是这样啊。

容慎川挑出一件衬衫搭在臂弯，勾了勾唇："不然你以为，我想在这里对你做些什么？"

"……"

容慎川仍噙着笑意："也不是不可以。"

方疏净只觉得自己的脸烫得不成样子。

"还是算了吧，"她拖着嗓子企图撒娇，"好累的。"

昨晚把她折腾得够呛，到现在她还没能彻底缓过神来。

容慎川披上衬衫，一颗一颗将纽扣扣好，见她仍是之前那副模样，唇边笑意扩大。

"我还要换裤子，裤子上也沾到了咖啡。"

明明只是一句陈述句，却一下子拨动了方疏净的神经。

她迅速从床上跳起，留下一句"那我出去等你"便往休息室外头冲过去。

开门的那一刻，她听见了办公室门外传来敲门声。

隔着门板，一个声音传来："容总，关于今天商议的结果——"

方疏净已经离门两步，闻声心头一紧，赶忙回退。

她如今这副刚睡醒的不修边幅的模样，实在不方便去见人。

"咔啦！"

下一秒，外头旋转门把的动静响起——

糟糕。

正当方疏净手忙脚乱回头找门把时，身后容慎川伸出一只手，稳稳地把她拉了回去。

男人的身影挡在她前面，将她整个遮在阴影中。

与此同时，办公室的门被毫无顾忌地打开。

一个秃顶微胖的男人往房里踏进一步，还未将后半截话说出来，便止了声音。

从男人的角度看过去，只能看见休息室门口容慎川的背影，和被他紧密护在怀里的方疏净的一截衣角。

男人微怔，便听容慎川淡声问：“有什么急事吗？”

“急事倒是没有……”

男人老实地摇摇头，旋即意识过来，露出一个秒懂的笑：“容总，那我就不打扰您的雅兴了？”

“嗯。”容慎川低头，视线轻扫过方疏净紧闭的双眼，轻笑了声。

把方疏净往自己怀里又带了带，他温和地道：“我太太脸皮薄，烦请杨总理解。”

听见“太太”两个字，方疏净的心弦避无可避地颤动了下。

她五指收拢，揪紧男人胸前的衣料，头埋得更低。

周围都是男人沉稳的气息，每靠近一寸，她就能感觉到安心几分。

甚至有点，贪恋起这种感觉。

想要得到更多。

“哦——”门口的男人赔着笑说，“那我等之后再找容总谈。”

待到关门声再一次响起，容慎川静了一会儿，松开按住方疏净的手。

见女人没有要撒手的意思，他饶有兴趣地问：“不放？”

方疏净摇摇头，紧绷的身子软下来，倒进他怀里：“让我缓缓。”

她睡觉时图方便，把厚厚的外套脱在了一边，这时身上只剩一件长款薄毛衣，身体贴近容慎川时，曲线暴露无遗。

“好。”他托住她的腰，故意凑到她耳边笑道，“可是，确定要以这样的姿势缓一缓吗，容太太？”

方疏净动作触电般微滞，手臂想收回却又不敢收回，暗骂了一句自己没出息。

不能怪她，这个男人总能找到最能刺激她的点，有意无意地在她心底撩拨，坏得肆无忌惮，却又不留痕迹。

以前完全不是这样的……

方疏净埋首于他的肩膀处，在心里小声嘀咕——

她以前到底是为什么会认为，容慎川是一个守礼古板又无趣的人啊……

容慎川不着痕迹地勾勾唇，带着她往休息室里走，反手近乎无声地将房门关上。

方疏净浑然不觉。

直到后背贴上柔软的床单时，微凉的触感才将她从自己的情绪里拉出。

当感觉到身前来自男人的压迫感时，方疏净微哽，想要挣扎："容慎川！"

却发现一双手腕已经被男人固定，高举在头顶，挣扎不开。

容慎川在她额头上亲了亲，闷笑着回应："嗯。"

只一个吻，方疏净原本还在微微反抗的动作软了下来。

直到回到车上，方疏净仍浑身都没力气。

被体贴地伺候着系好安全带，放低座椅靠背，她有气无力地瞪了容慎川一眼："容总精力可真够充沛。"

容慎川扶着车门，挑眉道："谢谢夸奖。"

方疏净无语。

不要脸。

暗骂一句，方疏净找了个舒服的姿势仰倒。

手里忽然被塞了个温温热热的东西。

是一杯奶茶。

方疏净微怔，捧着奶茶转头问道："你什么时候买的？"

"刚才订的。"容慎川帮她把飞起来的一缕发丝抚平，"无糖少芋圆加仙草，口味合适吗？"

怪不得之前在办公室，他帮她整理好衣服以后还出去了一趟。

本来她还以为是处理刚才的事，没想到是去拿奶茶。

方疏净吸了一口，点头。

高中毕业后，她便鲜少喝奶茶，但口味还是一直保持不变。

男人的手背轻轻蹭过她的颊侧，方疏净仰头看过去，忽地将眼前的身影与记忆里的少年重叠。

高中那会儿，她算是个忠实的奶茶爱好者，要是没有容慎川的管控，她能一天好几杯。

也是因为这个，她才有了少糖的习惯。

容慎川不让她多喝，她有的时候嘴馋，就会假作一把鼻涕一把泪地央着人同意。

少年总冷着眉眼拒绝，却也总在放学前帮她买好，放在课桌上。

她笑嘻嘻地道谢，他就一言不发，抬手帮她把上课时睡乱的头发理好。

方疏净正恍惚间，容慎川收回手，开口解释：“我不知道你现在的口味有没有变化，所以照着以前的搭配买的。”

无糖少芋圆加仙草，是她当时固定的口味，从来没有变过。

这么多年过去，他仍烂熟于心。

这些细节她都快忘了，他却记得那么清楚。

方疏净莫名地有点鼻酸，为遮掩而低头，对着吸管猛吸一口。

“……没有变的。”她小声说，“都没有变。”

她依旧喜欢这个口味。

他也依旧，那么坚定地喜欢着她。

从未改变。

转眼便是春节。

即便是过年，公司的事务仍忙得不可开交。

方疏净没想回方家过年，和容慎川简简单单地庆祝了下，等到初四，才意思意思带了些礼物去方家。

原本她是想和容慎川一起回老宅，和老爷子一起过年，却不想在年前，老爷子又回了国外疗养。

一路上，方疏净望着窗外的飘雪，喃喃道：“昨晚雪那么大，没想到今天居然都积不起来了。”

容慎川睨她一眼：“嗯？”

方疏净撇撇嘴：“早知道昨晚就出来逛逛了……”

容慎川似笑非笑：“你昨晚有力气出来？”

方疏净耳朵一红，咬牙切齿道：“容慎川你闭嘴。”

容慎川轻笑一声。

车停在方家的院子里，便有用人前来相迎。

方疏净客套地笑着，随用人往里面走。

她不愿与家里人打交道，掐着饭点过来，这会儿人刚好都上桌，见她出现，齐刷刷将视线投向了她。

霎时，气氛变得微妙。

只有方远亦在见到她时，真心实意地亮起双眼，十分惊喜地唤她：“姐姐！”

方疏净眼神柔和几分：“嗯。”

其他人也跟着笑了笑，客套起来。

方疏净不畏惧这种人多的场面，十分自然地挽住容慎川的手臂，逐个从他们身上扫过。

除了方家夫妇，今天桌上还有几个人，她看着面生。

方疏净在她贫瘠的记忆里搜寻了一下，只能勉强想起这大概是七大姑八大姨里的其中一家。

方家夫妇碍于容慎川在场，虽不满方疏净这般模样，却也只能温声问："怎么来得这么晚？"

方疏净拉着容慎川落座，笑意不达眼底："路上堵车，耽搁了。"

"这样啊。"方家夫妇点点头。

这时，一道娇俏的女声打断了二人的交谈。

座上有个看起来比方疏净小三四岁的女孩儿插嘴："姐姐，这是你老公吗？"

见方疏净神色疑惑，方母开口介绍："这是你小表妹，叫孙慕慕，之前一直在国外念书，前两天难得回来过年，所以你估计没印象。"

方疏净颔首。

她确实没啥印象，也懒得留什么印象。

却听方母还没说完："慕慕这孩子性子好，活泼又听话，不像你，回家就闷着，在外头又不听话，还得慎川照顾。"

方疏净不说话，垂着眸径自夹了块肉。

"是吗？"孙慕慕眼神忽闪忽闪，仿佛的确不谙世事，"姐姐的老公好好哦，我在国外自己生活，什么都只能自己来。"

"慕慕这孩子从小就独立。"孙慕慕身边的中年女人与有荣焉地跟着笑，"也不知道未来是谁那么有福气，能娶到她。"

"妈。"孙慕慕娇嗔一眼，害羞地低下头。

方疏净不置可否，低头吃饭。

这些话题都与她无关。

前两年她和容慎川的关系还未破冰时，方家人为了稳稳地拴住容慎川这棵大树，想尽办法把方家其他姑娘往他那儿送。

生怕他俩感情一个不和，就没了别的筹码。

毕竟，她太难掌控。

这些方疏净都知道，但时至今日，她根本懒得去管。

这么多年过去了，这对夫妇一如既往的傲慢无知，甚至都不知道，他们的权力早已被架空。

而真正的筹码，如今在她手上。

正想着，余光的范围内忽然出现一双筷子，往她身边的那个碗伸过去。

“姐夫，”孙慕慕甜甜地笑，“这是我做的，你尝尝？”

第九章

偏爱

方疏净抬眼觑了孙慕慕一眼。

孙慕慕毫不觉得失礼，笑意盈盈。

方疏净无声地扯了扯嘴角。

正当孙慕慕的筷子伸到容慎川碗前时，一股清脆的力道骤然打过来。

“啪”的一声，干净利落。

孙慕慕的手被带动，眨眼间，筷尖已戳入方疏净的碗中。

方疏净把菜往碗边拨了拨，尾音懒洋洋地上扬：“抱歉啊，他过敏。”

孙慕慕怔了一下，问：“对什么过敏？”

“别人夹的菜。”

方疏净眼也没抬，放下筷子。

气氛陡然变得尴尬。

观察到孙慕慕的表情微变，方母拧眉道：“方疏净，你怎么说话的？”

方疏净不理会这些，神态自若地起身，说：“我吃饱了，失陪。”

一阵轻快的脚步声后，楼上关门声响起。

饭桌上寂静了一会儿。

方母见孙慕慕低着头，一言不发，赶忙打圆场：“这孩子任性惯了，平时就喜欢这么乱来，慕慕你别放在心上。慎川啊，慕慕在国外待久了，有些地方难免不太懂，这么做也是因为喜欢你，你多多包涵一下。”

孙慕慕仍低着头，说：“可是我刚才做的确实惹姐姐生气了，是我不好。”

方母连忙安慰：“那是她的问题，不是你的问题，她那性子本就不招人喜欢……”

意识到自己在容慎川跟前失言，她欲盖弥彰地笑笑，看向容慎川：“你回头跟她说说，慕慕也不是故意的，没想那么多。”

容慎川顿了顿，忽而轻哂。

“我太太挺招人喜欢的，”他说，“至少，她的方方面面，我都喜欢，也挺乐意宠着她无法无天。”

方母一噎。

“既然知道是自己的问题，就好好地亲自去道歉。”他轻瞥一眼孙慕慕，话锋一转，声音蓦地没了温度，“在国外待久了，也不至于无知到这个程度。”

孙慕慕小脸白了白。

一旁的方远亦这个时候也跟着搭腔：“对呀，我五岁就懂的道理，表姐不能耍赖。”

没想到方远亦在这个时候也插话进来，孙慕慕咬咬牙。

“我会的……”

“所以，不如现在就道歉？”

声音倏地自上方传来。

孙慕慕一惊，抬头便撞进了一双带笑的眼睛里。

方疏净不知什么时候站在了那里，靠着楼梯扶手，居高临下地睥睨着她，眸子微弯，美得高高在上。

“本想下来把包拿回房，没想到正好都听见了。”

方疏净顺着楼梯走下，下颌轻抬，每一步都像是踏在了孙慕慕的心上。

她从自己的位子上拿走包时，指甲故意重重蹭过了容慎川的手背。

容慎川捏住她的手，在她手心按了按，才舍得松手。

方疏净站直，慢悠悠地看向孙慕慕，示意她赶紧。

孙慕慕忸怩许久，求救的目光最终落到了容慎川身上，又因害怕而移开。

方母坐不住了，吼道："方疏净，你到底想干什么？仗着今天有容慎川给你撑腰就无法无天了是不是？"

方疏净冷冷淡淡地扫过去一眼，冲她扬起一个讥诮的笑。

"不只是容慎川，"她一字一顿，"还有望江。"

方家夫妇同时愕然："什么意思？"

方疏净没解释，转回头看向孙慕慕。

孙慕慕被她周身的气场压得不敢与她对视，见无人帮自己，最终只能不情不愿地道了歉。

"这不就对了？"方疏净扬唇，"走了。"

直至方疏净的身影再一次消失在众人眼前，方家夫妇才从刚才的情况里反应过来，面面相觑。

"唉，"方远亦这时故作成熟地叹了口气，"爸爸妈妈，连我都知道的事情，你们不会都没去了解吧？"

"助理叔叔跟我说过，这么多年方家大大小小的危机，大部分都是姐姐处理的，而你们根本不知道，"方远亦煞有介事地跟着记忆复述，"而且，现在姐姐手里握着的股份比你们加起来都多。"

方父闻言，眉头重重皱起："小亦，你说什么？"

"我把我的送给姐姐了呀，虽然姐姐没有要的意思，只说是帮我保管。"方远亦晃晃自己的小短腿，"爸爸妈妈之前一直想从我这儿拿走，可是我想过了，要是像爸爸那样一遇到麻烦就找姐夫解决，好像不太好。"

当年方远亦还未出生，方家老太爷走时便留了遗嘱。

大约也是明白这对夫妇都扶不上墙，反倒是留给未来"长孙"的部分比较多，由信任的助理代为保管，方远亦本人决定如何支配。

方家夫妇千算万算，却没想到最终会变成这样。

小孩子说话总带点稚嫩，语调清脆可爱，却像是两个重重的巴掌，毫不留情地拍在了方家夫妇的脸上。

一顿饭吃得心思各异。

结束后，容慎川上楼，进到方疏净的房间。

房间里的布置很简洁，能看出很少收拾的样子。

方疏净站在落地窗边，看向外面。

视线所及的宅子外面的每一处，都被装点上了浓浓的节日氛围。

唯有这里，冷清得气氛全无。

她手放在玻璃上，轻叹一声。

容慎川走上前，把她拥进怀里，问："不高兴？"

今天的这顿饭，明眼人都能看得出里面的猫腻，聪慧如她，又怎么可能感受不到。

虽然最终打的是对方的脸，但想起之前方疏净面对家人时难免的低落情绪，他仍不可避免有些担忧。

周身传来的温度让方疏净心尖一软，她向后舒服地靠了靠，仰起脸。

"没有。"方疏净眼底一片坦荡，"我只是在等你，所以发了会儿呆。"

没有什么好难过的。

曾经她想要的也许只是别人的爱，因为缺爱，所以才会在一次又一次的失望中，仍心存幻想。

但现在不一样。

她有容慎川。

他不会走，会给她毫无保留的爱，无论何时，都能让她安心，能将她过去的遗憾，一点点地尽数弥补。

思及此，方疏净轻轻扭了扭，从容慎川怀里挣脱。

她打开衣柜，把刚才收拾好的行李箱拖出来："剩下的东西我也都收拾好了，放这儿这么久，都没人好好爱惜。"

"另外——"她眨眨眼，一双笑眼璀璨夺目，迎着光目视窗前的容慎川，"我记得，我们结婚那会儿还没度过蜜月？"

这也是她收拾东西的时候想起的，这么多年过去，她居然还没和容慎川一块儿旅游过。

容慎川见她心情不错，过去接过她的箱子，纵容地展眉："那就慢慢补上。"

反正来日方长。

这几年来缺失的所有，最终都要一一变为圆满。

那天以后，方家夫妇隔三岔五就会给方疏净打电话过去。

方疏净知道他们的目的是什么，直接选择忽视。

没想到这个时候，这对夫妇锲而不舍的精神倒是发挥得淋漓尽致。

历经一阵子锲而不舍的联系后，方疏净被吵得心烦，索性直接拉黑了联系方式。

方远亦那小子还常跑过来跟她邀功，说他又第几次挡了对方想借他联系她的要求。

对于他所吐槽的那对夫妇拐着弯骂他胳膊肘往外拐的事，方疏净当然不会反省自己有没有带坏小孩儿，干脆利落地竖了个大拇指。

听说那对夫妇慌乱之下开始尝试将忽略已久的各项公司事务捡起，最终却落了个手忙脚乱万分糟糕的境地。

方疏净无动于衷，冷眼看戏。

那边鸡犬不宁，而这边她早已飞到地球的另一端。

苏格兰艾拉岛。

方疏净推开练习室的门，有些惊讶："环境居然还不错。"

这里是当初容老爷子送她的那处威士忌厂。

由于常年赞助各类高尔夫赛事，早在前几年便在这儿建了一处高尔夫练习室。

方疏净对此有所了解，但因为从来没有接触过高尔夫，所以感到格外新奇。

来了兴趣，她快步进到里面，四处打量，末了回头问容慎川："你会吗？"

容慎川颔首，过去拿了装备，说："学过一点。"

相处那么久，方疏净深谙容慎川所说的"一点"是什么意思，双眼一亮。

"那容老师，教教我怎么样？"

想了想，她看着容慎川似乎没什么兴趣的模样，又补充道："不能敷衍啊。"

容慎川递她一根球杆，应下："行。"

方疏净照着容慎川的指示把球放好，玩票性质地随意挥出去一杆，问他："这样呢？"

容慎川抱臂站在一边，淡声道："再认真来一次试试？"

才和别人说了不能敷衍，结果自己被一眼看出没认真，方疏净有点尴尬地笑了两声，调整好姿势后，弯腰从一旁捡了颗球放好。

刚站直，她蓦地感觉后背靠上了一个坚实的身躯。

脑子一下暂停思考，她身体微僵，随后便感到双手被从后面伸出的大手握住。

"放松，"耳畔是男人舒缓的声音，"右肩稍微再沉下去一点。"

意识到发生了什么，方疏净有点不适应地晃了晃球杆，跟着男人的指示调整，同时小声嘀咕："哪有你这么教的。"

"不是不允许敷衍吗，嗯？"容慎川摆弄了一下她的手指，悠悠开口，"手把手地教你，可算不得敷衍。"

方疏净说不过他，深知自己被绕进了坑里，只能做点儿无谓的挣扎："说好了，不许做别的啊。"

"当然只是想好好教你。"容慎川噙着笑，徐徐反问，"不然你觉得，我会做什么？"

方疏净心虚地咳嗽一声。

"不过，"容慎川附在她耳边，慢条斯理道，"你要是想，也不是不可以。"

顿了下，他温声补充道："不过得换个地方。"

方疏净心弦一跳，睫毛颤了颤，咬着唇踩他一脚："容慎川，你给我闭嘴。"

"好，"容慎川不再逗她，指尖点点她的手背，"再放松些。"

方疏净本就聪明，学东西快，容慎川带她规范了一遍动作后，她练上几遍就懂了个大概。

兴致一上来就收不住，直到一筐球都被打完，方疏净才满足地放下球杆，拍了拍手。

这时神经一松弛，疲惫感也接连涌上，方疏净捶捶自己的腰，倒退着坐到后头的沙发上，打了个大大的哈欠。

容慎川一直坐在那里观看，见此递给她一杯温水，问："累了？"

方疏净诚实地点头："是有点儿。"

不仅腰有点难受，肩膀也因为一开始发力点的不对，堆积了满满的酸痛感。

她抬手往肩膀上轻轻揉捏。

容慎川见此，起身走到她身后，默默帮她捏了起来。

骨节分明的十指落在肩头，力道不轻不重，刚好合适。

肩膀的酸痛得到舒缓，方疏净舒适地眯起眼，身子彻底放松下来。

容慎川垂眸。

女人眯眼的时候，眼底的小痣被睫毛遮住，若隐若现，配着上扬的眼尾，姿态越发妩媚慵懒。

猫儿似的。

“手法不错。”方疏净扬着尾音轻哼，“你别告诉我，这你也学过。”

“学过一点。”容慎川颔首，“老爷子身体不好，以前偶尔需要我帮忙照顾。”

“这样啊。”方疏净点点头。

待到酸痛感消下去，方疏净动了动肩，示意容慎川停住。

她又打了个哈欠，起身：“回去吗？”

“好。”

驱车回到酒店，已是日暮西沉。

昨夜他们刚从别的地方过来这边，方疏净还没好好观察过酒店环境，回房间之前，她先拉着容慎川四处逛了逛。

酒店的后院有两个玻璃房，一个是恒温游泳池，另一个则是观景花园。

外侧玻璃经过特殊处理，飘飞的雪落在上面，不会积聚成厚厚一层，使得里外的隔断时刻保持着晶莹剔透。

观景房暂时无法进入，听说是被人包场了，正在布置婚礼现场。

也不知道是谁那么大手笔。

方疏净往里面偷偷看了几眼，有些遗憾地移回视线。

回去的路上，她慢慢走着，突然想起了什么，跟容慎川感慨：“这玻璃房让我想起了望江的那一个。”

容慎川闻言，侧头看向她：“嗯？”

方疏净轻笑一声：“那个玻璃房是我设计的，我从高中的时候就想过建这么一个花园。”

她眼神缥缈了一阵，回忆道：“设计的时候还幻想着以后结婚就在那儿办，没想到后来婚礼匆匆忙忙就过去了，也没成真。”

当初婚礼从简，方家将一切都交给容家那边来决定，导致整场婚礼中规中矩。

之前方疏净不甚在意，可现在回想起来，竟有几分遗憾。

“是吗？”容慎川眼底隐晦的情绪一闪而过，“那时候确实有些随意。”

见容慎川反应平平，方疏净莫名有些失落。

“都过去了，不想那么多。”她摆摆手，“回去喝点酒，好好休息一晚上，明天再看看还要去哪儿。”

他们的房间在最上层的总统套房，两面最好的景观都有阳台搭配落地窗，能居高临下将所有景致尽收入眼。

方疏净怕冷，没开阳台的门，把带来的威士忌往落地窗旁的小桌上一放，示意容慎川过来。

容慎川走过来之后，她又趿拉着拖鞋过去打开冰箱，在里面翻翻找找。

今早方疏净离开时特意叮嘱了让人在冰箱里准备好冰球，她本以为他们只会准备用模具冻好的那种，却不想，在冷冻层底部找到了两颗手凿冰球，有棱有角，在灯光下晶莹剔透。

把冰球丢到杯子里，方疏净这才满意地倒酒，不忘半开玩笑看向容慎川："你别到时候喝醉了。"

容慎川双腿交叠，身子慢慢向后靠，晃了晃杯子，带点散漫的气质："怕我酒后乱性？"

方疏净微哽。

还真有点。

当然这话不能跟容慎川说，方疏净默默喝完一杯，又给自己倒了一杯，托着腮看向落地窗外。

观景房的灯光闪烁两下，最终熄灭，大约是场景布置的工作告了段落。

"明天要是运气好，说不定还能围观一场婚礼。"方疏净仍看着观景房的方向，自言自语。

容慎川勾勾唇："嗯。"

外头夜景很美，适合发呆。

方疏净一边向外望去，一边有一搭没一搭和容慎川交谈。

不知不觉，两瓶酒见底，她也有了几分微醺的意味。

酒精的作用下，方疏净的思维更加活跃，话也逐渐变得多了起来。

杯里冰块儿融化得差不多，被摇晃着叮当作响。

她的视线从外面的景色上收回，落在容慎川身上。

"容慎川。"她唤。

"嗯？"

原本带点严肃的神情，在与男人的双眼接触时，陡然融化成了一脸笑意。

她问："吓到没？"

"没有。"容慎川诚实地回答。

不仅没有吓到，而且感觉到了几分可爱。

女人脸颊微红，一双眼水润灵动，望向他时，仿佛整个世界都鲜活了起来。

方疏净眨眨眼，放好杯子后，慵慵懒懒地趴在了桌上。

似是思虑了一番，她慢吞吞地开口：“也没什么，就是想告诉你，这段时间我真的很高兴。”

“说不上来为什么一直都很高兴，就是觉得，有你在身边的话，好像什么都不用担心了。”

说完，她掀了掀眼皮，偷眼观察容慎川的反应。

男人只不过笑了笑，没有多言，视线有意无意地往窗外瞥去。

方疏净忽然觉得有点委屈。

她酝酿了好久才敢借着酒意说出口的真情表白，居然连个回应都收不到。

也不知道容慎川到底是装的还是真没感觉。

这人平时的情商到哪儿去了……

安慰自己可能是酒精让人的反应迟缓，方疏净把下半张脸埋进胳膊，闷闷不乐。

这时，余光忽然感受到了交错的光影。

她偏过头，往窗外看去，忽地一愣。

窗外原本缓慢地趋于平静的夜色，忽然绽开一束束艳丽至极的烟花。

色彩斑斓，又盛大得令人移不开视线，与下落的雪花交错，形成一种奇异的对比。

目之所及处，一片绚烂光景，升腾又坠落，被观景房的玻璃反射，越发璀璨夺目，熠熠生辉。

方疏净手掌贴在窗前，小声喃喃：“怎么突然……”

她记得，这并不是酒店的隐藏项目。

许久没开口的容慎川这时淡声问——

“好看吗？”

瞳孔中映射出整个夜空，方疏净毫不犹豫地点头。

仿佛预感到了什么，她的心跳骤然加快几分。

温热的手掌覆上肩头。

方疏净一惊，才察觉到容慎川不知什么时候已经站到了她身后。光亮的玻璃隐隐映出男人的身影，高大沉稳。

他弯下腰，与她距离拉近，闷闷笑了声。

“为你准备的。”

怪不得刚才不理会她。

方疏净没回头看他，在心头腹诽。

原来是在憋大招。

不过这一招，确实很能讨她欢心。

她还未开口，便听容慎川不紧不慢地继续道："松城城区不允许放烟花，我记得你那时跟我说过，觉得有点遗憾。"

他声音沉下来些许，捻起她的一缕发，轻轻落下一吻。

"我不想让你留下遗憾。"

方疏净没说话。

她仿佛能听见自己心脏剧烈的跳动声。

窗外的烟花还在继续绽放，照亮半片天空，也照亮了她的半张脸。

她更不敢回头，额头抵在玻璃上，试图用玻璃传导的冷意使自己冷静下来。

方疏净不想知道此时的容慎川什么反应，双手捂住脸颊，早已分不清那些红晕是因为喝了酒，还是害羞。

她从没想过，会有一个人将她随口说过的一句话放在心上，再用最惊喜的方式为她实现。

哪怕只是一次烟花，也做得无比灿烂且盛大。

"苏苏。"怔神间，容慎川把她拉得离他近了些，迫使她与他面对面，哑声唤道，"看着我。"

方疏净深吸一口气，在心脏的剧烈跳动得到稍微的平息后，才敢松开捂住脸的手，抬眸去看他。

容慎川站在她身前，一只手不着痕迹地藏在背后。

"无论是过去，现在，还是未来，我更不希望，你的遗憾与我有关。

"所以——"

他微微向后退一步，缓慢而郑重地单膝下跪，将藏在手中的盒子展开在方疏净眼前。

钻戒的横切面折射出四散的碎光，与窗外齐齐绽放的烟火相辉映。

"方疏净小姐，请允许我成为与你相伴一生的那个人。"

方疏净猜想到了容慎川会给她惊喜。

却没想到，会是这种程度的惊喜。

盯着钻戒出了一阵神，她才缓缓抿唇，背过手悄悄摘掉原本的戒指，小声说："狡猾。"

容慎川笑了声，站起身帮她把钻戒戴在手上，问她："喜欢吗？"

方疏净点头。

纤长白皙的手指被男人带着薄茧的大掌握住，微带些凉意的戒圈从指尖滑入指根。

容慎川的动作很慢，方疏净甚至能感受到略显粗糙的指腹划过皮肤带来的痒意。

稳稳地将戒指戴好，他仍没有松开手的意思，而是轻轻握住方疏净的手指，细细打量。

“还有更狡猾的。”

迎着方疏净疑惑的目光，容慎川吻了吻她的手指。

“观景房的婚礼场地，是为你而布置的。”

方疏净眼睛睁大了些。

虽有些意外，但仔细想想，似乎关于这些的细节，也都有迹可循。

怪不得，当初选定行程的时候，容慎川会专程选择这里。

她以为的巧合，都是蓄谋多时。

心脏忽地有种被填满的感觉。

她脑中念头微动，又想起了什么，急急地问：“那……”

“你我的朋友，我都邀请到了这里。”容慎川轻易便能猜出方疏净想问什么，拉过她的手腕阻止她想要冲出去的动作，“这么晚了，大家都休息了，明天再去见他们？”

也是。

打消了出去找人的念头，方疏净安静下来。

容慎川抬起她的下巴，在她唇上温柔地亲了亲：“早点休息。”

话虽如此，方疏净还是失眠了。

辗转反侧到第二天一早，她就被从被窝里挖出来准备。打着哈欠换上婚纱，她满身困倦地躺在椅子上，闭着眼任由别人在她脸上动作。

化妆师动作很轻柔，不怎么打扰方疏净补觉。她甚至还趁着这个空当，做了个梦。

初夏的阳光透过窗户照在颊侧，她趴在课桌上，懒洋洋地休憩。

身旁十七岁的容慎川背脊挺直，修长干净的手指执笔，认真做着卷子。

教室里一片寂静，方疏净觉得无聊，再一次闭上了眼。

半晌，她听见自己身前的桌面隐隐有些动静，于是悄悄将眼睛睁开一道缝。

眼前出现了一杯奶茶。

少年的手指还未从杯身彻底离开。犹豫片刻后，他小心翼翼地移动手腕，摸了摸她的侧边鬓发。

安静而珍重。

方疏净心念微动，恶趣味一般睁眼。

正巧与少年微垂的深黑眼眸对上。

微风轻拂，窗外树叶沙沙作响，阳光反射出少年眼中的光景。

满满都是她的身影。

下一秒。

画面消退。

她再一次对上容慎川的眼眸。

那里仍映着她的身影，只是从校服换成了婚纱。

方疏净睁眼时，容慎川眼中闪过一抹惊艳，旋即隐没在眼底。

他帮她轻轻扶了扶发饰："醒了？"

女人眼中的迷茫稍纵即逝，逐渐清明。

她的脸本就属于明艳的类型，不化妆时也自带一种自然的妩媚。此刻在妆容的修饰下，更显得美艳不可方物。眼波微微流转，便有华光璀璨，配上眼底那颗小痣的修饰，越发生动。

容慎川把桌上的水递给她。

方疏净接过后，轻抿两口润了润喉。

她还未开口，便又听化妆间的门"砰"的一声被打开。

"容慎川，不是让你不要过来吗？"

周怀雅有些不满的声音传过来："不就这么一会儿见不上吗？那么猴急干什么。"

容慎川见来人，气定神闲地抱臂："那边都布置好了？"

周怀雅没好气地绕到方疏净身边，看都不看他一眼："您老可真悠闲，这些事全交给我们。也别杵在那儿打扰我俩叙旧了啊。"

容慎川勾了勾唇，抬起方疏净的手臂，在她手腕处落下一吻："那我暂时离开一下。"

手腕的皮肤敏感，方疏净只觉一阵酥麻，轻咬着唇点点头。

在周怀雅怨念的目光下，他泰然自若地退开。

化妆间内只剩下了方疏净和周怀雅二人。

"还没见过补蜜月顺便还把婚礼一起补上的。"

周怀雅这才上上下下仔细欣赏了一遍方疏净的妆容，满意地点头。

“果然，我们家镜子怎么化都好看。”

方疏净抬手去牵住她，笑道：“你来了都不跟我说一声。”

周怀雅带点得意地哼哼：“不能告密嘛，要不然哪里算是惊喜。”

说完，她又指了指自己：“我可是临时暂停了自己的环游世界计划，就为了来给你当伴娘的，要不是看在容慎川那家伙还算有心的分上，我才不会来呢，你得感谢我。”

知道周怀雅只是开玩笑，无论如何也不可能不来，方疏净同她开玩笑：“是是是，这是我的荣幸。”

见她情绪状态都不错，也算是放下心来。

周怀雅从一旁找了个椅子坐下，半开玩笑道：“容慎川那家伙就是仗着我对你的事放心不下，把布置的任务都交给我，自己倒是悠闲。”

手机铃声响起，她往屏幕上瞥了眼，起身。

“又有事找我，我先出去看一眼啊。”

方疏净点头，看着她开门。

下一秒，只见她向外望了一眼后，脸色微变，迅速将门重重关上。

见她情绪变化，方疏净带点疑惑地微微皱眉：“怎么了？”

周怀雅摆摆手，脸色有点勉强：“没事，碰到不太想见的人了。”

方疏净一下子明白过来。

她所说的“不太想见的人”，应该就是沈则。

她早该想到的，毕竟沈则是容慎川的好友，不可能不出席，而她还没把周怀雅的事透露给容慎川过。

方疏净微微敛了神色，询问：“需要我跟容慎川说一声，让你们回避一下吗？”

周怀雅眼神晃了晃，无所谓地摆手：“回避什么呀，今天你是主角，不关他的事。”

再三确认周怀雅确实没事后，方疏净捏了捏她的脸，说：“那到时候可别后悔，要是在现场哭丧着一张脸，我可饶不了你。”

“知道了知道了。”周怀雅嬉皮笑脸地躲开，“你别现在就把我的妆给蹭花了。”

这次婚礼，容慎川邀请的人不多，都是和两人关系不错的朋友，虽算不上盛大，却也热闹非凡。

婚礼并未邀请方家夫妇到场，所以一开始方疏净还有些顾虑。

毕竟已经经历过一次婚礼，基本的流程她还是熟悉的。

原本她都做好了一个人过去的准备，容慎川却在这时告诉她，她不需要担心这些。

有了容慎川的这句话，她安心了不少。

可当看见容老爷子的时候，方疏净仍忍不住愣了片刻。

“爷爷？”

容老爷子精神不错，站在那里迎接她，闻言眼中多了几分笑意：“叫得挺顺口，不错。”

方疏净脸一红，张了张嘴不知道该说什么时，便见老爷子朝她伸出了手。

“子虚怕你多想，特地让我带你过去。”老人缓慢道，“我今天，是作为你的家人出席。”

方疏净一时没了言语，喉咙干涩，不知道该说什么好。

她从未想过，容慎川居然会为她做到这个程度。

明明，他也只有老爷子一个亲人。

“走吧，”老爷子的声音再一次传入她的耳中，“子虚还在前面等着。”

“嗯……”

方疏净远远望着站在台上的容慎川，回答里染上浓浓的鼻音。

老爷子走得很慢，方疏净也配合着他，慢慢地走。

不远处容慎川的目光一直停留在她身上，与她眼神交汇。

短短一段路，方疏净却仿佛将自己从小到大与容慎川的过往，都重新走过了一遍。

直到老爷子把她的手交给容慎川，她才回神。

容慎川低声问她：“紧张吗？”

方疏净小幅度地点了点头。

说不紧张，肯定是假的。

即便已经经历过一次，但这一次，心境却截然不同。

婚礼的流程十分顺利，当司仪宣布“新郎可以亲吻新娘”时，容慎川抬起手指，掀开了方疏净的头纱。

这一吻绵长而又细腻，伴着亲朋好友的起哄声，让方疏净恍惚之间仿佛置身于另一个世界。

这时，她倏地感觉到自己头上有什么东西被轻轻取下。

是发顶做点缀的小皇冠发饰。

下一秒，一吻结束。

容慎川将手里的小发饰交给旁边的沈则，在方疏净疑惑的目光下，接过了另一顶皇冠。

碎钻与红宝石交相辉映，比起刚才的小发饰，奢华得令人惊叹。

方疏净认得这顶皇冠，要是她记得没错，这应该是两个月前，荣鼎秋拍的压轴拍品，由于其设计精巧，以及拍出的天价，在松城还引起过一阵轰动。

所有人都在猜测到底是谁将其拍下，没想到这会儿居然出现在了她的眼前。

“原本打算在那时候就送给你，后来想想，还是得选一个重要的时机。”容慎川不紧不慢道，“所以还是等到了这个时候。”

方疏净先是微怔，旋即柳眉微竖：“所以你从那个时候就开始打主意了？”

容慎川舒着眉，没否认。

捧好手中的皇冠，他抬起手。

见方疏净想要低头，他轻声制止：“在我这里，你不需要低头。”

帮她将皇冠戴好，容慎川俯身在她耳边轻声笑道：“我的女王。”

我甘心为你俯首称臣。

为你将整个世界，悉数奉上。

方疏净眼神闪了闪，忽觉眼眶湿热。

她蓦地想起，自己曾在日记里写下的那段话——

“总有人越过冗长的时间，坚定不移地选择爱你。”

“所以，方疏净小朋友，请你稍微耐心一点，再等一等。”

她想，她等到了。

第十章

得偿

婚礼结束，方疏净先回了房间，留容慎川在外面应付宾客。

回房间路上，她在电梯里和沈则打了个照面。

沈则似乎有点憔悴，和刚才的意气风发比起来，颓丧了不少。他跟方疏净打了个招呼，似乎还想说什么，最后选择放弃。

方疏净对沈则没什么好感，点了点头，没再理会。

回到房间，卸好妆，换了身居家服，方疏净躺回床上，便看见了周怀雅给她发的消息。

【你周周：镜子，我先走了啊。】

方疏净眼中划过一抹意外。

【Jinz：不多玩几天？】

等了两分钟，周怀雅回她。

【你周周：不用了，我只是过来给你撑撑场子，订了今晚的机票，还得花时间赶过去。】

【你周周：要是沈则问到我去了哪儿，你直接就跟他说我死了吧，

不过我才送了他一份大礼，谅他也不敢再来问你：）】

方疏净一下想起了之前沈则的颓废神色。

原来是因为周怀雅。

毕竟是别人的事，她不过多询问，最终叮嘱了两句注意安全，便熄了屏。

方疏净本想等容慎川回来，却因为今天从早便开始折腾，累得不轻，躺床上过了一会儿便迷迷糊糊睡过去。

直到房门传来动静，她才半梦半醒地睁开了眼。

见容慎川正轻轻地关上门，她随口问道："回来了？"

"嗯。"容慎川走过来，亲了亲她额头，"吵醒你了？"

男人身上沾染了淡淡的酒气，应该是被拉着喝了不少。

方疏净摇头，撑着身子起来："没，想洗个澡。"想了想，她又躺回了床上，"算了，你先去吧。"

容慎川闻言，稍一挑眉，戏谑出声："要不然，一起？"

方疏净清醒过来一点，侧过身，拿被子把自己裹得紧了些："不要，今天已经好累了。"

感受到方疏净的疲惫，容慎川淡笑了声："那好，你去洗吧，我在外面洗。"

过了会儿，男人的身影再次消失在房间里。

方疏净又等了等，才磨磨蹭蹭地爬了起来，往浴室去。

怕泡澡的时候会不小心睡着，她只简单冲了冲，便裹着浴巾出了浴室。

想起外边的洗漱间没有浴巾，只有小的洗脸巾，她顺手拿了条浴巾，准备送过去。

隔着门，她听见哗啦啦的水声，于是冲里面唤了声："容慎川？"

水声停止。

不知怎的，方疏净脑袋一空，竟直接打开了门。

狭小的空间里水雾缭绕，当方疏净意识到自己做了什么的时候，她已一脚踏进了里面。

下一秒，她被揽住腰，往里面带了带。

门再一次被关上。

直到被抱到洗手台上，方疏净才反应过来发生了什么。

方疏净有点害怕，双腿不安地晃了晃。

耳垂被轻轻咬了咬。

容慎川的呼吸带着浅浅的撩拨，如一张沾染情欲的网，不动声色地将她捕捉。

浴巾不知何时，已悄然落地。

扣住方疏净的后脑勺，他喉间笑意溢出："在这里试试？"

方疏净再一次清醒时，天光已悄然大亮。

昨晚太过混乱，窗帘来不及拉好，她睁眼时正对着从窗外照进的阳光，觉得有点儿刺眼。

想着下床去关个窗帘，她刚一动，腰上箍着的那只大手便收紧了些。

她被迫再一次跌进身边坚实的怀抱里。

容慎川仍闭着眼，把她摁进怀里后，淡声道："再睡一会儿。"

听着男人沉稳的心跳声，方疏净眨眨眼，意识勉强回笼。

回忆起昨晚有多么荒唐，她脸一热，脑中浮现的细节也越来越多。

为防止容慎川清醒了后又不知餍足，她小心翼翼地从他怀里钻出去。

好在这个男人还有些良心，事后不忘伺候着她清理。

她随意找了一套衣服穿上，确认领口能遮住昨晚留下的痕迹后，她简单洗漱一番，蹑手蹑脚出了房间。

昨天穿过的婚纱皱巴巴地落在沙发的地毯上。

方疏净目光触及，想起昨晚迷迷糊糊时，是她嫌碍事，把本来好好叠好放在沙发上的婚纱给挥到了地上。

羞窘地移开视线，方疏净逃避一般地选择去吧台那边坐下。

吧台上堆了一些小瓶装的酒，是昨天剩下的伴手礼之一。

方疏净把它们整理好后，才意外地发现，吧台的柜子里居然还有一套调酒工具。

为避风头，她有段时间没去酒吧，所以好久没碰过这些，这会儿兴致上来，拿出来比画了一阵。

这时，放在桌上的手机屏幕亮起。

方疏净看见备注来自"柚子"，于是点开聊天框。

【柚子：镜子姐，告诉你一个坏消息和一个好消息。】

【柚子：坏消息就是，你号被盗了！你能想象吗！你因为八百年没直播过，被盗号了！】

【柚子：你平时再怎么佛系，我都不怎么催你，但这次太过分了吧！人家盗号的都以为你是个僵尸号了！】

满屏的感叹号看得方疏净眼花，她面对着屏幕，有些失笑，当她的助理确实够操心的。

想了想，她打了几个字。

【Jinz：好消息呢？】

【柚子：好消息就是，还好这会儿大晚上的，影响不大。】

【柚子：要不是我追番追到这个点儿，我都发现不了……】

方疏净这才想起时差的问题。

她这边是早上十点多，国内应该是凌晨才对。

给柚子说了声早点睡，她放下手机，目光扫过桌上的东西时，心念微动。

简单布置了一下，她进到直播间。

事情决定得突然，在此之前她没有任何通知。

但在开了直播后没过一会儿，观众数量便开始飞速增长。

【我关注的主播终于又开直播啦！】

【小姐姐晚上好啊！】

【还好这会儿我还没睡，不然又得错过了。】

……

众人似乎早已习惯了方疏净这种随心所欲的模式，嘻嘻哈哈地都不怎么在意时间。

【姐今天调什么呀！】

方疏净看了一眼手边有的东西，沉吟片刻："先教你们调杯曼哈顿？简单一点。"

【又是简单系列，简单到一看就会一学就废的那种吗？】

【楼上真相了，她这么久以来教过的都说简单，可我到现在除了莫吉托，其他的就没学会过……】

【姐，这下你知道为什么交作业的那么少了吧……】

……

方疏净笑了声。

"这次真没骗你们。"她说着，熟练地打开手边小瓶的威士忌和苦艾酒，"别老把我教的想那么复杂，我以前也不是没教过简单的，怎么连螺丝起子这种只用橙汁和伏特加搅和在一块的都没见人给我交个作业？"

【因为还是很难呀！】

对这些人的插科打诨，方疏净早就见怪不怪，无奈笑道：“我看你们平时给我出那么多难题，只是想看我翻车吧？”

说话间，她动作没停。

把雪克壶里混合好的酒液倒进酒杯时，耳旁传来了脚步声。

她抬头看过去，刚好瞧见容慎川走出房间。

随口说了声早上好，方疏净再看屏幕时，看见有人问她在和谁说话。

她笑得面不改色：“助理。”

容慎川坐到沙发上，余光轻睨她一眼，没说什么。

放下雪克壶，方疏净突然发现，自己刚才放在一边的樱桃不知什么时候滚了下去。

樱桃是酒店准备的水果，她没吃，冻了起来，刚好今天派上了用场。

不想离开镜头，她只好轻声唤容慎川，让他帮忙拿一下。

为防止被发现，还特地比了个“嘘声”的姿势。

容慎川似笑非笑看了她一眼，在她的指示下找到樱桃，递给她。

“谢谢啊。”方疏净下意识道，接过樱桃点缀在杯口。

再看一眼屏幕，她眼神顿住。

刚才容慎川把樱桃递过来时，手掌有一瞬间的入镜。

有眼尖的人当即发觉了不对劲。

【这不是一双男人的手吗？我怎么记得小姐姐的助理是个女生？】

【看背景也不像是酒吧，我看柚子这两天不是在酒吧帮忙吗……等等，我是不是发现了什么？】

【合理怀疑是姐夫。】

【合理怀疑是姐夫＋1。】

……

容慎川自将樱桃递给方疏净之后，便直接坐在方疏净身边没走，这时也注意到了屏幕上滚动的内容。

他嘴角戏谑的笑意越发扩大，手臂靠着桌面，好整以暇。

事已至此，况且这也并不是什么不好承认的事，方疏净索性点头：“嗯，是我老公。”

听见“老公”二字，容慎川半眯着眸，对这个称呼很受用。

而这边，方疏净话音刚落，屏幕上顿时炸了锅。

【果然是姐夫！姐，考虑一下让姐夫出镜好不好！】

【为什么喊得那么亲昵，我莫名被喂了一嘴狗粮……】

【姐夫的手好好看……我已经越来越好奇姐夫长什么样了！】

……

随着一些人的带头，让容慎川出来露个脸的呼声越发高涨。

方疏净怕的就是这个。

她一边在桌面底下小幅度地推容慎川，一边对着屏幕半开玩笑道："别一口一个姐的，我才多大啊就要被你们叫老了。他真不能给你们看，都散了啊。"

容慎川这张脸经常出现在各大经济杂志以及相关节目上，为了避免不必要的麻烦，她断然不可能同意他们的要求。

方疏净的粉丝大多都不是那种胡搅蛮缠的人，又开了几句玩笑后，纷纷表示理解。

【懂了懂了，我们永远十八岁的美人儿想要金屋藏娇，我们跟着配合就是了。】

网友们调侃的方式花样百出，方疏净都有点儿招架不住。

见容慎川还没有要离开的意思，甚至更仔细地看起了弹幕，她红着耳朵踢了他一脚："你先去订餐。"

容慎川眉目舒展，大掌捉住方疏净还在推他的那只手，在她手心捏了捏。

方疏净碍于镜头，只能晃了晃手，示意他不要闹。

容慎川面色坦然地松开手。

正当方疏净以为这人消停了的时候，他抬手，轻轻点在了自己的嘴角。

男人发型还带着刚醒的微乱，没有往日那般气势凌人，反增三分居家的散漫之感。

指尖停在嘴角，暗示的意味渐浓。

方疏净一怔，旋即明白了他的意思。

偷偷瞥一眼屏幕，她做贼似的往他唇边亲过去。

本只想蜻蜓点水地碰一碰，却不承想，容慎川在她倾身时，压了压她的后脑勺，迫使她更深入了几分。

男人唇齿间溢出点笑，低沉磁性中蕴着点性感："金屋藏娇？"

尾音玩味，满含撩拨。

方疏净气息有一瞬的不稳，咬着牙又去踢他一脚。

容慎川也不恼，知道分寸，点到即止地收了调笑的意味。

帮她把唇上多余的口红擦了擦，他起身："我在餐桌上等你。"

经历了刚才的突发状况，方疏净急急忙忙地坐直身子，重新出现在屏幕前。

她欲盖弥彰地把酒往前推了推，干笑了声：“我们继续。”

弹幕早在她离开屏幕范围的时候，便再次炸开了锅，这会儿更是不得了。

【我又相信爱情了！救命啊这也太甜了吧，我就说姐之前说什么和老公感情不好肯定是开玩笑，大美人谁不爱！】

……

方疏净尴尬地轻咳一声。

看来今天是真不该开这场直播。好在她也没什么固定时间，随意再调了一杯别的，便匆匆下播。

去到餐桌上的时候，容慎川已然整理好仪容，静等她回来。

方疏净想起刚才发生的丢脸事，恨恨地瞪了容慎川一眼，才坐到他对面去。

刚一坐下，食物的香味便涌入了鼻腔。

方疏净今天本就起得晚，加之昨晚过度消耗了体力，这会儿饥饿感袭上，没空再去跟容慎川多说什么，专心埋头用餐。

容慎川似乎还不饿，动作慢条斯理。

吃到一半，他放下手边的餐具，金属与陶瓷相碰撞，发出清脆的撞击声。

仿佛在评价今天的餐食味道如何，他语气平淡：“我们的关系也是时候公开了。”

方疏净一噎，不可置信地看向容慎川。

是因为今天这事受刺激了？

怎么突然提起这一茬。

不过转念一想，也确实如此。

结婚三年，他们甚至连在公共场合同框的照片也没有一张，根本不像一对夫妻。

但——

方疏净摆摆手，带点顾虑道：“再等等吧。”

停了半晌，她语调故意轻快上扬，说：“我可不想成为松城那群小姐的公敌。”

她不是不愿意承认容慎川。

只是，一旦公开，接踵而来的将会是连续不断的麻烦。

她的那几个身份，她与方家的关系，两个人婚姻的所谓“内幕”……期间种种，都会被放在放大镜下被人仔细观察。

方疏净向来习惯缩在自己安稳的舒适圈里，面对这些事情，大部分时候都带着能避则避的原则。

反正日子是他们两个人过的，也不关别人的事。

这样一想，反倒是她更像渣男一点。

方疏净偷偷观察容慎川的反应。

男人神色并无波澜，根本不在意她的答复。

她微微松了口气。

虽有些愧疚，但她还是想再等等。

在艾拉岛又待了几天，两人启程回国。

到达机场时，已是深夜。

方疏净在飞机上睡了一觉，下飞机时还没完全清醒，浑身没力气，哼哼着跟容慎川撒娇。

容慎川拿她没辙，只好让她坐在行李箱上，推着她走。

达到目的的方疏净跨坐在箱子上，下巴搁在容慎川拖行李箱的那只手上，还找了顶帽子遮光，这才迷迷糊糊又睡了过去。

好在行李箱足够大足够稳，她坐在上面不动，也能充分保持平衡。

容慎川稍微减缓一点前行的速度，让她能更放心一些。

从下飞机到地下停车场，走的通道特殊，一路上没什么人，方疏净枕着容慎川的手，越发肆无忌惮。

司机早已在停车场等候，容慎川开了车门，轻拍方疏净的背，示意她上车。

方疏净闭着眼，把帽檐往上扶了扶，声音拖长：“还是没力气……”

撒娇似的。

难得见她这样不设防，容慎川先是意外，而后纵容地勾勾唇，轻松将她打横抱起。

方疏净下意识地跟着仰头，松松垮垮戴在头顶的帽子掉到地上，露出她尖尖的下巴。

她半眯着眼，自有一股慵懒的妩媚：“表现不错。”

容慎川低头，亲了亲她的鼻尖。

方疏净身体紧了紧，警惕地轻声道："今晚不行啊。"

容慎川动作微顿，淡笑了声："好。"

当天晚上，容慎川当真没有做出什么越界的举动。

方疏净其实有些认床，习惯了家里的大床，在外头住酒店的时候，或多或少睡得不那么安稳。

也正因此，躺在久违的大床上，她翻了个身，便沉沉睡去。

第二日清晨，容慎川已不在身边。

方疏净眼中闪过一丝遗憾，却也理解。

离开公司这么久，就算暂时有人代为管理，也难免会有事务堆积。

伸了个懒腰，她神清气爽地坐起，抬眼一瞥手机屏幕，突然发现屏幕上显示着满屏的未接来电。

她还未看清楚是谁连续打了那么多，电话再一次响起。

是柚子。

什么事那么急，让她大清早电话打个不停?

方疏净微微皱眉，疑惑地接通电话。

一个电话接着一个电话打过来时火急火燎，但真的接通后，柚子却意外地陷入沉默。

方疏净等了一会儿，才听柚子斟酌着语句，问她："镜子姐，你看热搜了没？"

"嗯？"方疏净不明就里，"刚醒，怎么了？"

"没，我就是，通知你看一下。"

柚子的语调不如往常那样着急，反而让方疏净升起些许不安。

她应了声"好"后，挂断电话。

方疏净点开微博，入目的先是一张照片。

【近日，有网友爆料，某知名主播昨日与容氏掌权人容慎川于松城机场举止亲昵，并最终坐上同一辆车秘密离开，据悉，二人皆为已婚状态。】

配图是昨晚的地下停车场，方疏净被容慎川抱起的那一幕。

视角十分隐蔽，看得出是有备而来。

评论区和她想象的大同小异。

【粉丝说上次直播她和老公感情还很好，所以其实那个不敢出镜的"老公"就是容慎川吗？怪不得之前说感情不好，这没多久就一百八十度大反转了，脸真疼。】

……

吃瓜看热闹的居多，也不乏说话说得难听的。

方疏净看完这些，心底没什么波澜。

毕竟是她没公开，网友对这类事情义愤填膺也无可厚非。

澄清很简单，而现在——

她的重点不在这里。

给柚子回了句“放心”，她正准备打电话给容慎川时，尘封已久的私人邮箱忽然提示她有一封新邮件。

点开后，她眼中多了几分兴致。

手机再一次显示来电。

这个号码方疏净没给加备注，只是一串冗长的数字。

她接通，声音轻且淡漠：“阮苏。”

那边似乎没想到方疏净会这般先发制人，愣了一秒，柔声道：“没想到你居然还有我的电话。”

方疏净弯了弯嘴角，懒于解释。

那边没等到方疏净的回应，再次开口：“热搜上的事都是真的吧？”

“嗯？”

方疏净懒懒地哼出一个鼻音，靠在床头，跟看戏没什么两样。

阮苏没想到方疏净的态度还是这么轻松，以为她并不了解，于是欲言又止：“你和容慎川之间……”

阮苏轻轻吸了一口气：“其实我在之前就知道，你们两个的关系，上次你帮容慎川接电话的时候，我就猜到了。

“只是，看在同学一场，我也不好说什么，想着你们也许只是一时禁不住诱惑，过段时间就会分开，却没想到……”

方疏净面无表情：“然后呢？”

阮苏仍做出一副痛心疾首又苦口婆心的模样：“我知道容慎川能把这些消息盖起来没错，但是万一，容慎川的妻子知道了你的事，直接找上你，你觉得容慎川会选择谁？

“他一直是一个理性的人，对于感情方面不会那么看重，否则他当初就不会连婚姻也选择商业联姻了。听说望江那位小姐性格极为骄纵火暴，我了解容慎川，知道他喜欢的不是那样的人。”

难道还能喜欢你不成？

方疏净在心里默默吐槽，笑意越发讥诮。

明明是想来她面前耀武扬威看笑话，却做出这副为她着想的模样。

这伎俩多少年了还没变过。

开了免提，她隐藏了通话界面，玩了会儿手机。

待听筒那边安静下来，方疏净望着微博界面，嗤笑一声。

“说完了没？”

阮苏一噎，尽量保持声音柔和：“我只是为你担心，毕竟两边都是老同学……”

方疏净毫不留情地打断：“照片是你拍的吧？”

阮苏愣了一下，语气有些慌张：“怎么可能，我昨晚很早就睡了。”

方疏净不置可否，垂着眸，声音淡淡：“那为什么，你会把连网络上都没公开的照片也一起发到了我的邮箱？”

阮苏“啊”了一声，心虚地自言自语：“怎么发给你了？我明明是发给……”

“发给容太太的私人邮箱，对吗？”

方疏净轻笑：“你没发错，确实是发到了我的私人邮箱上。”像是觉得还不够刺激，她继续笑着补刀，“你查询信息的能力不错，那邮箱我已经将近三年没用过了。”

电话瞬间被挂断。

方疏净耸耸肩，掀开被子下床。

她当然不可能这么轻松地把这件事揭过去。

毕竟公开这些东西，不是她的本意。

出于“礼尚往来”的原则，她顺手给阮苏的现任透露出了点有趣的东西。

关于阮苏这些年辗转于各大富商，借交往之名实施诈骗，窃取公司机密的证据。

说来也巧，和上一任分手后，阮苏的现任恰好与望江有些关联。

大概也是这个原因，才让阮苏得以套出了那个许久不用的邮箱地址。

至于对方该怎么处理，不关她的事。

过了一会儿，方疏净连续按断好几个阮苏疯狂打来的电话后，毫不犹豫地将其拉入黑名单。

——她只知道，对方不是什么心慈手软的人。

做完这一切，她洗漱了出来，才不紧不慢地打算回头去收拾一下舆论留下的残局。

方疏净再一次点进微博时，新出现的 # 望江集团声明 # 这一话题，已然与她的名字并排。

她指尖停顿一秒，点了进去。

难得方家反应那么迅速，她倒要看看是怎么回应的。

【望江集团 V：特此声明：@Jinz 确为我司大小姐，目前夫妻感情融洽，对于相关谣言，我司将依法追责。】

底下的评论齐齐闪掉了舌头。

一切讨论被方疏净抛在脑后，方疏净随便翻一翻，又回到了声明本身。

这一声明看起来确实足够官方，但不知怎的，方疏净总感觉有哪儿不对。

直到微信上收到来自方远亦的一条语音。

小孩儿说话很急，仿佛忙着邀功。

"姐姐，看到我发的声明了没有！我可是专门去找了咱们官方账号的负责人姐姐，亲自发出来的呢！"

"放心，以后我也可以保护你了，要是再有人让你受委屈，就找我！就算是姐夫，我也不会留情的！"

想象了一下那小祖宗坐在办公室里，被宣传部那些人伺候着的嘚瑟小模样，方疏净哭笑不得。

她就说，方家从来对她这些事不上心，又怎么可能那么快干人事。

内心的愉悦感漫起，她转发了那条声明后，抬步下楼。

她日子过得本就悠闲，吃了早饭便没别的事干。

包子不知从哪儿飞扑过来，几天不见，看她的眼神满是兴奋。

方疏净揉了它两把，就见它一个劲儿地想把她往外带。

知道包子是想让她带它出去遛一圈，可是外面太冷，她不想出去，索性坐到沙发上，让狗陪她看会儿电视。

打开电视的同时，她在手机上翻找了一会儿想看的剧，打算投屏。

视频网站推送的热门视频里，有一个封面她有些眼熟。

出于好奇，她稍一移动指尖，点了进去。

【都给我点进来看甜甜的爱情！】

标题很普通，而视频的简介有补充——

【补充：本来只是觉得这个片段很甜，所以随手拍了下来，今天看了热搜之后，突然发现女主角和 Jinz 长得好像……】

视频画面记录的，刚好是容慎川为她戴上皇冠的画面。

隔着剔透的玻璃，光线柔和地为整个画面镀上了一层神圣的淡金，温室里花团锦簇，衬得整个画面无比缱绻美好。

而被今天这件事引来的弹幕，也炸成了一片。

【这两个人怎么这么般配！】

【真的好甜啊！我又相信爱情了！甜甜的爱情到底什么时候轮到我！】

【结婚那么多年还要补办婚礼，这也太浪漫了吧！！】

紧接着，还有很多人 @了自己的对象，视频播放量和热度仍在不断攀升。

方疏净无奈地退出视频。

看来这事一时半会儿是过不去了。

下一瞬，腰上传来一股温柔的力道。

她恍惚一阵，才发觉不知什么时候，容慎川悄悄地站在了她身后。

身旁的包子睡得正香，连一点动静都没察觉。

把包子打发到一边玩，想起自己刚才还在看的视频，方疏净赧然地把手机放在一边，欲盖弥彰般开口问道："你什么时候回来的？"

"刚才，"容慎川也不拆穿她，温声道，"事情处理完，回来看看你。"

方疏净自然清楚，不可能是这么简单的理由。

这人有多忙她都看在眼里，更别提今天他刚休完假回公司。

唯一的原因只有可能是那件事。

思及此，她没等容慎川开口问，自觉地仰头道："事情我都处理好了，你不用担心。"

想了想，她又颇为头疼地补充："就是后面衍生出来的一些事，估计还得麻烦一阵。"

容慎川"嗯"了一声，绕到她身边坐下，安抚地捏捏她的手："这些你不用担心，我来处理。"

习惯了容慎川和她独处时做的小动作，方疏净也反手捏了捏他："你呢？没给你带来什么麻烦吧？"

容慎川轻描淡写："他们不敢找我麻烦。"

这就是万恶的资本家吗？

方疏净默了会儿，慢慢开口："不是，我问你有没有觉得生气。"

容慎川弓着背，下巴搁在她的颈窝："要听真话吗？"

温热的气息喷在敏感的肌肤上，方疏净身子微紧：“什么？”

“我没生气，相反，还有点庆幸，”容慎川不紧不慢地笑了声，“至少，让我有机会摆脱金屋藏娇的名头。”

听容慎川又提起“金屋藏娇”四个字，方疏净的表情不太自然：“什么金屋藏娇啊，我哪敢藏你。”

“是谁刚一结婚就跟我说，形式婚姻，各过各的，不许公开的？”

说得她更像是死不认账不给人名分的渣女了。

不过这样想来，的确一切都是她的原因。

是她一直在躲闪，一直在逃避，从没想过做些什么，而容慎川，不过是自始至终都尊重着她的决定罢了。

他在努力向她靠近，九十九步都由他走过。

而她始终踌躇着，不敢迈出自己的那一步。

念此，方疏净心里再次升起愧疚。

见她又陷入了自己的情绪里，容慎川眉眼舒缓，抬手将她揽进怀里。

“不要想那么多，”他亲了亲方疏净的发顶，“该说谢谢的是我。”

方疏净稍一怔忪，便感觉脸颊被人轻柔地捧起。

容慎川眉眼带笑，顺着她的额头，一路轻吻至唇瓣。

方疏净心脏跳动速度加快，鸦羽般的睫毛紧张地颤了颤，在眼睑投下一小片阴影。

时间浸润在这暧昧的气氛之中，仿佛被无限拉长。

一吻毕，容慎川弯了弯唇，与她额头相抵，语气珍重而坚定——

“苏苏，感谢你那么勇敢地选择爱我。”

让他在等待许多年后，终于夙愿得偿。

第十一章 看见月亮

舆论来得快，去得也快。

事情得到解决后，还有人好奇方疏净的背景来历，当想要扒出点什么的时候，却发现，除了一些以前就被人所知的资料外，竟再无人能多窥得一星半点。

有人想通过方家进行了解，最终也只能徒劳而返。

正因如此，这件事在几天之内静悄悄地沉寂下去，再没能掀起波澜。

一切尘埃落定。

时间转眼流逝，春风渐醒。

踏进记忆里的高中校门时，方疏净仰头望了一眼许多年不曾变过的金色牌匾，恍如隔世。

手机还放在耳边，听筒那边传来周怀雅半开玩笑的声音："我看你这个甩手掌柜做得潇洒，人家柚子最近天天跟我打电话求助，小姑娘都快要哭了，你还优哉游哉的也不着急。"

方疏净笑了笑，从回忆里脱出，轻笑着回她："熟能生巧，等过段时间就熟练了。”

“我看你这就是赶鸭子上架。”

“语文不好就别乱用成语。”方疏净气定神闲，“那姑娘的能力我清楚，我相信她。”

“行吧。”周怀雅叹了口气，“实在不行我再回来收拾烂摊子吧，谁叫你的正事最重要呢。”

方疏净无声地勾了勾唇。

自那件事后，方疏净没再直播，趁着无所事事在家里待着的时间，尝试着联系上了曾经的导师庹教授。

跟庹教授阐明了自己还想继续考博的意愿后，她本以为对方至少会说她两句，却不想，老人家直接举双手支持，丝毫没有过问她别的事情。

在决定考博后，方疏净便暂停了自己目前的其他事情，酒吧也全权交给了柚子代为经营。

本来她是想交给周怀雅的，可是周怀雅忙着在外头四处游历，没这个闲心，最多帮柚子远程指导一番。

突然从一个主播的助理摇身一变成为酒吧老板，小姑娘对此毫无经验，依赖周怀雅得很。

因为这个，周怀雅这几天没少打电话埋汰方疏净。

余光瞥见身后靠近的男人身影，方疏净挂断电话，走过去与他并肩。

容慎川习惯性把她揽到道路内侧，带着她往学校里走，侧头询问道：“要陪我去礼堂吗？”

方疏净摇摇头：“不要，好无聊。”

这次他们回来，是因为容慎川应校长邀请，作为杰出校友前来演讲。

想想自己中学时，遇到这种讲座，要么睡着，要么中途偷溜。

在老公和自由中纠结一秒，她便做出了决定。

“我想到处逛逛，”她放眼环视了一遍校园，“都不知道这么多年过去，哪些地方有了变化。”

容慎川颔首：“那我结束了来找你。”

“好。”

容慎川离开后，方疏净绕着校园四处逛了逛。

除了新建一座教学楼，别的地方变化并不大，跟着记忆就能轻车熟路地逛完。

再绕着旧教学楼逛了一圈，她一时兴起，上楼想去看看自己高中时的教室。

正逢这个班的学生上体育课，教室里空荡荡的，她在征得了同意后，凭印象找到了自己当初的那个位子。

她的座位靠窗，一抬头就能看见窗外茂密的树影。

初春的树枝显得有些萧瑟，上头的叶子不多，零零落落地缀着新芽。

方疏净站在座位前往外看了会儿，正准备离开，放在窗框上的手忽然摸到了些凹凸不平的痕迹。

记忆一下被勾起，她目光往那个位置看过去——

高中时她向来顽劣，上课无聊，便喜欢在桌子椅子上写写画画。

有段时间迷上了刻橡皮章，整日手里握着笔刀，刻了一堆小玩意儿出来。

橡皮砖用完了，她没尽兴，就把目光又放到了窗框上。

当时她本想刻上自己的名字，又怕被发现后追责到自己身上，灵光一闪，索性留下了容慎川的名字缩写。

没想到这么多年过去了，窗框还是原来的那副，竟然没被人弄坏。

心里感叹一阵学校对这些东西的保管得当，方疏净定睛端详了一眼。

当看清上面的内容时，蓦地瞳孔微缩。

除“RSC”三个字母，下面不知道什么时候多出了三个字母——

FSJ。

方疏净蒙了一秒。

而后哑然失笑。

原来当年那个沉默冷淡、任她如何开玩笑也都岿然不动的少年，也会有不守规矩的时候啊。

背着所有人，将一切心思敛于心中，偷偷在窗框下补全两个人的名字缩写。

只为了靠近她一点。

然后，将这个秘密藏在久远的时光中。

……

下课铃打响，方疏净走出教室时，刚好收到了容慎川的消息。

【容慎川：在哪里？】

方疏净脚尖点了点地砖，发出清脆的“哒哒”声。

【方疏净：我来找你。】

这次，换她义无反顾地向他奔赴。

找到容慎川的时候，男人还站在大礼堂门口，身边几个学生围绕，眼巴巴地等着他签名。

方疏净站在不远处等了一会儿，直到学生都离开了，她才上前去，打趣道：“容学长魅力无限啊。”

以前来演讲的那些学长学姐，哪个有这样的待遇。

她装模作样地摊手，冲他眨眨眼道：“学长，见者有份，不如给我个签名？”

容慎川把她揽过来，闷声笑道：“我整个人都是你的，还要什么签名？”

在大庭广众之下被反调戏回来，方疏净低了下头，推着他：“走啦。”

容慎川顺势牵住她的手，与她十指相扣。

方疏净没拒绝，悄悄地牵得紧了些。

这会儿刚好是晚饭时间，方疏净还想吃了饭再在学校逛一逛，索性拉着容慎川往食堂去。

拿着校长给的卡，为了不打扰学生，他们最终去了教职工食堂。

打好饭菜落座，方疏净往小炒里扒拉了块肉出来，头也不抬地跟容慎川说：“我以前最想来这边看看，之前还冒充过教师子女，结果你猜怎么着？食堂门口那保安说他太眼熟我了，直接给我戳穿，不让我进。”

她喝了口汤，感叹道：“所以啊，太过张扬也不是什么好事。”

容慎川听着她喋喋不休，微不可察地颔首。

高中时的方疏净漂亮又张扬，跟谁都玩得开，却又跟谁都大大咧咧保持距离。

也因此，被年级上不少人喜欢。

鬼知道他当初防得有多辛苦，没收了多少封情书。

吃完饭，学生纷纷回到教室上晚自习。

上课铃响，校园里顿时清寂下来。

这也方便了方疏净带着容慎川四处转悠。

本想再去教学楼晃悠一圈，又怕打扰学生学习，于是两人顺着楼梯，安静地上到了天台。

这栋教学楼是学校里最高的建筑，从这里往下看，可以将整个校园尽收眼中。

撑着天台边缘，目睹校园里的所有灯光渐次亮起，方疏净舒服地眯起眼，借微风吹散自己些许倦意。

抬眼看向天空时，她眸间亮起。

“今天的月亮好圆！”

松城难得天气不错，月亮早早升起，天空云层也薄，几颗星星伴着月亮闪烁。

方疏净心念微动，拉着容慎川往天台的小仓库走。

“我记得这里面是不是以前放着台望远镜？”推开仓库的门，她侧头看向容慎川，“你以前是天文社的，记不记得放哪儿了？”

在他们的那个时代，学校社团开展得如火如荼，天文社那群人为了方便观星，专门找学校申请了资金，买了一台望远镜放在天台。

然而松城常年雾霾，夜间难以观星，久而久之只得搁置。

打开仓库的灯，方疏净找了一阵，没找着，又扭过头，用求助的眼神看着容慎川。

容慎川被她看得心软，走上前去。

他先从仓库的角落里翻出了铝脚架，又找到了个黑色的背包，递给方疏净。

东西有些沉，方疏净拿到后差点没能稳住。

拿稳后，她一边往外搬，一边笑嘻嘻道：“谢谢老公。”

容慎川颇为受用：“再叫一声？”

方疏净睨她一眼，直接略过他的要求，往外头走。

她一边哼歌，一边在容慎川的指导下，安装好了望远镜。

由于一直保存在这里，没怎么用过，虽然过去了那么多年，这望远镜除了倍数低了些，别的问题不大。

找到月亮后，方疏净无师自通地调整了一会儿焦距。

眼前模糊的画面逐渐清晰，当看清月亮上的纹路时，她睁大眼，对着目镜观察了许久，才慢慢地开口：“……好漂亮。”

她此前也常刷到高清的月亮照片，但亲眼看见的，远比照片的效果要震撼得多。

兴奋地用手机镜头对着目镜拍了一通，她兴致不减，偏头招呼容慎川：“你不看月亮吗？”

容慎川的目光停留在她身上，片刻后，笑着摇了摇头。

“我已经看见月亮了。”

读出容慎川的意有所指，方疏净脸颊又不争气地红了红。

注意力放回望远镜上，方疏净沉默地观察了一会儿，疑惑地“咦”了声：“怎么月亮跑不见了？”

容慎川闻言，过去帮她调整。

“它不是一直待在那里的，会沿着轨道向前移动……”

他手上调整角度，不忘耐心地与她讲解。

“好了。”

直到月亮完整地重新出现在视线范围内，他正欲退开，忽觉耳畔有温热的气息落下。

“容慎川，我好喜欢你呀。”

终于找到了机会，方疏净眼里的狡黠一瞬闪过。

感受到男人的身体有片刻的僵硬，她眨眨眼，再接再厉：“我这次没有喝醉，是在认认真真地和你表白。

“虽然我不像你那么会说情话，但你也不准嫌弃，听见了没？”

她性子从来带点别扭，很少跟人直接表达自己的喜欢。

这一次，已经是她很努力的结果。

容慎川慢慢直起腰身，扯着她的手腕将她拉进怀里。

愉悦的笑声震得胸腔也跟着颤动。

“怎么可能嫌弃呢。”

这世间万千风月，都不及你予我情诗。

哪怕，只有一句简单的喜欢。

也值得用一生，义无反顾去奔赴。

番外一

周怀雅

周怀雅常在想，自己和沈则到底是怎么发展成这副模样的。

到底是见色起意，还是空窗太久耐不住寂寞，随随便便将情感转移到了另一个人身上。

以至于沈则将她拉入房中时，她没有拒绝。

任由自己的欲望，全盘沦陷。

明明那个时候，他们甚至还不是男女朋友。

从小的家教告诉她，这是一件对她而言放肆过了头的事。

第二日醒来时，望着身边早已睁眼的男人，她心头慌乱了一阵，鸵鸟心态作祟，第一反应便是拿被子蒙住了自己的脑袋。

被子被人轻轻掀开，伴着男人微扬的尾音：“蒙着做什么？不看看我？”

阳光下，男人一双眼蕴着风流笑意，侧着头打量她，自然得仿佛昨晚什么也没有发生。

周怀雅一怔，脸红了个通透。

怕沈则不清楚事情是怎样发生的，她强忍回忆的羞耻感，小声跟他解释："昨天晚上你喝醉了，估计是按错电话，给我打了，所以我才过来接你回家……"

"啊——"沈则轻轻颔首，一副了然的模样，调笑着抬手揉了揉她的发顶，"然后呢？"

"……"

"不逗你了，"知道周怀雅不经逗，沈则伸手，从床头柜拎起衣服，扔给周怀雅，"先穿好衣服再说话。"

周怀雅脸又红了一下，接过衣服钻进被窝。

被子窸窸窣窣动了一阵，沈则耐心地等待着。

忽然，动静停住，被窝里传来一阵闷闷的声音："沈则。"

"嗯？"

周怀雅的声音带了几分认真，问他："你有女朋友吗？"

沈则怔了怔，嘴角的笑意渐渐扩大："当初在问容慎川我的联系方式的时候，怎么不问清楚这些事？"

"……"

"放心，没有。"沈则戳了戳被窝，"这点原则我还是有的。"

被窝又抖了抖，一只手伸出来，又很快缩回去。

"那你……愿意对我负责吗？"

周怀雅整个人被柔软的被窝包裹，呼吸很沉很闷，混着热意扑回脸上，双手攥着床单，问出这句话的时候，紧张得心跳加速。

外头的沈则似乎是陷入了沉思，许久没有听见他的回答。

周怀雅心头的雀跃一点点沉下来，忽然清醒了几分。

是啊，男欢女爱本就是世间常事，哪儿有什么必须负责的道理。

沈则对这方面向来都秉着你情我愿的心态，从不在意。

更何况，当时是她没有拒绝。

攥住床单的力道松了松，周怀雅有些低落地抢先开口："没关系的，你也可以就当这件事没有发生过。"

话音未落，她忽然感觉身旁的被子被人缓缓掀起。

沈则也跟着她钻了进来。

男人一张脸离她极近，与她呼吸交织，昳丽的双眼近在咫尺，清晰地倒映出她的模样。

沈则轻轻笑了声，话语落得轻松又缱绻——

“像你这么可爱的小姑娘，我怎么舍得不负责？”

周怀雅没有说话，抬手覆在胸口，企图止住即将蹦出来的心跳。

“我可以相信你吗？”

沈则轻轻勾唇，语调轻肆：“你可以试试。”

她坐起来一点，借着暗淡下来的环境，凑上去吻他。

——那就，再相信一次。

也许正是因为在一起的过程太过简单，导致周怀雅一时被惊喜冲昏了头脑。

她竟然忘记了，沈则到底是一个怎样的人。

他分明就是一阵抓不住的风。

又怎么可能为别人而停留。

那些他随口说出的承诺，不过是哄人的惯用伎俩。

对她可以，对别人也一样通用，不走心，只多情。

可她却当了真，沉浸在他编织的美好梦境中，以为自己是那个例外。妥协得太多，顺从得太多，再一次的全力以赴，最终以头破血流收尾。

直到戒指那件事后，周怀雅才明白，原来沈则当初似笑非笑的那声“你可以试试”，不是承诺，而是铺垫，让她幡然醒悟的铺垫。

她早该知道的，在她问他想不想结婚时，他含糊着说出的那句：“也许吧。”

他确实想结婚，但不是与她。

她才不是那个“也许”。

那枚与他成对的婚戒，终究不属于她。

他就算与她在一起，也从未将她放在心上。

分手比周怀雅想象中的简单，毕竟曾经的感情经历早就告诉过她，没有谁离不开谁。

也没有什么释然不释然，只是把上一次的路重走一遍。

在那之后，她删掉了所有与沈则有关的东西，也努力将他在她的心里抹除。

再次见面时，男人仍是那副吊儿郎当的模样，将她堵在墙边，一双眼牢牢盯着她，语调却仍带着浪荡。

“一声不吭走了那么久，不给我一个解释？”

周怀雅低下头。

时隔那么久，她虽然依旧无法做到毫无波澜，却也不至于当场失态。

她没说什么，只平静地给了他一个信封。

里面装着一张检查报告和一张流产手术单。

她没有看沈则的反应，毫无留恋地转身离开。

至此桥归桥，路归路。

电话铃声响起，把周怀雅的思绪从回忆中拉出。

她从桌边抬头，手上的笔在草稿上划下一道长长的痕迹。

有些疲惫地将纸团成一团，她扭头问身后的助手："谁的电话？"

"是周姐您的外婆。"

助手名叫苏昱，是个二十岁出头，刚从大学毕业的年轻男生，闻言将放在一旁的手机递过去，说道。

周怀雅接过手机放在耳边，刚一接通电话，那边便有老人中气十足的声音传来："囡囡！回来吃饭了！"

"好，"周怀雅笑着接过，"这就回来。"

挂了电话，把手里的废稿随手丢到一边，她起身问苏昱："一起吗？"

苏昱受宠若惊："周姐，这不太好吧？"

周怀雅笑笑："没事，外婆做饭通常会做多，为了这次比赛，你也好几天没怎么休息了，别一直闷在工作室里。"

苏昱点点头："好。"

到家的时候，周外婆已经把一桌子菜准备好了，听见开门声后，连忙对着门口做了个嘘声的手势。

接收到这个手势，周怀雅了然，轻手轻脚地进门。

苏昱也有样学样。

吃饭时，周外婆笑着给周怀雅夹了一块糖醋排骨："最近是不是很辛苦，感觉老不在家。"

周怀雅含含糊糊"嗯"了声，说："松城有个比赛，这段时间在准备。"

"哦……"周外婆点点头，叹了口气，"你也三年没回过松城了，这次刚好回去看看爸妈。"

周怀雅手上动作顿了顿，闷闷地说："嗯。"

旅行结束后，她回到了这个外婆居住的小镇。

没有了松城那样大城市的压力，她过得格外舒心，在这里住了一段时间后，索性辞职定居，租了间小院当工作室。

三年过去，倒也足够悠闲，除了偶尔脑中还会浮现那个人的身影，可是也无伤大雅。

周外婆见周怀雅发呆，笑了笑，转头问苏昱："小苏，在这个地方住得还不错吧？"

苏昱点点头："谢谢婆婆关心，挺习惯的。"

"那就好。"周外婆神神秘秘地看着他笑，"觉得你周姐姐怎么样？对你好不好？"

"啊？"苏昱没反应过来。

周怀雅倒是被这个问题拉回了神，皱着眉嗔怪："外婆，您又在说什么呢？"

周外婆意味深长地看了她一眼："周周啊，你年纪也不小了，老沉浸在过去，也不好。"

周怀雅："……"

也是。

她已经二十九岁了。

她无奈地笑了笑，开口："您就别担心我这事了，您也知道，我这几年暂时还不想考虑。"

"哎，行。"周外婆也只是随口说说，早已习惯了周怀雅这副油盐不进的模样，也理解她的情况，不再劝说。

周怀雅轻轻拿手肘碰了碰苏昱，小声说："我外婆只是开个玩笑，你别在意。"

苏昱悄悄红了脸，"嗯"了一声。

吃过饭，周怀雅帮周外婆收拾了一下，转身又要去工作室。

最近的事太多太忙，总要熬夜。

苏昱主动揽了洗碗的活，被周外婆连连夸赞。

周外婆拿了几颗橘子给周怀雅，便回了房间。

周怀雅一手揣橘子，一手开门。

刚打开一条缝，她的动作忽然停住。

男人的身影挡在她眼前，站在走廊的灯光下，在她身上投下一片阴影。

熟悉的身影。

是沈则。

周怀雅没来由地一个心慌，抬手想关门，却被一只手挡住。

三年过去，沈则仍是那副风流蕴藉的长相，岁月在他脸上未曾留下任何痕迹，只是眼中多了几分沉稳。

周怀雅抿着唇，本想不管不顾直接把门一关，踌躇片刻，最终放弃。

既然都找到这儿来了，这样做也没什么用。

她抬眼，尽量使自己一双眼中平静无波："沈先生找我有什么事？"

沈则深深地盯着她，微不可察地轻叹了声。

"周周，介意我进来和你谈一谈吗？"

谈一谈？

周怀雅嘲讽地扯了扯唇。

分手那么久，有什么好谈的？

这时，身后周外婆的声音响起。

"囡囡，宝宝他哭着要找妈妈，你哄哄他再走吧——"

扭头，一个跑得跌跌撞撞的小身影在周外婆前头，正朝着她的方向过来。

沈则也看过去，眼神忽地亮起。

他看着周怀雅蹲下去抱住小孩儿，低声问："这是那个孩子吗？"

周怀雅动作僵了僵，蓦地冷笑一声。

"沈先生不会真的以为我那么仁慈吧？"

不再看沈则，她摸了摸小孩儿的头，自顾自开口："沈则，没有人会一直在原地等你。

"这三年，沈先生身边来来去去的人也不少吧？"

沈则沉默半晌："在你之后，没有其他人。"

"是吗？"

周怀雅手上动作顿了顿，不理会沈则的话，继续做自己的事。

把孩子哄回房间，她这才慢悠悠地准备出门。

沈则仍挡在门前。

周怀雅秀气的眉毛拧起："麻烦让让。"

话音刚落，从厨房传出的水流声也同时止住。

余光注意到走出来的苏昱，沈则脸色变了变。

苏昱一出来就碰到这样的场面，愣怔片刻，刚好对上了沈则的视线。

不清楚情况，他没敢说话，在得到周怀雅的眼神示意后，识趣地再次关上了门。

室内陷入一片静默。

半晌，沈则咬牙，近乎勉强地哑声开口——

“是他的？”

周怀雅没有承认也没有否认。

她微微垂眸，用商量的语气同沈则说：“沈先生，我真的很忙，要是没有别的事，可不可以麻烦让一让？”

沈则动了动唇，定定地望向她的双眼。

那双眼里如古井一般毫无波澜，仿佛他只是无端出现在她家门口的一个陌生人。

她不是在说气话，而是真的不在意他了。

沈则眸光颤了颤，在读懂周怀雅眼神所表示的意义后，忽地觉得心里似乎空了一块。

没等他作出其他反应，下一秒，周怀雅已经轻轻拨开他，从他身侧从容走过。

面前的防盗门被轻巧关上，发出一声轻轻的“砰”。

从外婆家回到工作室，周怀雅先在院子里走了一圈，侍弄了一遍花花草草。

余光瞥见沈则走进来，她没说话，起身径直走进房中。

工作室的院子是开放的，没有拒绝人进来的道理。况且，她也知道，自己暂时赶不走沈则。

沈则仍站在院子中间。

把稿子又修修改改了几遍，周怀雅伏案久了容易脖子酸，这会儿趁着思考的空隙仰了仰脖子。

听见一阵滴答的声音，她一怔，才发觉——

居然下雨了。

视线穿过落了水珠的玻璃窗，她看见男人坐在院子的石凳上，就这样静静看着她。

指间的烟沾了雨水，飘出的烟雾半死不活。

目光对上的一瞬间，周怀雅思绪也重重地顿了一下。

沈则喜欢抽烟，她一直知道。

可她不喜欢他抽，所以自从在一起后，她便很少能见他抽烟。

偶尔事后的早晨，她醒得早了，会看见他靠在阳台，姿态性感又慵懒，指尖烟雾袅袅不停。

她会悄悄过去抱住他的腰，去抢他的烟不让他继续抽。

沈则也会配合地把烟掐灭，俯身去跟她交换一个带点烟味的吻，末了调笑着把她锢在怀里，吊儿郎当地问："这么想让我活久一点啊？"

她当时想的什么呢？

——是呀，她想让他长命百岁，这样就能和他厮守得更久一点。

也许是清晨的阳光太过炫目，给所有的东西都蒙上了一层梦幻又带有迷惑性的色彩。

所以，她那个时候才会将他眼底细碎的笑意，错认成深情。

周怀雅咬了咬唇瓣，痛意一瞬间将她的思绪拉回来。

现在还想这些有的没的做什么。

收回视线，她将注意力重新放回稿子上。

忽然，灵光闪过，有什么东西混着淅淅沥沥的雨声，一同浮现在了她的脑海里。

她低着头，认认真真开始投入工作。

一旦情绪投入进去，周怀雅便不再关注周围，任雨下得再大，也充耳不闻。

苏昱进来时，她正好将最后几笔草稿勾勒好，抬头便见他朝这边走来。

"周周姐，"苏昱望了一眼窗外，有些踌躇地开口，"那个人没有要走的意思。"

"嗯。"周怀雅敛着眸子，"让他继续在外面待着吧。"

雨似乎比之前落得更大，一时半会儿没有要停下来的意思。

周怀雅看向苏昱，说："你先回去吧，这里暂时没你的事了。"

苏昱一怔："之前不是还……"

周怀雅："不是，刚才重新定了一下主题，我熬个夜应该都能解决。"

"这样啊。"苏昱点点头，"周周姐，那你注意休息。"

周怀雅点头回应。

苏昱转身，刚准备离开，突然想起来什么，又回过头去看向周怀雅："哦，对了，周周姐，你落的东西我还没给你。"

说完，他把手里的东西往她面前递。

是一件雨衣和两颗橘子。

橘子是之前在门口时，她太过匆忙，遗落下的。

"外婆看你没带伞，让我给你送雨衣过来，怕你回去的时候淋着。"

“这个橘子……是那个人交给我的，让我还给你。”

雨衣看起来有点旧，周怀雅仔细回忆了一会儿，才对这件雨衣有了些印象。

是她刚上大学那会儿，回老家玩的时候随手买的。

当时被店家坑了，花大价钱买回来却发现质量不好，她用过一次便压在箱底，也不知道是周外婆什么时候偶然搜了出来。

周怀雅余光瞥了眼窗外。

男人身子前倾，手抵着额头，浑身上下早已被淋了个透彻。

她轻轻把东西推回去：“我有伞，这雨衣拿出去给他吧。”

苏昱愣了愣：“那橘子呢？”

周怀雅摇摇头：“也给他吧。”

顿了顿，她的声音落得缥缈。

“记得告诉他，脏了的东西，我不要了。”

苏昱帮着周怀雅又做了点事，才不怎么放心地离开。

走前，他嗫嚅了一会儿，才小心地开口问周怀雅：“周周姐……那个人是非非的爸爸吗？”

周怀雅扯了扯唇，没说话。

苏昱便也没敢再问。

周怀雅跟他道别后，倚在桌边，目送他离开院子。

苏昱在经过沈则身边时停下脚步。

周怀雅看见沈则在接过雨衣时，眼神似乎亮了亮。

苏昱又把橘子递过去，面无表情地跟他说了两句话。

那双亮着的眼骤然又黯淡了下去。

苏昱走后，沈则没有套上雨衣，而是向后仰了仰，背脊靠在石桌桌沿，半眯着眼看向天空。

手里的烟早已燃尽，夹在指间被淋了个透彻，他却仍没有要扔掉的意思。

周怀雅深吸一口气，继续工作。

隔着一扇窗，并未相对，也并未出言。

不知过了多久，周怀雅再一次抬头时，石凳上早已没了男人的身影。

终于舍得放弃了？

周怀雅低嘲一声。

也是。

这个男人想把她找回来，说不定只是心里那点不甘的自尊心作祟，哪里有那么非她不可。

不过是因为，她是第一个主动甩了他的人罢了。

估计经过了这事，他应该也能明白过来，他没必要对她这么念念不忘。

松城那么多女孩儿拼了命想要攀上他，哪一个都不需要他承受这些东西。

放下草稿，周怀雅起身，打算回去。

走出院门后，她反身去锁门。

简易的小锁“咔哒”一声落下，在确认了锁好后，周怀雅余光突然瞥见，旁边路口拐角处亮起了一个小小的光点。

她转头看过去时，却什么也没看见。

以为是自己看错了，周怀雅也没兴趣去管别的，径直往家的方向走。

到家已是一片寂静。

屋里漆黑不见五指，周外婆已经睡着了，房间里不时有鼾声传出。

周怀雅没开灯，摸着黑蹑手蹑脚往自己的房间走。

开灯时，床上的小孩儿揉着眼睛坐了起来。

“妈妈……”他迷迷糊糊地看向周怀雅，“你终于回来了。”

看见他，周怀雅惊讶地上前去，抚了抚他的背：“非非，你今天怎么睡在这里？是我吵醒了你吗？”

周知非摇摇头：“太姥姥打呼噜……我等妈妈回来。”

周怀雅轻拍着他背，轻哄：“那现在乖乖睡觉好不好？”

“好。”

小知非也是等得困极了，周怀雅在他身边待了会儿，他便昏昏欲睡，闭上了眼。

周怀雅正准备帮他掖好被子，又见他捏住了她的袖子，有点口齿不清地问：“妈妈，爸爸旅游回来了吗？”

“嗯？”

“那个叔叔，是不是爸爸啊？”

周怀雅沉默着亲了亲周知非的额头：“爸爸还在旅游，那个叔叔，你可以叫他沈叔叔。”

周知非懵懵懂懂地点了下头，终于安心地睡了过去。

又过了一会儿，周怀雅关了灯，睡在周知非旁边。

没有合眼。

——虽然她不愿意承认，但孩子是沈则的，这是事实。

她虽然嘴上说得潇洒，可临近关头，她仍然退缩了。

当医生说她周数不够，建议可以再等等再过来做手术时，她最终如释重负一般选择了放弃。

她不敢把这件事告诉父母，所以选择躲回了这边。有周外婆帮忙瞒着，她偏安一隅倒也自在。

即便事实如此，她也不愿将这个真相告诉沈则。

许是带点报复的情绪，她也想让沈则感受一下，希望崩塌的痛苦。

晚间用脑过度，疲惫感使得周怀雅一觉睡过去便睡到了临近中午，还是周知非趴在床边把她叫醒的。

周怀雅坐起来揉了揉眼，便见一旁的周知非眨巴眨巴大眼睛，跟她奶声奶气说："妈妈，今天还要出去吗？"

小朋友的眼神干净纯粹，带一点委委屈屈的感觉，口齿还没有那么清晰，说话黏黏糊糊的。

周怀雅最受不得这种撒娇，帮他把嘴角擦了擦。

想起自己最近忙于工作，确实很少陪在小孩儿身边，她索性摇了摇头："今天不去了，下午陪你出去玩？"

反正设计已经定了下来，她没那么着急。

周知非闻言，重重点了点头。

洗漱好出了房间，周怀雅又看了一遍时间，有些奇怪。

平常这个时候，周外婆早就买好菜回来准备午饭了，今天怎么还没回来?

出于担心，她拿出手机，准备给周外婆打个电话。

就在这时，防盗门开锁声响起。

周怀雅松了口气，对着门口扬声："外婆，今天怎么回来得那么晚？"

周外婆扬了扬手里的袋子，笑眯眯道："你吴婆婆今天给我拿了一箱橙子来，我买了菜，搬不动，多亏了这热心肠的小伙子，待会儿记得给他多准备一份碗筷啊！"

"好——"

周怀雅一边答应，一边过去接过周外婆手上的袋子。

抬眼，一张熟悉的脸入眼。

沈则换了身穿着，不像昨晚那样一身高定衬衫名牌皮鞋，身上的卫衣看起来像是街边小超市便宜处理的那种款式面料，此刻弯着唇笑，平添几分随和。

他只与微微沉下脸色的周怀雅对视了一秒，旋即自然地移开视线。

他掂了掂手里捧着的箱子，抬起下颌问周外婆："婆婆，箱子我放在哪里？"

周怀雅十指握拳，指甲抵着掌心，低声问："这是你计划好的吗？"

沈则笑意未收，仿佛昨晚的事根本没有发生过。

"千里迢迢过来，总得找个办法离你近一点。"他说，"吃完饭，咱们好好谈一谈？"

周外婆往屋里走了一段，扭头望向沈则："小伙子，进来随便坐啊，这是我孙女，跟你年龄差不多。"

沈则周身气息一敛，笑着应声："婆婆，叫我小沈就行。"

"好！"

周外婆心满意足地离开后，周怀雅轻叹一口气，只觉得两个人就这么堵在门口，气氛尴尬得慌。

不愿再和沈则有什么过多的接触，她后退几步，草草留下一句"我去帮忙"，便也跟着周外婆去了厨房。

今天周外婆买了条鱼，刚好家里的酸菜腌好，便打算做道酸菜鱼。

周外婆忙着刮鱼鳞，周怀雅于是在一边拿了酸菜出来切。

"囡囡啊，你觉得那个小伙子怎么样啊？"

"嗯？"周怀雅闻言，无奈地敛眉，"外婆，您就别再操心这些事了，好不好？"

她现在甚至有些后悔，后悔没告诉外婆自己和沈则的事情。

可是她耻于承认这段止于她的一厢情愿的关系，说不出口。

"我知道你现在心思不在那上面，可是缘分到了，要是能了解一下也是好的呀。"周外婆不赞同地叹气，"我回来的时候就问过了，那小伙子住的地方离这儿不远，岁数也合适，彬彬有礼的，而且也喜欢小孩儿，这不正好。"

听见"喜欢小孩儿"这几个字，周怀雅愣了下。

像是意识到了什么，她无所谓地笑了笑，点头："我知道了。"

切了酸菜丢进锅里，周外婆觉得周怀雅留在厨房影响她的发挥，硬把她赶出厨房不让她插手。

周怀雅一向拗不过自家外婆，只得洗了手出去。

厨房没有洗手液，一手酸菜味洗不干净，她把手背在身后，打算去洗手间再洗一洗。

绕过客厅时，她脚步停了下来。

电视柜一侧是给周知非开辟出来的玩具角，地上铺了一层泡沫塑料垫，供周知非平时无聊玩乐。

此时沈则正坐在垫子边缘，耐心地看着周知非将一个个积木拼好，不时侧头，小声提醒他该怎么拼。

周知非全心信任他，跟着他的指导一步一步地放。

最后一块红色的房顶小心翼翼地垒上去后，小小的城堡落成。

周知非欢呼一声，说话还不利索，红着小脸一个劲儿地鼓掌。

一派和睦的氛围。

倒真的挺像父亲在陪孩子玩。

如果，他们当时真的可以走到那一步。

这个念头一下子从周怀雅脑中浮起，转眼又被她抛却。

她到底又在想什么。

全力奔赴过的事情，刻进了骨子里，就没那么容易完全抽离。

吃饭时，周怀雅能感觉到周知非明显对沈则亲昵了不少。

周外婆乐见其成，笑呵呵地给周怀雅夹了一筷子鱼，顺便用眼神暗示了她一下。

周怀雅假装没看见。

一顿饭下来相谈甚欢，沈则哄得周外婆笑容没停下来过，周怀雅心里堆着事，默默吃饭，也不说话。

她亲身体验过，自然知道沈则这人哄人的本事有多强。

心里越不舒服，周怀雅吃饭的速度就越快。

这时，碗里突然出现了一片鱼肉。

鱼刺被剔得干干净净，还沾着油亮的汁水，白生生放在米饭上。

周怀雅怔然，抬头看过去。

沈则筷子收得很快，不慌不忙地笑了声：“别老照着一道炒青菜吃，吃点肉。”

周怀雅“哦”了声，又往自己嘴里扒了一口白米饭。

扒得急了，她被饭粒呛了一下，扭过脸咳嗽起来。

后背忽地覆上一点温热，轻轻在她脊背上拍了拍。

待到周怀雅缓过神后，他又给她递了一杯水。

看着捏住玻璃杯的骨节分明的手，周怀雅眨了眨眼，颇为不自在地接过：“谢谢。”

“没事。”

沈则无所谓地笑笑，想扶她坐直，却被轻轻挣开。

周怀雅轻抿几口水润了润喉，端着碗去了厨房。

“我吃饱了。”

周外婆正喂周知非，闻言诧异：“你这就吃饱了？”

“嗯，”周怀雅小幅度吸了一口气，“我去吹吹风。”

这里的空气闷得慌。

把自己的碗洗好，周怀雅踱步去阳台。

昨夜下了雨，今天的天空碧蓝如洗，些许水汽带着轻起的微风，清新自然地扑在脸上。

这是周怀雅最喜欢这个小镇的一点，空气不似松城那般沉重，处处都透着清透的感觉。

仿佛能涤荡心灵。

不知道在这里站了多久，她听见身后传来一道细微的“嘎吱”声。

阳台门被推开，沈则走了进来，顺手又“咔”的一声将门关上。

“谈谈？”

他倚在门边，也不靠近，就这么问道。

已经到了这个地步，周怀雅也没法拒绝。

她脸朝着阳台外面，没说话。

沈则见她这副安静着不搭不理的样子，莫名心生烦躁。

手指微动，他从兜里摸出一根烟，刚想抽，又听周怀雅淡声说：“外婆不喜欢烟味。”

沈则怔了怔，把烟放回了兜里。

“孩子其实不是那个人的，对吗？”他问，用的是笃定的语气，“他应该是你的工作伙伴吧？”

想起那天苏昱和他的接触，周怀雅自知瞒不过，索性颔首承认。

本以为周怀雅至少还会像上次那样含糊其词地多说两句，却不想她居然那么大方地承认，沈则一噎。

准备说的话不知为何像是堵在了喉咙里，稍有些难以开口。

良久，他才勉强从唇齿间挤出了一句话：“那枚戒指，你就那么在意吗？”

周怀雅眼神闪了闪，没说话。

沈则声音沉下一分，低低叹道：“你也知道，这些东西于我而言只是普通的小玩意儿，恰巧付雨薇急用，没什么别的意思。”

顿了顿，他又补充：“只要你愿意，我可以好好给你订一枚，你也可以当作……我对你求婚。”

意思很明显。

若是再早些年，听见“求婚”两个字，周怀雅兴许会有那么一两秒的心跳加速。

可是现在——

周怀雅眼底闪过一丝嘲讽。

倚在石栏边，她纤细的腿微屈，抱臂笑道：“沈则，这么多年过去了，你竟然还没有一点长进。

“你觉得，只是因为那枚戒指？”

三年前的记忆被打开，周怀雅收拢五指，指甲嵌进掌心。

——她介意的，只是那一枚戒指的事吗？

当时沈则的兄弟告诉周怀雅这件事的时候，她的第一反应只是震惊。

顺着别人给的地址去找沈则的时候，她甚至还想过，只要他能给她一个合理的解释，她就再也不去想这件事。

可事情远不像她想象中那么理想。

躲在会所走廊的角落，她看见男人靠在包厢门口正抽烟。

那个名为付雨薇的女人与他保持着堪堪一步的距离，鞋跟又细又高，仿佛下一秒就会一个不稳扑到他身上。

付雨薇和沈则的事她知道，跟沈则那些狐朋狗友打交道的时候没少有所耳闻。

校园恋爱，轰轰烈烈，后来女方一声不吭分手走人，沈则大晚上喝酒喝到胃出血，从此堕落成这副模样。

她听见付雨薇开口：“沈哥，今天的事情谢谢你了，你真的帮了我很多，不然我都不知道该怎么办……明天我过生日，你要不要……”

沈则掐灭烟头，兴致缺缺地抬手丢进垃圾桶，侧身阻止了小模特的进一步动作，说话声音懒洋洋的：“好好说话。”

小动作被看穿，付雨薇不甘心地向后退了一步。

两人相对而立，沈则看她一眼，不经意地问她：“最近过得怎么样？”

付雨薇点点头，笑吟吟地说：“有你帮忙，发展得还不错。”

她鞋跟在原地跺了跺，轻声问：“听说你最近交新女朋友了，比之前那几个处得都久，都说头一回见你那么宠人，怎么，想安定下来了？”

沈则眯着一双狭长的眸，饶有兴趣地睨她：“谁告诉你的？”

“他们都说……”

“她太纯了，没你们那些心眼儿。”沈则打断她的话，脸上挂着吊儿郎当的笑，“不多宠着点，良心过不去，你也别脑补我坠入爱河无法自拔，我哪会是这样的人。”

“至于结婚——”沈则伸手撑着墙，尾音微扬，“那多没意思。”

……

两人的音量不大也不小，正好被周怀雅尽收入耳。

她最终没说什么，沉默着转身离开。

很好。

原来那些相处时被她悄悄保存在心间的小细节，只是她的一厢情愿。所谓“负责”“喜欢小孩儿”，说者无心，听者却当了真。她以为自己总归是那个特殊的人，其实也不过是他的一个消遣。

心里空空落落的，她掐了一下自己的脸，迫使自己从失望里挣脱出。

这是她早该料到的，单方面的梦早就该到清醒的时候了。

她一边走，一边拨通了电话。

电话那头，沈则说话声很正常，还带着慵懒的哑音：“怎么？”

周怀雅尽量使自己的声线冷静，可难免还是染了丝颤抖：“沈则，我们分手吧。”

被毫无征兆地提了分手，沈则默了默，仿佛听到什么玩笑似的：“别闹，我今晚会早点回来。”

周怀雅眸子沉了沉。

“我没闹，也不想在这个时候和你闹，”她说，“我有点累了。”

“沈则，我们不合适。”

她不愿意摊开来讲这件事，一来这是她自己目睹的事实，没有什么再求证的必要，二来，她还不想和沈则就连最后一步都走得那么难看。

“累了”两个字，可以有很多意思。

她不想再这么坚持地跟在他身边，只为期盼一个等不到的可能了。

那边的沈则大约是第一次被主动而又突然地提分手，听了之后没说话。

半晌，他低声问：“决定好了？”

“嗯。”

“行。”沈则不甚在意地笑一声，“随你。”

周怀雅握着手机的手指紧了紧，故作轻松：“明天的餐厅不是已经订了吗？不介意的话吃顿散伙饭？”

“你觉得呢？”他散漫着声音反问，“明天正好我也有约，给人过生日，没空。”

回忆戛然而止。

周怀雅手指搭在石台上，蓦地弯起了双眸。

“是谁说结婚没意思的？”她含着笑问，“沈则，你想和我结婚，只是为了孩子吧？”

笑容里有岁月沉淀过后的淡然恬静，笑意却未达眼底。

没等沈则开口，她轻轻摇了摇头。

“孩子的父亲不是苏昱，只是很早就去世了而已。

“我也觉得结婚挺没意思的，所以沈则，你以后不要来找我了。”

周怀雅回到厨房，帮周外婆洗碗。

冬天的冷水刺人，她把水龙头拧到热水那一边，跟周外婆说：“已经说过很多次了，这么冷的天就不要用冷水了。”

她前两年一直在说买个洗碗机，周外婆坚持自己手洗的才放心，只好就此作罢。

思及此，她轻叹一声，又拿起一个碗。

周外婆拦着她不让她洗：“行，我知道用热水了，你别瞎帮忙，去跟小沈多聊聊。”

周怀雅停了下，装作云淡风轻：“他走了。”

周外婆惊讶：“这孩子走得那么快？怎么不多坐坐？”

周怀雅没吱声。

“唉……”周外婆觉得有点可惜，“小沈人挺好的，本来还想着让你俩多接触一下呢。”

“是吗？”周怀雅随口回道，“可能没什么缘分吧。”

沈则离开后，周怀雅的生活一如既往。

仿佛沈则的出现不过是在平静的湖面投入了一颗石子，只激起了短时间的涟漪，便消失无踪。

时间匆匆而过。

当再一次踏上松城的土地，周怀雅甚至有了种恍如隔世的感觉。

想想，也确实三年没有回来过了。

电话铃响，周怀雅看了一眼。

来自周外婆。

接通后，周外婆那头先是让周知非跟周怀雅说了几句，小孩儿奶声奶气地说些听不太懂的话，哄得周怀雅心情不错。

这是她这么久以来头一回长时间地离开周知非，周外婆的年龄大了，她总怕一个老人和一个小孩儿待在一起，容易出事。

再问了一遍周外婆那边情况如何，周外婆一边说着很好，一边嫌弃她话多。

“我身子骨硬朗得很，非非也乖，你出去玩就好好玩，别老记挂着我们这边，我们可比你过得开心多了。”

周怀雅放下心来，又叮嘱了几句类似天气凉了记得添衣服的话后，又听周外婆踌躇几番，温声劝道：“都三年了，你要不要……回去见见你爸妈？”

这三年来，周怀雅都是跟着外婆一块生活，除了逢年过节会和家人视频或者互相寄点什么，别的交流寥寥无几。

她倒也没有特别想家的情绪，从小她的父母忙于生意，对她鲜有关心，在她的记忆里，只有不固定的管家监督她保持严苛的家教。

也许正是从小缺少这些联系，养成了她遇事从不愿告诉他们的习惯。

见周怀雅不应声，周外婆再次开口：“哎，反正你去不去是你自己的事情，我就提一提，非非在这边他们又不知道，不去就不去，不说了啊，不然你又要嫌我话多……”

通话被那边中止。

周周怀雅盯着手机屏幕，失笑片刻后，听见了门口传来敲门声。

应了一声，她过去开门。

门开，外头站着的是苏昱。

苏昱手还放在门板上，在看见周怀雅后，收了手。

“周周姐，明天的东西都准备好了，你要不要看一眼？”

周怀雅轻轻睨他，注意到他双手攥得紧紧的，笑道：“紧张了？”

苏昱身子僵了僵，诚实地点头：“这还是我第一次参加这样的比赛……”

周怀雅勾着唇，抬手安抚地拍了拍他的肩：“没事的，放轻松就好。”

入围作品早已经被送去展示，只差明天颁奖典礼的公布名次。

她有意培养苏昱，这次把他一同捎带过来，正是想让他多见见这类场合。

女人柔软的手指落在肩头，苏昱身子僵硬得更厉害，红着耳朵讷讷点了点头。

周怀雅没怎么注意苏昱的反应，笑吟吟地叮嘱了他几点注意事项后，跟他道别。

把自己抛回柔软的大床上，舟车劳顿了一天，此刻困意上涌，她闭了闭眼，便放任自己沉入了梦乡。

第二日，颁奖典礼现场。

典礼现场设置在酒店的大礼堂，此时热闹非凡，不时有快门声伴着闪光灯响起。

周怀雅带着苏昱从一片喧闹中穿过，偶尔停下来和相熟的人寒暄几句。

眸光微倾，她恍惚间捕捉到了一个熟悉的身影。

那人似乎比前段时间要更瘦削一些，笔直地立在不远处。

仿佛感应到了她的视线，他看过来一瞬，很快又像没事人一样扭脸回去。

周怀雅也收敛目光，与苏昱一同落座。

参与这类活动的次数多了，周怀雅对流程几乎算得上烂熟于心，没必要听的时候，她就兴致缺缺地合着眼养神，倒是一旁的苏昱全程聚精会神。

当听清周怀雅的名字时，他兴奋地望过去：“周周姐！你是第一！”

“嗯。”

早在公布名次的阶段刚开始，周怀雅便睁开了眼。

在听见自己名字的那一刻，她心里的那块大石才终于算是落了下来。

淡淡勾起一抹舒心的笑，她没多做表示。

这场比赛一年一度，至今已经举办到了第十六届，虽说名气犹在，可论参赛作品的质量早已大不如前，含金量更是一年不如一年。

早在她浏览完所有入围作品后，心里便有了底，所以才会这么从容。

这类比赛于她而言其实并没有什么参与的必要，这次选择参加，不过是为了完成心里的一抹执念。

思及此，周怀雅眼神流露出些许怀念。

身体向后靠了靠，在找到着力点后，她起身，迎着众人的掌声，向台上款款走去。

行至半路，脚背忽然传来一个力道，她被暗中绊了一下。

周怀雅扶住一旁的椅背，调整好身形，往那边坐着的女人轻飘飘地瞥过去一眼。

这眼神落得极为浅淡，仿佛只是随随便便地看过去。

那个女人眼神却变了变，似乎还瑟缩了一下。

是心虚的表现。

周怀雅没再管她的反应，肩膀微微放松，脚步也越发从容。

领奖用不了太多时间，周怀雅向来不喜欢在这种场合多停留，顺着主持人的话随意说了几句后，向台下轻轻鞠了一躬，便又缓缓走下了台。

临近尾声，周怀雅把手里拿着的东西一股脑交给苏昱，跟他说了一声后，提前离场。

走出大礼堂，她刚打算回房间休息，便在酒店的大堂瞥见了一个熟面孔。

是刚才那个绊了她一脚的女人，女人裹了件外套站在门边，靠着玻璃正玩手机。

听见动静，她抬起头，正好与周怀雅的目光交汇。

女人肩膀一僵，表情瞬时从惊讶转变为了古怪。

在周怀雅即将经过她身边时，她忍不住开口唤："周怀雅。"

"嗯？"周怀雅侧头去看她，情绪淡漠，"万晴，要是你想要给我道歉，我可以听听。"

万晴一噎。

"那件事都过去那么久了，你怎么还没忘？"万晴勉强地挤出一个笑，问周怀雅，"我记得你不是那么小心眼的人吧？"

周怀雅闻言，拢眉："要是我不在意，我就不会来参加这种没什么技术含量的比赛了。”

“我只是想把我应得的夺回来。”周怀雅美眸微闪，转向了万晴，“反倒是你，这么多年过去了，怎么还是一点都没有长进?

“甚至，连个名次都没能得到。”

这个问题看似不经意，却实实在在像把刀子，在万晴的心口戳了个洞。

昔日死对头以绝对的高姿态站在面前，任谁都不会觉得好受。

万晴努力捏紧拳头，不让自己在大庭广众之下失态：“没，这次状态不好。”

“啊，这样啊。”周怀雅鞋尖在柔软的地毯上轻轻点了点，“那我就先不提这些了。”

话题结束，万晴自己都没有注意到，自己悄悄在心里松了一口气。

还未完全放松下来，又听周怀雅话锋一转：“你和他怎么样了？还在一起吗？”

“什么？”万晴眼皮颤了颤，心虚地问，“你说的是谁？”

“你觉得呢？”周怀雅掀起眸子，忽地冷笑一声，“万晴，你别装傻。你以为我不知道，当年钱毅劈腿的是你。”

万晴动了动唇，一时不知道自己该回些什么。

“你说什么呢？周怀雅，我那个时候根本不知道……”

“说了让你别装。”周怀雅轻描淡写打断她，“既然这么说，应该是没在一起了吧？”

“啊，”周怀雅仿佛没有注意到万晴的表情有一瞬间的狰狞，弯起眸子，“那真可惜。”

“你当年处心积虑从我这里抢走的东西，到现在却成了这副模样，万晴，你说你何必呢？”

那把刀被反手重新刺回了万晴的心里。

万晴这次明白了，周怀雅就是故意的。

万晴咬着牙，眼神逐渐变得阴沉：“周怀雅，这么多年过去了，你何必再逼我逼得那么死？”

“我哪里逼你了？”周怀雅故作惊讶，“我记得，你们当时让我不得不退赛的时候，也从来没承认过是在逼我吧？我就说了两三句话，你怎么就委屈上了？”

万晴蓦地哑然。

“之前我还想，要是哪天遇到你，一定要把你对我做过的事都报复回来。”周怀雅轻巧地转身，说不清语气是怜悯还是嘲讽，“现在我决定放你一马，毕竟你已经够可怜了，没有这个必要。”

话音落下，她抬步欲离。

刚才她说的每一句话,都稳稳踩在万晴的痛点上,来来回回反复碾压。

万晴死死盯着周怀雅笔直的背脊，仿佛能在她背上盯出一个洞。

许是气血上涌，一个念头骤然从万晴心头闪过。

几乎没有任何思考，万晴伸手，狠狠对着周怀雅的肩膀推了一把。

猝不及防失去平衡，脚下的地毯又太过柔软，周怀雅向前踉跄两步，忽觉脚踝传来一阵刺痛。

就在她即将倒下去时，有只手伸出，扶了她一下。

气息有些熟悉。

借着对方的手臂勉强站稳，周怀雅深呼吸几下调整好心跳，忙道了声谢。

她仰头，便对上了沈则微沉的目光。

“没事吧？”

周怀雅怔忪须臾，心头微颤。

“没事，应该还能走。”周怀雅轻轻从沈则的怀里挣脱出，试图自己往前走两步。

脚踝处不可忽视的痛感让她再一次却步。

沈则手疾眼快地再一次将她扶起，似乎是踌躇了一会儿，才哑着声音开口：“我送你回去？”

周怀雅抿抿唇，弯腰把自己的高跟鞋拎起来，“嗯”了一声：“麻烦你了。”

这不是她能拒绝的时候。

回到房间里，沈则一路什么话也没说，顺着周怀雅的指示在柜子里找药。

周怀雅自觉尴尬，跟沈则讲清楚了放药的地方，便也没再说话。

她也不知道现在的自己是以一种什么样的立场同沈则说话，索性闭口不谈。

她坐在床沿，跷着腿看自己受伤的地方。

那里的瘀青已经开始微微肿起，稍微一动就有痛感袭来。

伤得还不轻。

见沈则拿着药走过来，周怀雅顺势去接，却落了个空。

沈则单膝跪地，抬手作势要帮她上药。

周怀雅越发觉得不自在："不用，我自己来……"

"你是伤员，别乱动。"沈则说完，不顾周怀雅的推却，抬手覆上她脚踝，专心帮她上药。

皮肤猝然被热意覆盖，周怀雅脚踝不自觉绷紧，再一次触动了伤处。

疼痛来得太过突然，她轻"嘶"一声，沁出一点生理性眼泪。

"疼吗？"沈则怕她再乱动伤到自己，一只手固定好她的脚踝，另一只手笨拙而仔细地帮她在伤处按摩，"我轻一点，你别哭。"

他自小养尊处优惯了，平时也不怎么会伺候人，这会儿帮她上药的时候，小心翼翼又不得要领。

自己窘迫的模样被人一而再再而三地目睹，周怀雅擦了擦眼泪，反驳道："我没哭。"

想了想，她又补充："但你还是得轻点儿。"

沈则轻笑一声，手上动作没停。

药油通过按摩渗入皮肤，周怀雅渐渐觉得痛感减轻，暖乎乎得舒服起来。

忽然想到什么，她问沈则："你什么时候出来的？"

沈则头也没抬："比你晚一点。"

意思就是，她刚才和万晴的对话，他几乎全程见证。

她试探着问："你都听见了？"

"稍微听见了一点，"沈则松开手，起身，"你和她认识？"

"嗯，恩怨还挺大。"她心情不错，对这些也不多忌讳，回忆了一下，说，"当时我大四，我们专业要求所有人都要参与这个比赛，临要提交作品的时候，我才发现我前男友劈腿，还把我的设计透露给她，结果她在那一届拿到了第一，而我因为没能交出去作品，折腾出了个延毕。"

她无论是做事还是待人，一向崇尚的是对自己的喜欢全力以赴，却不想，有人能仗着这个，在背后对她使些阴招。

现在想想，还是她那时候太傻。

说出这些事情的时候，周怀雅仿佛只是在讲一个别人的故事。

直到最后一道话音落下，她才恍然回过神来。

原来，当初让她信心崩塌的那段长久的黑暗日子，如今也只被她当作普通谈资，甚至不会在她心里留下一点波澜。

时间真是个有意思的东西。

比如现在，在分开不相往来的第三年，再一次单独相处时，她居然能和沈则心平气和地谈这些东西。

沈则听完，身子不自觉站直，缓缓敛起了眸。

“那件事，对你的影响，是不是很大？”

“那会儿确实觉得天塌了吧，甚至很长一段时间怀疑过，自己是不是不该那么毫无保留地去喜欢一个人。”

然后，他在她终于鼓起勇气，再一次决定毫无保留地去喜欢一个人的时候，狠狠伤害了她。

沈则忽然觉得一颗心揪着疼，即便满手药油的刺鼻气味盈满鼻腔，也置若罔闻。

他第一次真真切切意识到，自己是个浑蛋。

“话说，你怎么突然问这个？”意识到这一点，周怀雅半开玩笑问道，“不会她也是你那无数前任里的其中一位吧？”

“怎么可能。”沈则想碰一碰周怀雅的脸颊，又怕自己手上的气味熏到周怀雅，把手背过去，说。

周怀雅也只是随口问问，并未在意。

沈则去洗手间洗了个手回来，发现周怀雅还在看着他。

明白她在等他离开，他把烟盒拿出来，径自走向阳台：“我去抽根烟。”

他这会儿其实没什么烟瘾，只是想找个借口留在周怀雅房间里。

他点了烟，就这么夹在指间，任由烟草慢慢地往上蔓延。

星星点点的火光明灭，又逐渐隐没在夜色中。

燃尽一根烟的时间有些长，待到沈则从阳台走回来时，周怀雅已经半倚在床头，满脸昏昏欲睡。

见他出来，她懒懒地拽了拽被子，声音有点慵懒：“你赶紧走，我好睡觉……”

沈则停住脚步，站在原地看了她一眼后，朝她走过去。

眼看他越来越靠近，周怀雅心头的警铃骤然拉响。

她往里头缩了缩，有点抗拒地想躲开他的接触：“你想干什么？”

沈则把她从被子里拉出来，顺手拉开床头柜。

床头柜里放着化妆包，和沈则记忆里的习惯一模一样。

这么多年，一点也没有变。

“卸妆。”他瞥一眼周怀雅，本想用似笑非笑的语气跟她打趣，却蓦地想起自己此时的立场，薄唇微抿，别过头去。

待到神情恢复正常，他才若无其事地把便携卸妆巾抽出来，轻轻按在周怀雅的脸上。

上次周怀雅让他离开时，在阳台与他说的那些话，他还记在脑中，记得很牢。

他那时才彻底明白，周怀雅是真的不喜欢他了。

而这一切怨不得别人，是他自己造下的孽。

听闻她要回松城的消息后，理智告诉他，他应该离她远一些，她那么美好，不该被笼罩在他的阴影之下。

可当他再次见到她时，埋藏在心底的感情难以忽视，竟无法控制地再一次泛滥成灾。

——再靠近一次就好，哪怕只是简单的触碰。

周怀雅没什么力气，懒得自己动手，索性闭着眼，任由他在她脸上擦拭。

气氛在这一刻变得寂静，只能隐约听见两个人的呼吸声。

不知过了多久，沈则再一次开口。

“不是为了孩子。

“我想要结婚的理由，只有你。”

周怀雅仿佛没有听见。

但沈则观察到，她的睫毛微微颤抖了两下。

明白对方并不想在这方面理会他，也自知寥寥几句话根本没有办法证明什么，沈则苦笑一声。

“我就是跟你说说，没别的意思，我知道你不会原谅我。”他接着道，“但我会一直在。”

沈则细心地帮她把最后一点残存的口红擦拭干净，低低的声音里沾染了些许哀求：“假如——我是说假如，以后你不想结婚，我可不可以，跟在你身边？”

向来高傲的人放低身段，用这样卑微的语调向她祈求，无法不惹人心软。

周怀雅轻咬舌尖，迫使自己清醒过来：“为什么？”

“没有什么为什么。”沈则把用过的卸妆巾扔进垃圾桶，颓然自嘲般笑了笑道，“只是想尽可能地弥补自己的过错。”

周怀雅仍闭着眼，看不见沈则的表情。

空气再度陷入诡异的沉默。

她听见身边脚步声持续了一会儿，接着便是一张热毛巾覆在了脸上。

“早点休息。”他说，“我先走了，不打扰你。”

周怀雅拿毛巾擦干净脸，放在床头柜，不知道该说什么，“嗯”了一声后，掀开被子躺下，过了会儿翻了个身，又拉高被子盖住了脑袋。

下一秒，被子被男人轻柔地拉下。

“怎么还喜欢这样？”沈则帮周怀雅掖好被子，淡淡笑了声，“晚上会做噩梦。”

语调里隐隐带了宠溺。

一如曾经对她的那般。

周怀雅背对着他，感受到男人骨节分明的手指撑在她身旁，肩膀颤了颤。

“只要不梦到你，什么都可以。”

沈则动作一僵，苦笑着收回了手：“嗯，那就祝你好梦，不要梦见我。”

原来，自己对她而言，已经是噩梦的源头。

“我先走了，如果需要我的话，随时联系，我手机号没变过。”

语毕，他抬步，缓缓向着门外走去。

待到房间里重归平静，周怀雅悄悄睁开了眼。

随后，再一次将自己整个人都缩进了被子里。

噩梦就噩梦吧。

只要不梦见沈则。

她怕梦见沈则对她的好。

这样，她会忍不住觉得，重蹈覆辙似乎也不是什么坏事。

怎么会有这样的人呢。

给过她极致的好，又赐给她最无望的坏。

让她因为那一点好，甘愿吞下所有苦楚，以为自己能轻易放手，却又再次被撩起波澜。

“不要再见面了。”她滞重着呼吸，低声喃喃。

另一边。

沈则打开房间门时，正好与抬手想要敲门的苏昱打了个照面。

苏昱手里提着一个袋子，看见沈则，表情崩裂几分。

“你怎么在这里？”苏昱正了神色，一脸警惕。

沈则整理了一下刚才因为照顾周怀雅而稍显凌乱的衣领，挑着眉反问：“我怎么不可以在这里？”

说着，他反手将门关上：“她已经睡了，最好别去打扰她休息。”

观察到沈则的动作，苏昱猛地联想到了什么，眼里冒起了愤怒的火。

趁沈则关门时不设防，他狠狠向沈则挥出一拳：“人渣，你到底对周周姐做了什么？”

愤怒时掌控不好力度，这一拳正中眼窝，饶是沈则身体素质不算差，也倒退了一步，闷哼着捂住了左眼。

苏昱见状，一下子清醒过来，脸色发白。

反倒是沈则，在冷静了几秒后，靠在了门板上。

“我没做什么，你周周姐崴到了脚，我送她回来。”

得知是自己误会了，苏昱站直身子，显得有些手足无措。

沈则到底比苏昱大那么几岁，面对这些事情时仍不慌不忙。

“不道个歉？”他松懒地开口。

苏昱低着头，讷讷地道了个歉。

沈则神情放松，微微颔首后，便不再对这件事抓着不放。

他双手抱臂，仿佛随口问道：“你来找她做什么？”

“把东西给她，顺便给她送点吃的。”苏昱如实回答，语气里仍带着些敌意。

沈则看过去，青年一只手确实提着两个袋子。

一个袋子很扁，大概装的是证书资料一类在颁奖典礼派发的东西，另一个袋子……

里面是一块草莓蛋糕。

沈则若有所思地笑起来。

“小伙子，喜欢你周周姐吧？”

隐秘的心思被戳穿，苏昱慌忙把袋子背到身后，瞪视着沈则：“你什么意思？”

“没什么意思，”他仍是那副浑不在意的模样，“我就想问问你，你觉得你自己凭什么配得上她？”

苏昱一怔，低了低头。

“配不配得上另说，”苏昱语气不好，情绪明显变得强硬，“至少，我可以陪在她身边，不会做伤害她的事。”

“这就是我的优势。”苏昱示威一般笑了笑，“伤害是没办法轻易抹除的，你说是不是？”

沈则登时哑然。

苏昱见此，把装着蛋糕的袋子递给他：“这个蛋糕就给你吧，不吃浪费，明天我再给周周姐买块新的。”他意有所指，“毕竟，时间久了，再好吃的东西也会变质。”

沈则没有拒绝，接过蛋糕时，薄唇紧紧地抿成了一线。

回到车里，他才发现自己手机上收到了一条短信。

当看清发件人的名字时，他手指顿了顿。

【周怀雅：我明天就走，你不要来找我了。】

沈则回她：【怎么那么快？你的脚还受着伤。】

消息发过去，却提示对方拒收。

再一次被拉进了黑名单，沈则牵了牵嘴角，颇为烦躁地向后仰倒。

眼眶还在发疼，他疲惫地揉了揉，轻“嘶”一声。

拆开手边的蛋糕盒子，他把最顶上的草莓随手摘下来，送到嘴里。

沉默良久，他抬手狠狠按在方向盘上，启动了汽车。

“真酸。”

第二日，下午。

包厢里，背景音吵得人耳朵疼。

发泄似的连番唱完好几首，周怀雅觉得嗓子有点儿哑，倾身从桌上拿起水杯，给自己灌了大半杯水。

放回去时用力稍大，玻璃杯与大理石台面相碰撞，发出清脆的声音。

待到嗓子状态恢复正常，周怀雅勾着旁边方疏净的脖子，凑过去说：“好久没见了，去不了你店里，怎么连罐酒都舍不得给我点了？”

方疏净把她推开一点，颇为没好气道：“你也知道好久没见了啊？居然还是因为有事才顺便回来找我，跟你说，今天想喝酒，没门儿。”

由于昨晚订票订的晚，从松城回那边的车只订到了晚上八点，周怀雅想着下午闲着也是闲着，便找了方疏净聚一聚。

酒吧还没到营业时间，周怀雅的脚伤也还没好全，两个人商量了一下，最终决定包个下午场。

就算三年没见，两个人的友谊也没有出现丝毫的罅隙，相处时的氛围一如既往。

听方疏净“谴责”自己，周怀雅不好意思地笑笑：“这不是玩得太潇洒了吗？”

“也没见找我玩啊。”方疏净装模作样跟她碰杯，“等以后有空了，一定要去你那边看看，到底是什么地方能让你这么乐不思蜀。”

“行，”周怀雅爽快应下，“你说了那么久也没见来，下回一定把你绑过去。”

自从方疏净继续读博，生活便忙碌了起来。

之前几次三番提到要过来，最终都以各种各样的原因没能实现。

方疏净整个人瘫倒在沙发上，颇为放松：“看你现在状态不错，那我就放心了，不过你这伤，是不是还没告诉我怎么弄的？”

“昨天被万晴推了下。”周怀雅如实回答，又怕方疏净不记得万晴是谁，张张口想要补充。

却见方疏净一脸惊讶地拍着沙发坐起：“你昨晚见到万晴那家伙了啊？”

“你还记得？”周怀雅惊讶。

“我哪能不记得？那可是我当年横跨半个松城过去帮你骂的人，我印象可深了。”方疏净点了点她脑门，笑道，“也算得上是我的高光时刻了。”

当年万晴勾搭上周怀雅的前男友，搞出了那一档子事，弄得周怀雅整日失魂落魄的。

方疏净给她打电话的时候察觉到了不对劲，硬是威逼利诱让她把事情给说清楚。

搞明白了来龙去脉，方疏净当机立断，直接翘课打车去周怀雅的学校，把万晴连同钱毅一起骂了个痛快。

周怀雅跟方疏净把昨晚的事情复述了一下。

“这么多年她还喜欢这么耍阴招呢？”方疏净啧啧评价，“当初不是和钱毅在一起还挺狂吗？”

“谁知道呢？”周怀雅笑了声，毫不在意，“反正都过去了。”

“其实从你们分手那会儿就过去了吧。”方疏净认真评价，“只是你一直看不开。”

“也是。”周怀雅目光晃了晃，慢吞吞地笑。

瞥见方疏净手上的戒指又换了个款式，周怀雅打趣：“容慎川又给你求了次婚？”

方疏净脸色一红，遮遮掩掩地把戒指握在手心里：“啊，就一个普通的纪念日礼物，那个直男想不到送啥，老爱送这些。”

周怀雅抿着唇，笑而不语。

方疏净轻咳两声，话锋一转：“说起来，你怎么样了？这几年有没有遇到喜欢的人？”

“没。”周怀雅见方疏净欲言又止，笑着把她想问的点了出来，“不是因为沈则，你放心，我只是暂时没这个心。”

她眨眨眼，似在回忆什么：“况且，经过那件事之后，我总觉得，我好像真的失去了全心全意喜欢一个人的能力。”

方疏净揽了周怀雅一下，轻轻叹气。

她这个闺密，哪里都好，就是感情方面有点坎坷。

“没事，”周怀雅反过来安慰她，“大不了就那样，以后随便找个人凑合着过就行了呗。”

方疏净默了默，小心地抓住了周怀雅的手。

“这不行。”她说。

周怀雅一怔。

“你还记得你以前跟我说过什么吗？”方疏净的语气敛了敛，带着几分严肃。

“你说，希望你以后所拥有的，都是全力以赴的喜欢所带来的。”

方疏净深吸一口气：“你可以当成我是在说教，但周怀雅，我不希望你因为这些感情上的事，将自己束缚在那样一个畏缩的茧里。

“如果可以，我希望你永远热爱，永远闪耀。”

临近晚饭时间，二人在大堂道别。

原本因为周怀雅的腿脚不方便，方疏净想要送她一程，但两个人的目的地一个在城东，一个在城西，差得太远，周怀雅不想麻烦她，执意自己离开。方疏净只能在临走前给了周怀雅一个大大的拥抱。

“下次我过来，你一定要拿你们那儿最好的东西出来招待我啊。”

“行，”周怀雅反手抱住她，打趣道，“给你准备一桌满汉全席。”

方疏净乘电梯去了地下停车场，周怀雅则慢悠悠地一个人朝门外走去，一边走，一边用手机打车。

这会儿正值下班高峰，附近又属于繁华的商圈，车不太好打。

手机上显示着长长的队伍，周怀雅等了许久，最终没了耐心，打算出门去看看有没有恰好经过的出租车。

不承想，刚一走出去，她就与沈则打了个照面。

沈则手上的烟还没燃完，见她出来，几乎是条件反射一般地掐灭。

外头有些冷，周怀雅把自己的外套裹紧了些，惊讶地问他："你怎么在这里？"

沈则上前几步，用身体帮她挡了挡吹来的寒风，微微转了下脸，看不清表情。

"我不敢进去等你，怕你误会。"

"不是，"周怀雅皱眉，"你怎么知道我在这里的？"

沈则沉默。

周怀雅蓦地明白过来，上前一步，直截了当地问："你不会从我出酒店开始就一直跟着吧？"

"是。"

沈则声音有点哑："昨晚没睡，一直在车里等你。"

想了想，他又补充道："你说你今天就回那边去，我想送送你，又怕错过。"语气里含着点委屈。

这次轮到周怀雅不说话了。

"现在还要去哪儿？"沈则岔开话题，"这里不好打车，我送你去。"

"我家。回去和爸妈见一面。"周怀雅看了一眼手机屏幕，打车软件上排着队的还有七十个人，衡量了一下吹冷风和与前任相处这两个选择的利弊后，认命地收了手机，"好吧，那麻烦你了。"

坐进车里，在沈则启动汽车的时候，周怀雅忽然感觉到他是不是哪里有点奇怪，于是扭头去观察。

沈则刻意把头转过去，似乎不想让她看见。

周怀雅越发觉得古怪，凑过去看："你的脸怎么了？"

"没什么。"眼见自己躲不过，沈则无奈地把脸朝向她，"被人打了一拳而已。"

"怎么被打了？"周怀雅这时候才终于望见他眼眶处的瘀青，皱着眉问。

这位大少爷居然还会有被打得这么狼狈的一天？

沈则默了下，耸耸肩说："做了点错事。"

周怀雅露出了然的神情。

“怪不得，”她理解地点头，“那你该。”

沈则无奈地眯了眯眼，顺着她的话自嘲地笑笑。

“是啊，我该。”

车停在周家门口。

周怀雅下车后，往前走了两步，不放心地回头，果不其然发现沈则的车停在路边，并没有要走的意思。

她于是又折返回去，问他：“你怎么还不走？”

“没事，我等着你。”沈则手撑在车窗边，轻松以对，“我今天没什么事，暂且当一回你的司机。”

她认真地再说了一遍：“我要吃了饭再出来。”

“我知道，我就在这儿等着。”沈则似笑非笑，“不然，你想邀请我去你家吃饭？”

周怀雅转身就走。

沈则在她转身后的片刻，收敛了刚才的笑意。

他深深注视着周怀雅缓慢往里走的背影，良久后，才恋恋不舍地收回视线。

另一边，周怀雅回到家中，用人刚好把菜端上桌。

周怀雅放下手包，朝里面唤了声：“爸，妈。”

坐在上首的周父点了点头，周母含着笑冲她温声道：“回来了就来吃饭吧。”

全然没有分别三年该有的想念。

周怀雅对这样的气氛并无意外，换好鞋落座。

一顿饭吃得安安静静，周怀雅不时关心两句，周父周母回应后，也偶尔问她几个问题，就算过去了。

这顿饭周怀雅吃得有些心神不宁，想着沈则还在外头等着，原本就有些无聊的时间在她眼中变得越发漫长。

此时，筷子与碗壁碰撞的声音响起，把她有些飘忽的思绪拉了回来。

“爸妈这些年一直都没过问你，关于你的婚事，有什么考虑吗？”周母放了筷子，笑着问她。

周怀雅一愣，敛眉勉强跟着笑：“妈，我也不知道，顺其自然吧，我现在过得挺自由的。”

“嗯。”

周母也不逼她，点了点头便没再说什么：“随便你，我们从来也不逼你，只是你自己想好。

“爸妈也不年轻了，家里的产业总归得交给一个人来管理。”

“知道了。”

许是从小习惯了这套说辞，在听见周母用这样的语气同她说话时，周怀雅条件反射地瑟缩了一下。不太愿意再在这样压抑的环境里待下去，她吃了饭便匆匆找了个理由离开。

与其说是离开，不如说是逃离。

她甚至有那么一瞬间，想着告诉他们周知非的存在。

这样的话，他们所施加的压力，会不会从她身上分散一点。

好在理智拉住了她。要是真的说了出来，以周父周母的性格，后续的事情也许会向着她无法掌控的方向发展。

潜意识里，她不愿意让周知非回到松城这个地方，不想让他再走自己走过的老路。

走时，周怀雅不忘从茶几上顺走一块巧克力，上车后便丢给了沈则。

“现在去哪儿，车站？”沈则随手掰了一块送进嘴里，踩下油门，任由口腔里甜味与苦味交织蔓延。

“嗯。”周怀雅点点头，看了一眼手机上的消息，“苏昱已经在那里等我了。”

听见苏昱的名字，沈则不爽地眯眸：“知道了。”

汽车一路行驶上高架桥，恰巧在这时，路灯整整齐齐地尽数亮起。

沈则一路上心里都憋着事，此时偏头看了一眼身侧，终于忍不住开口唤道：“周怀雅。”

“嗯？”周怀雅掀眸，不明所以。

他斟酌着，试探地问：“你知不知道，苏昱喜欢你？”

周怀雅感觉莫名其妙：“你突然问这个干什么？”

“没，随便问问。”

沈则转移开视线：“所以，你以前知不知道？”

周怀雅愣了下：“不会吧……不是，你又是怎么觉得他喜欢我的？因为他离我比较近？”

“他亲口告诉我的，还不够？”提起这个，沈则烦躁地低了下头，“看来这小孩儿也就只敢在我面前说说，还真没告诉过你。”

周怀雅找不到反驳的理由，默默把脑中的记忆梳理了一遍。

她之前确实没有意识到这一点，从来只把苏昱当成一个有潜力的后辈。

现在仔细想想，才发现明明有很多细节可以意识到这个问题。

而她偏偏迟钝地忽略了。

侧头观察两秒沈则晦暗的表情，她抿了抿唇，身体坐直。

沈则看了眼时间，车速加快。

“也不知道你平时的聪明劲儿都去哪儿了，那么明显的表现居然都看不出来。”

“我怎么不知道我那么聪明？”

周怀雅自嘲似的勾了下嘴角:“我要真的够聪明，当初早该发现问题，及时止损。

“而不是在分手那天，才知道第二天自己的前男友还要去给别人过生日。”

沈则眸光闪了闪。

“如果不是那件事，我那天本该和你开诚布公好好聊一聊，再不济也是一个和平分手，”周怀雅眼神放空，想到以前的事，摇摇头，“而不是最后走到了这样难堪的地步。”

周怀雅说话语气十分平缓，甚至没有透露出一丝一毫对过去的留念。

是真的不在意，也并不觉得遗憾。

沈则的后槽牙咬得发酸，话音干涩得仿佛是从喉咙里一个字一个字地挤出来一般：“我没有去。”

“嗯？”周怀雅轻轻看过去一眼。

“我只是气你突然跟我提分手。”沈则视线望着前方，不敢去看她，握着方向盘的一双手骨节泛白，“我那天……一直在家里等你。”

“让王秘书给你打电话，只是想让你快一点回来，看看我。”他微阖了一下眼，慢慢地苦笑，“谁知道你竟然叫了个搬家公司，替你搬东西。”

周怀雅眼中掠过些许诧异。

她攥了攥手指，又缓缓松开，向座椅靠背倒了倒。

“可是现在说这些，也没有用了。”她说，“沈则，事情已经过去了，就当我们错过了，行不行？”

“可是我过不去。”

沈则深吸一口气：“周怀雅，既然喜欢你的苏昱还可以留在你身边，那我是不是也可以？”

他的声线压得很低，近乎卑微到了尘土里。

甚至让周怀雅隐隐觉得，这仿佛是落水之人抓住的最后一根浮木。

这是自从他们再次重逢后，他第几次的哀求了？

周怀雅压抑住自己心头的微颤，迫使自己扭过头去不要注意他。

调整了下呼吸，她淡声道：“倒也不必，沈先生平时那么繁忙，没有必要为了一个女人浪费时间。

“我也暂时不敢，把自己的未来放在一个无法保证的人身上。我不敢再赌一次了。”

即使看不见沈则的反应，她也能明显地感受到，车里的气氛再一次变得低落。

“我……”

听见沈则似乎还有继续说什么的意思，周怀雅抢在他之前开了口：“好好开车，我不想大晚上的出事故。”

沈则想说的话被她淡淡的一句尽数压在喉咙里。

他沉默了下：“嗯……”

见周怀雅还没有扭过头的意思，像是彻底不愿意理会他，他踌躇两秒，还是忍不住开口：“不然，我今晚送你回那边去？坐大巴车不安全。”

周怀雅好笑地回过头来看他：“我之前不是说了，你那么忙，真的没必要，有这个时间，不如多关心一下你工作上的事。”

沈则这回再没说话。

周怀雅透过车窗反光的玻璃，隐约能看得出他似是在沉思。

下了高架桥，车站就在不远处。

周外婆住的地方离松城市中区不远也不近，没有飞机，高铁也没法到达，只能坐大巴过去。

也不知道是不是沈则故意为之，周怀雅进站时，刚好赶着停止检票的最后几分钟。

过了安检，周怀雅终于为摆脱沈则而松了一口气。

之前在车上的僵滞气氛，让她近乎窒息。

正当她转过身去，想要意思意思和沈则道个别时，忽然发觉沈则就这样大剌剌地站在她身后。

周怀雅微惊，向后退了一步，看向安检机，警惕地问他：“你怎么进来的，不是要有票才能进得来吗？”

沈则淡笑一声，把车票亮在她眼前：“路上看见还有票，顺手买的。”

事已至此，周怀雅总不能让人退票。

她只好从他手里抢过票，无意义地仔细盯了一阵，以示不满。

好在虽然是同一班车，但座位相隔十万八千里。

至少，在车上的时候，她能落个清净。

一边盘算着在下车的时候就把沈则塞进返程的汽车的可行性，周怀雅一边把车票还回去，轻叹着无奈道：“沈则，你别跟个跟屁虫一样。”

“我乐意。”沈则收了车票，往前跨一步跟她并肩，“你不用管我，我真的只想多看看你。”

周怀雅没有办法，只能随他。

原本她是为了早些离开沈则，这才选择走得那么早，却不承想，就连这个目的都没能达成。

跟苏昱发了个消息问他在哪儿，得到回应后，她顺着对方提供的方位找过去，很快就看见了混在人群里提着大包小包的苏昱。

脚上的伤让周怀雅没法儿走太快，在接近苏昱时，本在人群中东张西望的青年一眼就看见了她，朝她挥着手迅速走过来。

“周周姐，你别走太快，脚还伤着呢。”

周怀雅“嗯”了一声，对苏昱的关心忽然生出一点不太适应的感觉。

若是之前她还能坦然接受，现在却稍微有一点不自在。

不过她也知道苏昱并不想在她面前表现出自己的心思，心里那点微小的负罪感终归是少了些。

她平复了一下心情，伸手想去接过自己的行李箱，又被苏昱出声制止。

他把行李箱往自己身后拉了拉，笑着说：“周周姐，就这么点东西，你让我拉着就行了，也不累，你脚还伤着，怎么能让你做这些事情呢？”

周怀雅没收手，伸过去指了指他身后的行李箱：“不是，我没说不让你拿着。”

她向后抬了抬下巴，示意他：“你一路提着也累了，休息一下，让他拿。”

苏昱这才注意到站在周怀雅身后的沈则。

在看见沈则眼周的那道瘀青后，他怔了怔，面上的尴尬又很快被掩饰。

毕竟是自己先打了人，昨晚他一时脑热，倒也不觉得有什么，这会儿清醒下来之后，反倒有点儿愧疚起来。

“周周姐，这不太好吧……”

“不太好什么？总不能只让你一个人受累吧？”周怀雅笑了笑，没丝毫不忍，“有免费劳动力，不要白不要。”

“行。”

得了周怀雅的允许，苏昱胆子大了些，直接把自己手里的两个箱子一个背包一并扔给了沈则。

沈则认命地接过箱子，小声嘀咕：“再这样下去，我脾气迟早得被你磨光。”

周怀雅觑他一眼：“你要发你的少爷脾气就别在我这儿发。”

沈则手上动作顿了顿，而后扬眉：“行。”

她不说他也懂得。

他又怎么舍得让她再像以前那样放弃自我地迎合他。

四下没有位置，周怀雅站在原地，只有一只脚能着力，站累了索性坐到行李箱上。

箱子不大，质量却足够好，就算她放任自己全身的重量都放在上面，也没怎么变形。

她身后的沈则牢牢帮她稳住箱子，她脚尖点着地，想要滑动一下，都没能成功。

她抬头，一双潋滟的眸子半开玩笑地望着沈则：“你这么用力干什么，怕我太重让箱子跑走吗？”

沈则被她一双带着盈盈波光的眸子盯了一眼，不着痕迹地移开视线：“不是，我只是想——”

“开个玩笑，”周怀雅打断他的话，“我知道你不是这个意思。”

听见广播提示自己的车次，周怀雅站起来，说：“你自己去车底下放行李，我先上车了。”

站起来的时候没站稳，她用力的脚变成了受伤的那一只。

脚踝处短暂的刺痛再一次袭来，周怀雅低头，下意识想去找一个支撑点来稳住身形。

当抓住沈则的衣领时，她仿若触电一般地迅速松开手，想要与他保持距离，却又因本就没保持好平衡，而略显手忙脚乱。

这时，后腰忽然被男人有力的手臂箍住。

像是模拟过一万次那样熟练，他温柔却又不容她反对地把她按回行李箱上面，示意她弯一弯腿：“别勉强了，我再带你一段路。”

周怀雅跨坐在箱子上，握着行李箱的把手，看向他专注的表情，忽而有点走神。

很久以前，他也是像现在这样，在她勉强自己的时候，温和却又强硬地半开着玩笑教她怎么照顾好自己。

敛下眸子，她刚想站起来，说自己没事，自己可以走动，却又蓦地感觉到手背上覆上一层温热。

她手还放在行李箱把手上，沈则手放在她的手上，温声问：“可以了吗？”

带着温热的肌肤相触，一寸一寸熨帖着缓缓跳动的心脏。

周怀雅无所适从地动了动，低低“嗯”了声。

苏昱犹豫片刻，跟着上前一步：“周周姐，不然我帮你推吧？”

沈则扫过他一眼，漂亮的桃花眼眯了眯，蓦地对着他懒懒笑了下，把另一只手上的箱子推给他。

“你要是实在觉得闲着没事干，可以推这个。”

苏昱一愣。

周怀雅用空着的那只手扯了下沈则的衣角，小声呵斥：“你们两个别闹，要么把我放下来，要么赶紧上车。”

看着沈则疑似争风吃醋的模样，她只觉得头疼。

“行。”沈则这才收了敌意，乖乖推着她走。

走时手还不怎么安分，眷恋地在她手背上有意无意画着圈。

周怀雅浅浅地屏住呼吸，假装自己没发觉。

上车前，车门口有个中年阿姨负责检查车票。

把票交给阿姨时，周怀雅趁机从行李箱上站起来。

不得不说，被人一路推过来，除了在众目睽睽之下有些尴尬，她还是挺舒服的。

大巴上车处有楼梯，沈则把行李放在一边，打算等扶着周怀雅上去之后，再去放行李。

就在这时，那个阿姨在打量他们许久后，忽然笑呵呵地冒出句话。

“小伙子，你女朋友可真娇气。”

周怀雅听到“女朋友”三个字的时候，脸一红，下意识想要挣开沈则的手，低声说：“行了，我可以自己走。”

沈则坚持把她扶上去，乐呵呵地跟阿姨说：“她脚扭伤了，我帮帮她。”

周怀雅这才意识到问题，忙点头，顺着沈则的话跟阿姨解释：“是啊是啊，我们不是——”

身后的一对小情侣的声音一下入耳。

女孩子娇娇地笑着跟她男朋友撒娇：“你看看人家，上次我摔伤了想坐在行李箱上，你都不让我坐，嫌我重啊？”

男生宠溺地摸了摸她的头：“没有，是我没好好照顾到你，下次改进。”

周怀雅收回视线。

不想在众目睽睽下浪费时间，她拿回自己的票，上车径直找起了位置。

她选的位置在前排，很好找，她刚坐下一会儿，后头排队的苏昱也上了车，坐到她旁边。

他带点紧张地问：“周周姐，他没对你做什么吧？”

周怀雅失笑，摇了摇头：“你都在想什么呢？”

苏昱不减紧张，凑过去一点，小声跟她说：“我就是怕那个人占你便宜……”

周怀雅往窗边挪了挪，不着痕迹道：“别想那么多。”

感受到周怀雅的有意躲避，苏昱眼底暗了暗：“那就好。”

待到车上的时钟显示到了发车时间，司机扭了下车钥匙，引擎发动声掩盖了些许周遭的嘈杂声响。

周怀雅透过座椅之间的缝隙，照着自己印象里沈则的位置看过去。

车厢里狭窄得略显逼仄，布置简陋。

男人一身价格不菲的装束，加之这张过分优越的脸，光是坐在那儿，就与周遭的氛围格格不入。

他似乎有意收敛自己的气质，略显散漫地靠在椅子上，同身旁的老伯聊得投机。

也不知道怎么做到的。

周怀雅有点儿惊讶。

毕竟这位少爷当年是出了名的挑剔金贵，要放以前她哪儿能想象得到这人还能忍受得了这般环境。可现在看来，他竟然还适应得不错。

似是感觉到了她的视线，他朝着那边看过来一眼。

有椅子的遮挡，原本周怀雅看过去的时候，还不怕被发现。

可当这个还不知道是不是在看她的眼神轻飘飘扫过来的时候，她还是忍不住心跳加快了两下。

扭过头，她从包里翻出笔记本电脑，假装专心工作。

苏昱在一旁不放心地提醒：“周周姐，这样你容易晕车。”

周怀雅摇摇头：“没事，路程那么长，总得找些活干。”

也正好转移一下注意力。

正如苏昱的担忧那般，在处理完几个订单后，周怀雅头开始渐渐晕了起来。

合上电脑，她往窗外看出去。

差不多路程过半。

剩下的半程基本都是山路，年久失修导致有些坑洼，颠簸得会更剧烈。思及此，周怀雅轻捏鼻梁，阖上眼休息。

许是之前晕得有些厉害，加之颠簸的频率刚好适合睡眠，周怀雅阖上眼不过几分钟，便沉沉睡了过去。

苏昱坐在她身旁，见她睡得安静，也不敢打扰她，只敢从她手里拿走电脑，放在自己怀里。

周怀雅浑然不觉，手里空了之后，她只是轻轻皱了皱眉，改做双手抱臂，脑袋小幅度往窗户那一侧歪了歪。

睡着时身体不受控，随着颠簸，她不自觉地又往那边倾斜了几分，眼见着脑袋就要撞上窗户。

苏昱一直关注着周怀雅的情况，见状犹豫片刻，作势要伸手帮她挡一下。

就在这时，一只手稳稳按在了他的头顶。

苏昱怔了下，便听自头顶处传来一声极轻的“呵”。

他抬头，沈则好整以暇的表情顷刻入眼。

苏昱惊了一下：“你……”

话音又被沈则随意的一个“噤声”的动作止住。

“她在睡觉，”沈则压低了音量，半是威胁地提醒他，“别打扰。”

苏昱没了声音，眼神仍疑惑而又警惕地看着他。

他明明在往后那么多排，到底又是什么时候出现在这里的?

“很简单，让人换个座不就解决了？”沈则说着，伸出一只手稳稳托住即将撞上玻璃的周怀雅，轻松地笑道，“观察能力不怎么合格啊。”

苏昱到底年轻，被这么一激，忍不住反唇相讥：“可是周周姐又不会接受你。”

“啊，我知道。”沈则趴在椅背边缘，并没有因为他的话动气，“所以你以为我一直跟着她做什么？”

他笑道：“还不是追老婆，她不接受我也没关系，我就一直跟着她。”

他有很强烈的预感，若是这一次他不跟着她，恐怕他们会就此错过。

不知道为什么，他莫名慌张。

苏昱不再说话，他也不再跟他多费口舌，专心托着周怀雅的脑袋，眉眼放得柔和。

周怀雅生得本就精致漂亮，睡颜很静，不爱动，靠在他手掌心，乖顺又不设防。

手指不时蹭过女人光滑的脸颊，仿佛许多小羽毛，在心间不断地挠。

难耐。

沈则手上动作峕然不动，定定地望着她，许久后，忽而扬眉，近乎无声地喃喃——

“你啊你，真是长进了——”

居然此次都能用最平静的语气说出最刺人的话，然后——

气得他肝疼。

而他又不敢多说什么。

周怀雅是被停车唤醒的。

醒时她还有些迷糊，感觉到有一只手托住自己脸颊时，还蒙了一阵。

她挣扎着坐直身子，抬头看清是沈则后，终于清醒过来。

“到了？”她问。

“没。”沈则往外看了眼，“前面出了点状况，都要下车，我让苏昱先下去了，这会儿没人，你可以慢慢走。”

“……哦。”

把例如沈则是不是一直在这里守着她之类的满腔疑惑都吞回肚子里，周怀雅点点头，撑着窗沿站起来。

下车后，当看清前方路况时，她一怔。

这时，沈则耐心地在她身旁解释：“路上碰到了山体滑坡，这段路暂时被截断了，司机和那边联系的结果是让我们先走过去，然后那边派车来接。”

这还是周怀雅第一次遇到这种情况，站在一片乱石堆间有点好奇

沈则牵着她的手，把她往前面扶："这儿有点危险，到前面去等吧。"

那边乘客早已聚集在一块，喧嚷的聊天声混着视频外放的杂音一路传进耳朵里，周怀雅不适应地皱皱眉，试图再往前走走。

苏昱看见他们走出来，也跟着迎上去："周周姐，我问了司机，车大概还有十几分钟过来。"

"知道了。"周怀雅放眼往前方看了看，拿出手机，"我跟外婆打个电话，跟她说一声我们要回去得晚些。"

说完，她一边在通讯录里找到周外婆的名字，一边缓慢往前头的空地走。

"喂？"周外婆的声音透过听筒传进周怀雅的耳朵里，"囡囡啊，你们还有多久到？我已经在车站了！"

周怀雅无奈道："之前不是一直跟你说，不要那么早就去等着吗？"

"车站有免费的空调，不吹白不吹嘛！我们现在在车站旁边的肯德基，非非玩得可开心了，你别担心！"

"那行。"周怀雅稍微放下心来，"我们这边出了点问题，可能会耽搁一会儿，要是实在等不下来，就先回去吧。"

听见周怀雅说"出了点问题"，周外婆立刻语调一变："怎么了？出什么事了？"

周怀雅抬头望着眼前的山崖，语气安抚："没什么，就是前面发生了山体滑——"

最后一个字还没说出口，她话音一滞。

眼见着山崖上几块石头坠落，她瞳孔骤缩，大脑瞬间宕机。

满脑子只剩"跑"这个字。

石头坠落得极快，而她脚上有伤，根本没办法跑动，只能不断缓慢向后退，试图躲避。

就在石块即将结结实实砸到她身上时，从她身后猝不及防传来一道拉力，拉着她向后跌倒。

电光石火之间，另一个身躯带着阴影覆上了她，牢牢护住她的后脑勺，抱着她一同跌倒在地。

混乱中，周怀雅只听见了一声闷哼。

她思绪猛地一滞。

"沈则？"她蜷曲在男人怀里，试探地喊道。

男人又闷哼了一声，放开她，双臂撑在她身体两侧。

周怀雅这才看清沈则的脸。

男人脸上带着扑下去时的几道擦伤，神色有些勉强，却仍然安抚似的给她一个笑："小问题，你没事就好。"

下一秒，有几滴温热的液体滴到了周怀雅脸上。

周怀雅脸色一慌，连带着声音都有点发抖，一个劲儿地推他："伤到哪儿了？"

"没什么大事，"沈则脸上挂着的轻松笑意丝毫未减，"都是小问题，别太担心。"

"还说是小事！"感觉到又滴下来两滴血，周怀雅忍不住大声反驳，眼睛里也随之蓄了泪花。

她一边掉眼泪一边抬手，想去找沈则受伤的地方。

沈则忽然重重地"嘶"了一声，面露痛苦。

周怀雅手指一僵，不敢再动，眼泪掉得更凶了："是伤到这里了吗？"

沈则龇牙咧嘴一阵，见周怀雅就算收了手，也没有止住眼泪的意思，表情突然变得嬉皮笑脸的，抬起一只手想去擦她眼泪："骗你的，额头上有个小口子，问题真的不大，也不疼。

"哎，你别再哭了啊，不然待会儿又狼狈地去医院，多没面子。"

这么多年了，这男人安慰人的方法居然还是这一套。

脑中突然回放起他们第一次见面的场景，周怀雅眼泪止住两秒，愣愣地看着笑得毫不在意的沈则，而后重重地一拳砸在了男人胸口："现在是在说正事，别闹。"

他这副模样，真的会让她忍不住再次心动。

一如当年。

擦干眼泪，她抬手去碰沈则的额头，果不其然碰到了一手血。

她半信半疑道："真没事？"一双眼还挂着泪，亮晶晶的，睫羽扑闪几下，更显晶莹脆弱。

沈则最受不了的就是周怀雅这样的眼神，视线飘忽一阵，慢悠悠地轻咳一声。

"你还指望我有事？"他带着笑反问。

周怀雅不想跟他这种事到临头还没个正形的人再废话，又推他一把。

"那你先站起来。"

沈则尝试着抬了抬腿，忽然苦笑一声："这个倒是真做不到，没骗你。"

“啊？”

“我好像骨折了……”

县人民医院。

坐在病床前，周怀雅拿碘伏给自己腿上的小擦伤简单处理了一下。

沈则小腿被固定着，头上也缠着纱布，看起来有些狼狈。

他没做别的，就这么看着她动作。

把棉签扔进垃圾桶，周怀雅手贴在膝盖上，沉默地避开她的视线。

这位少爷就算受伤也不叫人消停，被送往医院的时候，不知道动了什么关系，竟然直接被安排到了单人病房。

病房里没有别人，安静得很。

周怀雅顿时有点后悔。她那时不应该害怕尴尬而先让苏昱回去，不然现在至少有个人能说说话。

思绪好一阵百转千回，还是周怀雅受不了这种诡异的安静，率先开口：“谢谢你……”

她在送沈则来医院的时候想过很多。

要是没有沈则，她说不定今天就交待在那儿了。

“嗯，”沈则顿了下，有些欠揍地说，“是该谢。”

“……”

“不如让我住你家，多蹭几顿饭当作感谢？”

沈则眉眼带着戏谑的笑，没个正形地提议。

周怀雅咬咬牙：“别得寸进尺。”

病房门被“嘎吱”一声打开。

“哎呀，这哪能叫得寸进尺呢？”

周外婆在外头听见了病房里的动静，忍不住推门进来，跟周怀雅说：“救人一命胜造七级浮屠，周周，人家可是你的救命恩人，多住两天怎么了？”

说完，她把手里牵着的周知非交给周怀雅，转头对沈则说：“你尽管住，别听周周这丫头胡说，这哪儿能叫得寸进尺呢，非非你说是不是啊，欢不欢迎沈叔叔来家里呀？”

周知非本就对沈则念念不忘，这会儿咯咯咯笑着，就差没举双手双脚赞成：“哥哥陪我玩游戏！”

周怀雅无语。

胳膊肘净往外拐。

沈则看出了周怀雅的无语，笑着揉一揉她的头发，掩饰住自己眼底的后怕："我的荣幸。"

他感谢自己没有放弃跟随周怀雅，若是这次他没有跟着她，也许结局会完全不一样。

也许他真的会后悔一辈子。

周外婆的眼神在两个人之间晃了一圈，突然变得暧昧起来。

"行了，我这个老太婆就来看看情况。小沈没事的话，我就先走了啊。"她乐呵呵地摆了摆手，"囡囡啊，让非非再在这儿陪你们待会儿，等玩够了再回来啊。"

"……好。"

事已至此，周怀雅不得不无奈答应。

周外婆走后，周怀雅抱着周知非，有一搭没一搭跟沈则聊天。

周知非是真的很喜欢沈则，三句话不离一个"沈叔叔"。

也不知道从哪儿学来的，偶尔还会喊他"沈爸爸"。

小孩子心思单纯，周怀雅也不好制止。

偶尔她心里会冒出来一个念头。

他真的这么想让沈则做自己的爸爸吗?

心念动摇一瞬，她闭了闭眼。

耳边传来沈则的声音。

"不如给我讲一讲，关于孩子父亲的事？"

收拾好心情，周怀雅再一次睁眼，轻轻拍了拍周知非的背。

"真的想听吗？"

"随便讲讲？"

"也行。"周怀雅轻咬唇瓣，点了点头。

"他对我一直都挺好的，大小事都让着我，也很宠我，跟他在一起的时候，我几乎没有什么需要担心的，也曾经想过和他结婚。"她笑了笑，似在怀念着什么，"可惜他死了，在有了非非，我想和他结婚的时候。"

周怀雅说完，轻轻耸了耸肩："人生有的时候就是那么无常，你说是不是？"

沈则沉默半晌，摊开手心。

"是挺无常。"

他学着周怀雅，耸了耸肩："可能你也没想过，你那个去世了的孩子的爹，还会再出现在你面前。

“我也没想到，在你的印象里，原来我对你那么好，只是死得早。”

周怀雅愕然。

怔忪须臾，她才找回自己组织语言的能力：“不是，你都知道了？”

沈则颔首：“上次走前随手捡了根毛茬，刚好是带毛囊的头发，就顺手验了一下。”

周怀雅脸色瞬间变白。

周知非还靠在她怀里，感觉到她情绪的不对，疑惑地摸了摸她的手背，喊：“妈妈？”

周怀雅这才意识到自己的失态，低头轻哄不明状况的周知非。

沈则没再继续说话，耐心等她开口。

周怀雅深吸一口气，迫使自己震动的情绪尽量平稳。

随着呼吸，她只觉得自己心里那一点隐秘的期待，似乎再一次消失了。

“所以，你是因为这个才非得跟着我回来的吧？”

周怀雅苦笑一声：“不过也说得过去，就连我们家都在催我找对象，何况你们那样的家族。

“不管是不是私生子，总得带一个回去，不是吗？”

而她居然还那么天真地认为，沈则真的只是为了她。

有前车之鉴的存在，受过太多次拥有希望又落空的教训，在想明白这件事后，周怀雅的反应突然有些应激。

不等沈则回应，她摇摇晃晃站起来，牵着周知非，声音陡然冷下去几个度。

“可我没有说错，孩子的父亲确实死了。

“那个对我好，宠着我，让我心动，甚至一度痴心妄想着结婚的沈则，已经不见了。”

沈则眉头紧紧皱起，伸手想去抓住周怀雅：“我不是这个意思。”

周怀雅推开他的手：“我明天还是会来接你，你可以在这边休养两天，之后我会帮你联系松城那边的人，送你回去。

“另外……非常谢谢你救了我，不过，我的儿子只是我的儿子，烦请沈先生以后不要再惦记。”

关门前，周知非还有点不明所以，不忘回过头去跟沈则说再见。

门“砰”的一声关上，病房里只剩下沈则一人。

长久的寂静后，沈则低着头，只觉口中苦涩加重。

他不该提起这件事的。

到底是他当年做得太过分，伤透了她的心。不然，也不会在提起这件事的时候，有那么剧烈的反应。

沈则望着自己的手背，指节紧了紧，青筋清晰可闻。

抬手捂住自己的眼睛，他长叹一声。

又做错了。

他从来没有这样哄过一个人，太不成熟，又太过不得章法，没想到竟然处处是错。明明他只是想负起责来，却好像又刺到了她敏感的心思。

另一边。

周怀雅回到家时，周外婆诧异地望过来："怎么那么早，不多聊聊？"

"嗯……算了吧。"周怀雅放下外套，趿拉着拖鞋坐到沙发上。

周外婆又问周知非："非非玩够了吗？"

周知非诚实地摇头："还想和叔叔玩。"

周外婆见周怀雅抱着周知非，对她有点不理不睬的模样，着急地叹一口气："囡囡啊，外婆也不是催你，只是想着，要是真的能找到一个合适的，对你好的人，也不是不可以，别老错过。"

"知道了。"周怀雅盯着电视机，回复得很快，"可是他真的不合适。"

自知拗不过周怀雅，周外婆又叹息一声："哎……行，再找找，我倒是也要看看，还有谁比小沈那孩子更合适。"

说完，她摆着手，转身回房："那么晚了，该睡了，非非还要长身体，你赶紧哄他睡。"

"行。"周怀雅眼眸微敛，哄着怀里的小孩儿，"非非，该睡了。"

周知非揉揉眼，没头没脑地突然问："妈妈，我们明天是不是要去接爸爸？"

周怀雅睫毛颤了颤，故作从容地把他抱起来："什么爸爸不爸爸的，那是沈叔叔，睡觉了。"

她到底还在抱有什么样的幻想。

第二天。

周怀雅面无表情地带着沈则上楼。

脚踝已经没什么大碍，沈则拄着拐杖，还几次三番想要扶着她，都被她错身拒绝。

空旷的楼道上，只回荡着两人的踩踏声。

周怀雅能感觉到沈则有几次欲言又止，但也没在意。

直到站在门口，她掏出钥匙时，才听沈则艰涩开口。

“周怀雅。”

周怀雅头也没抬，钥匙触碰到锁孔，叮当作响：“我在。”

拐杖叩击地板的声音响了两下，沈则的气息自背后淡淡地笼罩。

颓然的声音伴着小心翼翼的呼吸，落在她耳后。

“要怎样才能让你相信，我回来找你的原因，一直只有一个你而已？

“不是因为孩子，只因为是你，从今往后，也只有你。”

周怀雅本想假装没听见，可钥匙抵在锁孔，怎么也插不进去，她这才发现，自己的手居然和自己的心一样在颤抖。

把钥匙握回掌心，她面色如常。

转过身，后背抵在冰冷的铁门上，防盗门有些老旧，嘎吱响了两声。

沈则站得有点累，把拐杖放在身侧，身体稍微靠在了墙上，一双眼仍在定定地望着她。

周怀雅垂眸望向沈则打了石膏的那条腿，试图转移注意力：“你拿什么和我保证？就这两句话？”

沈则舔了舔发干的唇，声音压下去一点：“如果，拿我的命呢？”

周怀雅拧着眉：“别总拿这些东西开玩笑。”

“我没开玩笑。”沈则自嘲地勾了下唇，潋滟的桃花眼此时黯淡不少，“只是觉得，除了这个，我好像也没什么能给你了。

“我把我的现在和未来都交给你，任你处置，你想怎么报复我，我都不会多说一个不字。如果这样，你愿不愿意，和我重新开始？”

他说着，手忽然伸进裤兜里，把一个钱夹掏了出来。

“这个你收着。”他把钱夹塞进周怀雅的手里，迎着她疑惑的神情，自顾自解释道，“这里面装着我所有的现金和卡，身份证也在里面，现在都给你。”

沈则说话时，手肘蹭掉了一小块墙皮，扑簌簌落灰。

他毫不在意地随手拍掉衣服上沾着的灰尘，怕周怀雅跑了似的，语速加快些许：“这样的话，你随时可以把我扫地出门，让我身无分文流落街头，随意怎么报复我，我只能受着。你会不会放心一点？”

周怀雅怔忪须臾，低头打开手中的钱夹。

最外层的照片顷刻间入眼。

是她与沈则的一张合照。

照片保存得很好，几乎和新的一样。

照片里的女孩儿眉眼间青涩未褪，笑容热情而单纯。

沈则站在她身边，一只手帮她整理兔耳发夹，眼神虽懒散，却蕴着满满的宠溺与纵容。

周怀雅记得这张照片。

那时候她死缠烂打让沈则陪她去游乐园玩，中途碰见一个可以照大头贴的机器，她心血来潮便拉着沈则去照了两张。

当时沈则一直说着这些都是小孩子玩的东西，照片出来时一人一张，他拿过去便不知随便揣到了哪里。

她也不怎么在意这些，毕竟沈则愿意陪着她来玩这种小女生的玩意儿已经实属不易。

她以为那张照片估计回去就被他不知道甩在哪个犄角旮旯去了，没想到时隔那么多年，却发现他居然一直带在身边。

周怀雅迅速关掉钱夹，折身不让沈则看到她的表情。

“那我就先拿着，看你表现。”

心底的一处小角落，好像慢慢有了变化。

真狡猾。

钥匙这次终于能对准锁孔，一声轻微的“咔”响起，门应声而开。

周外婆早已在门口笑呵呵地站着。

“在屋里都能听见你们俩的动静，门被推得一直震，干什么呢？”

知道是自己刚才后背抵着门引起的误会，周怀雅脸一红。

“外婆，您都在想什么呢？”

周外婆给她一个“我都懂”的表情，余光注意到拄拐站着的沈则，连忙把放在玄关边上的小凳子给他抬了过去。

“小沈啊，你腿还伤着，快进来坐，别累着了。”

周怀雅见状，有点心理不平衡：“外婆，我腿也伤着呢……”

周外婆睨她一眼，知道她是在开玩笑：“别作，你那点小擦伤就跟闹着玩似的，又没伤筋动骨，赶紧换鞋过来吃饭。”

“好——”周怀雅知道这会儿周外婆把沈则看成了香饽饽，但毕竟对方确实是个伤员，她也不恼。

弯下腰换鞋时，她专门给沈则让了位，注意到沈则似乎没有要往里走的意思，她边穿上拖鞋，边问:“怎么了？凳子都给你摆好了，不换鞋？”

沈则摇了摇头。

“外婆。”他对着即将转身离开玄关的周外婆唤道，“我可能要重新介绍一下我自己。”

“哎，我知道。”周外婆没回头，手举起来摆了两下，“我早就看出你不是什么隔壁村的小伙子了，哪个隔壁村来的能有这样的气质，城里来的就城里来的，没必要那么……”

“我叫沈则，来自松城，目前在容氏就职，有房有车，父母健在。并且——是周知非的亲生父亲。”

周外婆话音停住，颇为愕然地转身回去看他。

“你说什么？”

周怀雅闻言，心重重一沉，抬头去望着沈则气定神闲的侧脸，问:“沈则，你要干什么？”

心里的猜测浮起的那一刻，她几近大脑空白。

——他这个时候告诉周外婆，是想借孩子的名义，逼她和他重新在一起吗?

正当她脑中一片混沌，不知道该作何反应时，又听沈则淡淡地开始陈述起来。

“也是我当年犯浑，说话不顾后果，做了错事，伤害了周周。”

望着周外婆逐渐阴沉下来的脸色，他并未有所动摇，换了个拄拐的姿势，颇为艰难地对着周外婆鞠了一躬。

“这些年我一直在找她，想要努力弥补自己的过错，我明白这件事给她造成的伤害无法抹去，但也希望您能给我一个……赎罪的机会。”

他说完，迟迟没有直起腰，静静等待着周外婆的回应。

配上他这一身伤，莫名显得滑稽。

周怀雅怔然，旋即心情变得复杂起来。这还是她第一次目睹他在人前如此低眉顺眼的模样。

周外婆面对着沈则，在听完他的一番话后，久久不语。

过了会儿，她后背紧紧绷着，转过身，走进了厨房。一路沉默不语，却让整个室内的氛围带了些山雨欲来的感觉。

周怀雅见状，小声冲一动不动的沈则道：“你先起来吧。”

沈则没动。

埋着头，他声音依旧轻松：“总得让她老人家看看我的诚意。”

周怀雅愣了下。

旋即，她反应过来：“你是早就已经打算好了是不是？”

“嗯。”沈则丝毫没有犹豫地承认，“说好了要拿出诚意，总得摊开说，不能一直让你帮我遮掩着我的渣男历史，承认是我的事，至于能不能获得原谅……也是我的事。”

周怀雅不知道自己在担心什么，又听见他说：“你先去休息吧。”顺手还把手机递给了她，“随便翻，密码六个0。”

周怀雅接过时，还有点不明所以：“哦……”

坐在客厅沙发上，她双手握在一块儿，终究有些于心不忍。

她知道自己已经动摇了，在沈则帮她挡住落下的石块时，自己心里的慌乱骗不了人。

而在误会沈则只是为了孩子而再次接近她时候，她反应居然会那么激烈。

厨房里周外婆来来回回绕着的脚步声响了好一阵，周怀雅不知道她在忙什么，忍不住扬声问她：“外婆，您在干什么？”

周外婆没好气地答：“找东西，你别管啊。”

周怀雅只好止住了掺和的心思。

不多时，她便看见周外婆手里提着一把扫帚从厨房里走出来。

那扫帚是周怀雅小的时候经常拿着玩的老式扫帚，用高粱苗绑在一起做成，毛茬很硬，打起人也疼。

周怀雅看着扫帚，一下便回想起了自己小时候在这边调皮，被周外婆抄着扫帚追着打的经历，耸了耸脖子。

她抿抿唇，紧张地看着来势汹汹的周外婆，也不敢说话，只敢在心里祈祷她下手轻一点。

毕竟……沈则再怎么说现在还是个伤员。

沈则料到了周外婆会这样，不躲也不避，甚至连身子都还弓着，一副任由打骂的模样。

周外婆举起扫帚，往他身上扑了两下。

“站直。”她叱道，“不然打你腿上别给我喊疼。”

沈则乖乖站直。

周外婆又往他身上招呼了两下，看着他这一身伤，虽然气得咬牙切齿，但最终收了手。

“亏我以前还以为你人挺好，原来打从一开始就不安好心！

“刚才那几下算你欠囡囡的，可别觉得自己委屈啊，你救人的事咱们另算，别的没门儿！”

周外婆语气强硬，态度同此前几乎是一百八十度大转变，丝毫没有回旋的余地。

沈则没有反驳，默默受着。

周外婆没解气，越过他把房门打开，指着外边没好气说：“我们这儿庙小容不下您这尊大神，到时候给您再磕着碰着了，可真就负不起责，您还是回您那病房养伤吧，有人照顾着多自在。”

这话说得尖酸，摆明了不再欢迎沈则。

周怀雅一直在一旁坐着观察那边的动静。

任周外婆怎么说，沈则也是一副敛着眸子的听话模样，就差低下头说句“好”。

周怀雅蓦地觉得，怪可怜的。

手里的钱夹和手机硌着掌心，周怀雅低头看了眼，张张嘴想跟周外婆说一声。

毕竟待会儿沈则要是真离开了，一没身份证二没钱，连个电话都打不了，保不齐就是在外头身无分文地吹冷风。

她这下终于明白沈则为什么直接把手机也一并给她了。

真狡猾。

周怀雅在心里默默吐槽一句，正准备开口提醒周外婆，下一秒便听见身后的房间门传来“嘎吱”一声。

周知非小小的身影几乎挂在门把手上，踮着脚努力跟着打开的门板。

门开后，他松手，还往前踉跄了两步。

周怀雅连忙过去扶着他，帮他拍拍衣服上的灰尘：“睡醒了？”

周知非揉揉眼睛，糯糯地应答：“嗯……”还带着点刚醒的迷糊。

当看见玄关处站着的两个人时，周知非软软笑了起来：“太姥姥，沈叔叔！”

周外婆忙回过头，“哎”了一声。

小孩儿不懂大人之间的矛盾，喊完后，看了看沈则，又拍拍自己的肚子：“太姥姥，和沈叔叔来吃饭啦！”

周外婆一怔。

周知非眼神亮亮的，直直看着沈则，两只小脚也跟着一踮一踮，生怕他跑了。

事已至此，周外婆没办法再当着周知非的面把沈则赶走，只得冷着脸把扫帚一扔：“吃饭。”

关于沈则的去留问题得到暂缓。

饭桌上还有小孩儿在，周外婆不好和沈则说什么狠话，一顿饭吃得静默无声。

周怀雅几次想说点什么，都被周外婆一个警告的眼神打回去，无奈之下，她只能自己闷着头吃饭。

见她吃得差不多了，周外婆率先开口：“囡囡，你工作室那边还有事吧？你要不然先过去忙？”

周怀雅刚放下筷子在擦嘴，闻言一时没能反应过来：“啊？”

当意识到周外婆“你先回避别掺和这件事”的言外之意后，她无奈点头：“知道了。”

余光瞥向沈则时，沈则刚好回给她一个戏谑的眼神。

被看穿担忧的小心思的周怀雅瞪了他一眼，她转身就走：“我赶着饭点回来。”

关上家门，周怀雅又靠在门板上，想要听一下有没有什么别的动静。

她是知道自家外婆的性格的，要真凶起来，能舌战整个广场舞大队的老太太一整天不带停。

虽然有周知非在场，应该不至于闹得太凶，但她还是不放心。

里面暂时听不见什么大动静，一片风平浪静。

周怀雅等了一会儿，才肯离开。

迈步前，她又忽然想起来什么，低头打开自己的手包。

她就说自己好像忘记了什么，果不其然。

包里整整齐齐躺着沈则的钱夹和手机。

周怀雅本想趁现在还没离开，折返回去把东西还给沈则。可当手指重新捏上钥匙时，她犹豫了一秒，心中有个念头迅速划过，最终选择放弃。

到工作室的时候，苏昱正在院子里照顾花草。

周怀雅看着他，有些诧异：“怎么今天也来了？不是让你好好休息吗？”

苏昱见她过来，忙把手里的工具收回去，起身笑了笑：“这不是没事干吗？过来给自己找点事做。”

周怀雅点点头，由着他去。

她今天本来就是被周外婆强制“赶”出来的，没什么事干，思来想去也只能摸个鱼，见苏昱手边的那一筐工具，忍不住手痒，于是也跟着蹲下来，拿了把剪刀修剪花草。

之前忙于比赛，院子里种的那些花花草草她都没空侍弄，倒是被苏昱整理得还不错。

这个季节院子里能开的花少，都是些稀稀落落的叶子，造型被维护得整齐，周怀雅举着剪刀，只用随便剪掉些干枯枝叶就行。

苏昱在一旁见她不紧不慢地收拾着，手上慢慢停了动作，似是欲言又止。

踌躇许久后，他才攥了攥手里的工具，试探开口：“周周姐，他怎么样了……”

“他？”周怀雅停下手上的动作，思考了一秒才明白过来苏昱指的是谁，“你说沈则吗？他就折了一条腿，其他的问题不大，休养一段时间就好。”

“哦……也幸好是这样。”苏昱点了下头。

脑中昨晚周怀雅闷在沈则怀里哭的场景怎么也挥之不去，他不敢看周怀雅，踌躇着再一次发问：“你和他，是不是重新在一起了？”

“嗯？不算吧。”周怀雅仔细想了想自己现在和沈则的关系，最终摇头。

还没到那程度。

“那……你看我现在还有机会吗？”

周怀雅折枯枝的手一顿：“啊？”

苏昱长长地吸了一口气：“周周姐，你应该早就知道了吧？我喜欢你。”

周怀雅把手里的枯枝放下，假装听不懂：“啊，谢谢你啊。”

苏昱皱眉，急切地想要解释：“不是，我不是那种崇拜一样的喜欢，我真的很喜欢你。”

没想到对方还是没有领会到自己拒绝的意思，周怀雅继续装傻，面上十分诚恳：“嗯，我也真的很谢谢你。”

苏昱这次明白了。

他倏地沉静下来，久久不语。

知道苏昱还有话要跟自己说，周怀雅没有离开，扶着手边的石凳坐下，等他接着开口。

既然他这次直接提出来了，那索性把这件事一次性解决。

苏昱沉默了很久，哑然动了动唇，嗫嚅着开口。

“周周姐，你是嫌我年纪太小了吗？”

“不是。”

周怀雅觉得太阳穴突突地疼。

她一直不太习惯去接受她无法回应的炽烈的感情，这会让她觉得亏欠。

“只是我觉得，”思考了一会儿，她斟酌着温声解释，“你还年轻，以后会接触非常广阔的世界，多去看看再做决定，也许你哪一天就会明白过来，你对我的感情并不是你想象中的那样。”

“可我只想跟在周周姐身边。”苏昱固执地摇头，又问她，“既然像沈则那样伤害过你的人都有资格再一次追求你，为什么我不可以？”

清楚自己的委婉对一根筋的青年没多大作用后，周怀雅微不可察地轻叹着，直截了当道：“可是，我不喜欢你。苏昱，你应该也知道，感情这种东西是双向的。”

苏昱僵住。

“而你想要一直跟在我身边的愿望，我真诚的希望，你不要这么做。”她声音又放柔几度，劝道，“我这些年有意培养你，就是因为我不想让你仅仅甘于做一个助手，你的天赋不应该浪费在这里。”

“况且……”周怀雅有些不确定地压低了语调，“也许我再过一段时间……会离开这里，回到松城。”

这次，她想要表达的意思再清晰不过。

苏昱眼里透露出挣扎，想要反驳却最终无力地选择放弃。

“我明白了。”

理解苏昱现在需要时间来消化自己刚被拒绝的心情，周怀雅“嗯”了声，不再多言，给他留足空间。

拍了拍手上沾上的少许尘土，周怀雅起身：“我先去洗个手。”

她还未走开，又被苏昱叫住。

“周周姐——”

“如果可以的话，我只是一个假设。”苏昱挠了挠头，“你要是去松城的话，我还可不可以继续跟着你，做你的助手？”

周怀雅释然地笑了笑："没有什么不可以的，但我不希望你这样。"

就在苏昱眼中闪过遗憾之时，又听她解释道："我没有要赶你走的意思，我只是不希望你一直顶着我的助手这一身份。以你的能力，我更期待有哪一天，你能成为我的合伙人。"

从工作室回到家中，周怀雅正好如所说的那般，掐着饭点。

周外婆正在客厅看电视，播放的电视购物广告声音震天响，没听见开门的动静。

直到周怀雅喊了她一声，她才大发慈悲地掀了下眼皮："非非在看动画片。"

周怀雅闻到了饭香，瞧见桌上摆着的几个盘子，顺嘴问："沈则呢？"

周外婆听她提起沈则，不情不愿往厨房方向努了努嘴："做饭呢。"

"啊？"周怀雅惊了一下，"他做饭？"

"不然呢？"周外婆斜眼不满地睨她，"你不乐意啊？他自己要求的，你就别赖在我头上啊。"

"我不是这个意思。"周怀雅知道周外婆误会了她的意思，沉吟片刻后，缓缓开口，"我只是怕，他做出来的东西，不能吃。"

周外婆使劲儿拍了下手，说："你怎么不早说？那一桌都是他做出来的——"

"我哪能想到……"周怀雅小声嘀咕一句，把包直接丢在餐桌上，"我去厨房看看。"

她当然清楚，这位少爷根本不会做饭。

进到厨房，周怀雅还没来得及看清人影，倒是最先听见了青菜下锅的声音。

"刺啦"一声刺得她心头一紧，忙加快脚步上前去看。

然而，料想之中的灾难现场并未出现。

沈则系着围裙，拐杖靠在一边的台子旁，单手撑着台沿，另一只手熟练地拿着锅铲翻炒，像是早已演练过无数遍。

周怀雅见此情况，悬着的一颗心才放了下来。

沈则适时出声："厨房油烟大，就差这一道菜了，你出去等等，马上就好。"

周怀雅"哦"了一声，但也没动，反而接着问道："你和我外婆相处得怎么样了？”

“还行，暂时算是安全了。”沈则专心应付锅里的菜，“多亏手机钱夹都在你手上，不然我打从一开始就会被扫地出门。”

周怀雅眨了眨眼，假作惊讶：“是吗，那还好我忘了还你。”

沈则也假装自己没看见周怀雅纠结在一起的手指，无声笑了下。

“手机密码告诉你了，打开看过没？”他又问，懒懒散散的，“我现在可清白，除了必要的联系人，别的一个没留。”

“知道了。”周怀雅观察着他想装成不在意却又试探着特地强调的模样，忍着笑说，“你专心炒菜，别到时候煳锅了。”

“哪能啊，早不会犯这种低级错误了。”沈则抬手从碗柜里找了个盘子把菜装着，又把锅丢进洗碗池泡水。

熟练得过分。

周怀雅有点出神，心底萦绕了几丝疑惑：“你什么时候还学了这些？”

要知道，当初他们还在一起的时候，沈则对做饭这件事还一窍不通，偶尔心血来潮想给她个惊喜，只要进到厨房，惊喜顷刻就会变成惊吓。

所以，到底是为谁而改变的呢？

沈则注意到了她的情绪变化，明白过来她又在多想，苦恼地轻捏两下鼻梁：“一个人住久了，这些生活必须的技能总得会一点吧。”

“可是家里难道没有……”用人吗？

“你离开以后，我不太愿意让外人破坏你在那里生活过的痕迹。”

被周怀雅盯着，沈则视线稍显游移：“也就是从那个时候开始自己尝试做饭，当时还在气头上，也有想过，要是你回来求我复合，我就告诉你，我一个人也能过得很好，也气气你。”

周怀雅没想到这人当年还有过那么幼稚的想法。

“后来知道你不会回来了，也就转变了想法，”他一只手解开围裙，端着盘子，另一只手沿着台面去摸拐杖，“想的是，如果你愿意原谅我，至少在这些方面，我可以好好照顾着你。”

摸到拐杖，他反手撑好：“去吃饭吧。”

“……好。”

跟在沈则身边，周怀雅想了很久，还是忍不住吐槽：“沈则，你以前真的好幼稚啊。”

“是啊，太幼稚了。”沈则语调纵容地应和。

在周怀雅看不到的角度，他双眸放空。

若是那个时候足够成熟，他也不会把她弄丢。

更不会就这么硬生生地错过。

不过，万幸的是，他还有很多时间可以弥补。

沈则的厨艺出乎意料的不错。

一开始周怀雅还觉得只要味道中规中矩，就已经对得起他这金贵身份了。

却不想，大大出乎了她的意料。

吃了晚饭，周知非吵着回房间看电视，周怀雅本想跟他一起，却被周外婆叫住。

“你待会儿跟我回我房间去，我有话要跟你说。”

周外婆对着周怀雅说完，转而看向沈则：“这里没你的事了，你要在我们家待着我也管不着，没多余的床只有沙发，你自己看着办。”

沈则颔首：“我知道了。”

简简单单几句话，把两个人安排得明明白白。

周怀雅不自觉地有点心慌。

周外婆刚才的语气，几乎让她一秒梦回中学被教导主任喊去办公室的场景。

以至于在看见老人进了房间后，她没敢立即跟上，而是磨磨蹭蹭把餐桌收拾了一阵后，才肯过去。

周外婆坐在床沿，见她进门，拍了拍自己身边的位置：“你紧张什么，外婆又不会吃了你。”

周怀雅仍不敢说话，乖乖坐过去，便听周外婆轻叹一声。

接着，周外婆直接握住了她的手。

“都在瞎想什么呢，我就是想跟你说一声，既然我不会因为孩子就劝你和他在一起，也不会因为这事硬逼着你俩不相来往。”周外婆捏了捏周怀雅的掌心，“虽然，我是挺想直接把他扔出去的，可我看得出来，你应该舍不得吧？”

被看穿心思，周怀雅只觉心弦被触动一下。

周外婆察觉到她情绪的变化，心下了然。

“我看他认错态度还不错，也足够诚心，只是不知道能坚持多久。”她絮絮说着，“我知道你心软，但毕竟之前被他伤过一次，我怕你轻易原谅他，会重蹈覆辙，所以你自己一定要考虑好。

“外婆从来不想给你施加过多的压力，只是希望你可以找到合适的人，以后能幸幸福福的。”

周怀雅明白周外婆的顾虑，反握住她的手：“我都知道。”

“知道还是爱犯浑，”周外婆嗔道，“你以为我不了解你啊？”

确实，从小到大都是这样，道理她都懂，但一样不妨碍她做傻事。

“好了，我也不说多了，感情是你们的事，我这个老太婆该教训的也教训了，该警告的也都给他说了，能做的只有这些。

“囡囡，我再多啰唆一句，无论你做什么决定，外婆都不会阻止你，无论发生什么，只要我还在这世上，你都可以回来。”

“……嗯。”

周怀雅盯着老人花白稀疏的头发，忽地有点鼻酸。

她忍不住抱了抱周外婆，撒娇道：“外婆，您真好。”

周外婆身体微僵，抬手拍她一下，说：“什么好不好的，你爹妈从来不好好关心你，这事当然得要我这个老太婆负责喽！”

出房间时，周怀雅直接正面撞上了沈则。

被男人熟悉的气息所包裹，她往屋里瞥一眼，手疾眼快地关上房门，靠在门上，抬眼看向他：“你在外面偷听？”

沈则毫无被抓包的负罪感，笑得随意：“没听见什么，在这儿我也不敢做什么放肆的事。”说着，他举起手机，把屏幕亮给她看，“我就是想问问，你做的？”

屏幕上是沈则微信的消息列表，置顶的聊天框显示着周怀雅的账号。

周怀雅点头承认道：“随手加回来了。”

几乎是在一瞬间，她看见眼前男人的一双眼倏地亮起。

“你肯接受我了？”

“还早，”周怀雅受不了沈则这般过分炽热的目光，耳朵红了红，企图推他离远一点，“说好了要看你表现。”

“好。”沈则捏捏她的耳垂，倏地压下来。

周怀雅身子一紧，语言组织能力一下子宕机：“你……你要干什么？”

“不做什么。”沈则凑在她耳边，语气放软，“这么久了，周周，你可不可以抱抱我？”

最后三个字落得很轻，生怕说重一点就会把她吓到似的。

轻飘飘的呼吸裹挟着熟悉的欲望气息萦绕在身侧，于这一方狭小空间蔓延，呼吸之间，暧昧丛生。

周怀雅双手交握抵在身前，感觉到自己心跳不断加快。

明明时隔三年，这个男人仍能轻易地勾起她的情绪起伏。

她低了头，伸手轻轻地抱他一下。

本打算迅速抱一下就跑，却不想，腰上一紧，她直接被男人整个揽进了怀里。

“沈则……”她小声惊呼。

“嗯，抱歉。”沈则小心而又珍重地亲了亲她的发顶，忍住想要将他揉进骨血里的念头，闷笑道，“太高兴了，没忍住。”

转眼又是一个半月过去。

沈则的腿恢复得差不多，除了暂时还不能跑不能跳，基本的走动没什么问题。

鉴于他这段时间的表现实在无可挑剔，周外婆没再多说什么，放任他在家中长住。

睡觉的地方也从沙发换到了客房。

沈则腿没好的时候还算收敛，最多平时借着自己是个伤员的由头，搏一搏周怀雅的心软。

恢复了行走能力后，他仿佛成了周怀雅的小跟班，周怀雅去哪儿，他便跟去哪儿。

偶尔周怀雅觉得烦，问他怎么还不回去工作的时候，他总会耸耸肩，嬉皮笑脸道：“跟人说过了我来追老婆，追不到哪能回去。”

周怀雅无语。

时至深冬，傍晚偶尔有雪花簌簌。

雪下得不大，落到地上积不起来，只能化成一摊摊水。

工作室的院子里，周怀雅踩着湿润的石板路，给院子角落一棵松树做装饰。

这棵松树是当初建院子的时候直接圈进来的，不知道有多少年的历史。

平日她并不擅长用买来的装饰品小玩意儿做点缀，这次如此大费周章，主要是圣诞将至，有杂志封面需要借用她院子的场景拍摄。

苏昱在前些日子收到了更好的工作机会，决定前去尝试，一时之间，这边只剩下了她一个人应付。

需要挂的东西有些高，周怀雅踮起脚，发现自己仍够不到。

她正想回房找个凳子，身后忽然伸出一只手，接过她手里的小玩意儿，轻松挂好。

周怀雅不看也能猜到是谁："不是让你今天别来吗，怎么还是来了？"

沈则从一旁的箱子里又拿出一个小挂件，语调轻松道："你不在，我无聊得很。"

习惯了沈则的这类理由，周怀雅没法，只能踢了踢脚边的箱子，说："那剩下的就都交给你了，我先去歇着。"

沈则乐得帮她，应下："行。"

放了东西，周怀雅往两只手心轻轻呵气，试图搓热自己冻得有些僵硬的一双手。

耳边嘈杂声传来，她抬眼便见门口停了几辆车。

知道是摄影团队，她过去开门，在和工作人员简单说明了一下情况后，再次抬眸，正好与从保姆车上走下的女人眼神交汇。

看清女人的脸时，她话音顿了一秒，过会儿转移话题，装作不经意地问："不是说模特是阿绿吗？"

怎么变成了付雨薇。

如果只是她一个人应付付雨薇，她倒也能做到泰然自若。

但沈则现在也在这儿。

虽然知道她和沈则的那段感情早已经过去，可周怀雅还是忍不住心里犯硌硬。

"前段时间阿绿出了点事，临时换掉了，你不知道吗？"工作人员有点诧异，"记得有跟你说吧。"

"是吗……"那多半是她没听见。

裹着羽绒服的女人裙摆被身后人提起，款款行至她面前。

"周小姐。"

付雨薇大约也觉得周怀雅眼熟，但又记不起到底是在哪里见过，与她握手时，多盯了她一阵。

周怀雅正颔首以应，身后不期然有脚步声靠近。

"场景都布置好了，还有什么要做的吗？"

余光注意到站在周怀雅身旁的付雨薇时，他挑了下眉，未有别的表示。

反倒是付雨薇，在看见沈则时，她有些兴奋地向前两步，招呼："好久不见啊，沈则。"

跟沈则打完招呼，她自顾自地笑着与身旁工作人员介绍："我高中同学，没想到能在这里见到。"

周怀雅"嗯"了声，不置可否，一副公事公办的模样，说："他是来帮忙的，跟我来。"

从院门口到场景地，只有短短一段路要走，付雨薇刻意调整脚步，想与沈则并肩而行，都被沈则不着痕迹地避开。

雪似乎下得更大了些，见带头的周怀雅身体瑟缩了一下，沈则眉头微皱，脱下外套披在周怀雅肩头。

周怀雅没想到沈则会在众目睽睽之下做出这样的举动，吓了一跳，却也迫于寒冷，乖乖披上了外套。

付雨薇见此场景，咬了咬唇，状似无意地玩笑开口："我记得，沈则你之前不还想着追回你前女友吗？怎么这会儿改主意，撩别的小女生去了？你俩现在什么关系，给我说说？

"当年我们谈的时候，你可不会这么朝三暮四啊。"

这话说给沈则听的同时，也说给周怀雅听。

沈则闻言，怎么能听不出她的意图。

他眯着眼嗤笑两声，手臂搭在了周怀雅肩上。

"没别的身份，我现在是她的追求者。"

"至于你说的前女友，不好意思，也是她。不过这个称呼多难听，你以后别提，等她答应我了再改口也不迟。"

吊儿郎当又十足陌生。

付雨薇一怔。

沈则对说话总带着拐弯抹角的意味的人没什么好感，不客气道："你想挨冻，别害她一起，早拍完早收工啊。"说完，也没看她，带着周怀雅继续往前面走。

在许多人面前被如此对待，付雨薇不甘地攥起五指。

恰巧这时，身后工作人员一个没拿稳，本来捧着的裙摆一下滑落在了地上。

感受到异状，付雨薇回头，原本压着的满腹火气霎时找到了发泄口，黑着脸冲人训斥道："你怎么拿的？这衣服的押金可贵了，要是出什么问题，你赔得起吗？"

工作人员连忙道歉，去拾起裙摆。

付雨薇扭过头去不再理会她，见沈则带着周怀雅越走越远，咬着牙加快脚步。

身后工作人员惊慌地"啊"了声，她没在意。

刚迈出两步，她的鞋跟便踏在了拖沓着的裙摆之上。

猝不及防之下，她身体被惯性带着，骤然失去平衡，结结实实地摔进了道路一旁的小池塘中。

池水过分冰凉，扎进去的瞬间，付雨薇大脑一片空白，停止了思考。

抬头时，她下意识地带着期望看向沈则。

却见男人立在不远处，冷眼旁观这一场闹剧，始终没有移动过脚步。

周围人迅速将付雨薇救起，将她送回保姆车。

出了这样的事，拍摄无法正常进行，众人只得打道回府。

与周怀雅和沈则道别后，随着外头停着的车一辆一辆离开，院子里又只剩下了他们两个人。

事情来得快去得也快，周怀雅还没反应过来，沈则已经过去关上了院门。

待周怀雅回味完这件事的始末，过去用手肘悄悄碰了碰沈则："刚才怎么不见义勇为去救救她？"

"我还是伤员，这样不太好吧？"沈则帮她拍掉发顶的雪花，反手扣上外套的帽子，"再说，旁边还有那么多人，我为什么要救她？"

周怀雅抓住帽檐的绒边，小声嘀咕："毕竟是你当初喜欢得死去活来的初恋嘛，看在以前的情分上，不见义勇为一下？"

听出周怀雅话里酸溜溜的意味，沈则挑眉，含着笑把人扯怀里哄："谁告诉你我喜欢得死去活来了？"

"他们都说，还说就是因为她，你后来才……"周怀雅象征性动了动身子，窝在他怀里没动了。

自从天气越来越冷，她觉得自己好像对沈则更依赖了一点。

沈则抱了她一会儿，躬身轻咬她耳垂："听别人说也不愿听我说？"

周怀雅轻哼一声。

沈则不再逗她，清了清嗓子，缓声解释："是第一个女朋友没错，可当年年少轻狂，从来没当过真。"

周怀雅大致也能猜到，小声嘀咕一句渣男。

"是，我承认，我从那时候开始就挺渣的，"沈则轻拍她的脸颊，"应该说我一直都没怎么对情感这方面上过心，真不是因为她。"

家庭氛围养得他天生散漫，讲究及时行乐你情我愿，不愿意被所谓责任束缚，仅此而已。

周怀雅回应还是闷闷的："哦。"

沈则舒服地把下巴搁在女人头顶："要是搁十年前，我肯定想不到以后居然会彻彻底底栽在一个人手上。更想不到，竟然会对她念念不忘到连命都舍得给她。"

周怀雅耳尖烫红，拍拍他箍住她腰肢的一双手："你先放开。"

沈则弯唇："你帮我。"

周怀雅不明白他的意思，但只能一点一点帮他把交叉的双手掰开。

下一秒，那双手一翻，手心直直对向她。

他右手手心之上，静静躺着一枚戒指。

周怀雅心脏猛地一跳。

沈则凑到她的颈侧，含着笑道："怕你说我诚意不够，亲手做的，这下够不够？"

周怀雅先是陷入了呆滞的状态，而后沉默许久，默默抓住了沈则的手。

看见男人骨节分明的手指上果不其然存在略显斑驳的烫伤痕迹，她眼睫颤了颤，问："什么时候做的？"

"刚拆石膏的时候。"沈则说，"总怕失败，就一直没敢拿出来。"

"后来想想，最不济就是追一辈子，没什么大不了。"沈则这话里沾了点死皮赖脸的意味，"你不同意，我就跟着你一辈子。"

周怀雅听着他说话，两根手指捏起戒指，碰了碰他的伤疤，轻声问："疼吗？"

"疼。"沈则反手握紧她的双手，撒娇似的开口，"所以周周，多疼疼我，好不好？"

周怀雅把戒指攥在掌心，直到冰凉的触感逐渐变得温热。

还未等她开口回应，兜里手机铃声响起。

沈则松开手，示意她先接电话。

周怀雅拿出手机，一眼便看见备注的"父亲"二字。

“爸爸？”她诧异于周父这个时候给她打电话，“有什么事吗？”

那边男声带点劝告的意味：“过年记得回来一趟，有个酒会。”

停了停，他补充道：“陈氏那位公子对你有意，你们那个时候可以接触一下。”

言下之意很清晰。

手机听筒离沈则也很近，周怀雅回头，果然看见男人眼中眯起一丝不爽。

她毫无征兆地弯了弯眼睛。

“知道了，”她对着那边回应道，“我会回来的，顺便——把您女婿和您外孙带回来给您过目。”

不等那边再说什么，周怀雅颇为愉悦地挂断电话。

抬眼望向愣怔在身边的沈则，她拿鞋尖轻轻踢了下他，问：“听到了吗？”

沈则的表情先是不可置信，而后扶住她的肩，一双桃花眼定定地望向她，问：“真的吗？”

“嗯。”

“决定好了吗？”

“嗯。”

“接受我了？”

“嗯。”周怀雅无奈，“沈则，你话怎么那么多。”

沈则松开手，慢慢在她眼睫上亲了亲：“不是，我就想确认一下。”

惊喜来得太过突然，他甚至怀疑这只是周怀雅随口开的玩笑。

周怀雅见他这副受宠若惊的模样，心一软，抬起双臂，踮脚主动圈住了沈则的脖颈。

她轻喘一口气，软声说：“沈则，以后不要再把我弄丢了，好不好？”

沈则缓慢而温柔地扣住她的后脑勺，将这个吻再一次加深。

“好。”

番外二

流星绊

夏日校园，蝉鸣躁动，树叶沙沙，偶有蝴蝶误入楼道，停留在栏杆上，静悄悄地扇动着翅膀。

一根细嫩的手指轻弹着栏杆，发出清脆中带点颤的“铛”声。

方疏净手臂靠在栏杆上，凉意顿时传遍整条手臂。

她舒服地眯了眯眼，抬起下颌看向面前踌躇的少女：“什么事？”

这是方疏净被人叫住的第不知道多少次。

不用猜都知道，又是一封情书要她转交。

果然，面前的小姑娘低着头，磨磨蹭蹭半天，才把一个粉色信封小心地交给了她。

“同学，你一定要帮我交到他的手上……”姑娘声音软软糯糯，有些急促地补充，“我知道要是放在他桌上，他一般都不会看，我可以帮你带杯奶茶，我只是……想让自己的心意被他看到。”

方疏净两根手指伸过去捏住信封，挑着眉看了局促不安的小姑娘一会儿，蓦地笑开。

“奶茶就不必了，我嘴挑。”

见小姑娘眼神一下子暗下去，方疏净扬了扬信封，又补充道：“这东西我尽量帮你送到，可是你也知道，那人最多就看看，别抱期待。”

小姑娘当即重重点了点头，仿佛看到了曙光一般，跟方疏净说：“谢谢同学！”

方疏净没多说话，转身回教室：“不谢，走了啊。”

小姑娘目送方疏净往前走了两步，突然想起什么，犹豫着出声——

“方同学……”

方疏净停下脚步。

“嗯？”

“你真的……不喜欢他吗？”小姑娘的喜欢，隐晦到连名字都不敢提，“挨得那么近，每天都能碰见是不是一件很幸福的事啊？”

方疏净随便弯了弯唇，对她这个稍显唐突的问题并未感到生气，说：“想什么呢？要我真喜欢他，哪儿还能帮你们递情书？”

——再说，容慎川那家伙有什么地方能让她喜欢的？

就一呆板无聊的书呆子。

回到教室，方疏净看见自己旁边的座位也是空的，不由得疑惑道：“他刚不是还在这儿的吗？怎么又不见了？”

后头坐着的男生闻言，抬头想了想，说：“好像去办公室了。”

“啊？”方疏净坐到自己的位子上，转过身去追问，“他犯什么事了？”

“不是，人家又不像你。”男生笑着打趣，“听说是被老班叫过去的，说是……因为谈恋爱吧。”

谈恋爱？

方疏净一怔。

“和谁？”她一下来了兴趣，凑近了一点小声问，“阮苏？”

男生啧啧两声：“可能是吧，毕竟人家那么喜欢她，说不定一个激动没憋住，就表白了呢。”

“想不到啊。”方疏净心里莫名有点堵，面上装着不经意地点了点头，感叹，“难得铁树开花——”

“什么铁树不铁树的，我们还年轻呢。”后桌反驳她，“不然看你也和他不相上下吧？”

方疏净默了下：“我不是，没想过——”

头顶忽然被一个人按住。

方疏净语塞了一下，立马反应过来那是谁，说：“容慎川，叫你别老按我脑袋！”

容慎川站在她身旁，闻言神色没变，泰然自若地收手：“要上课了，你们还要聊到什么时候？”

就知道有这个人在，她压根儿没法放肆。

方疏净叹了口气，认命地应了句是，转身给他挪位置。

骨节分明的大手又往她脑袋顶上按了按。

方疏净瞬间奓毛：“容慎川，我说了叫你别——”

眼前忽然被一个东西挡了视线。

是一杯奶茶。

方疏净话音顿住。

容慎川把奶茶放她课桌上，慢条斯理地问：“现在呢？”

方疏净心里虽如此吐槽，但身体仍然很诚实。

她拿起奶茶，从善如流道了声：“谢谢老板！”

味道还是她习惯的味道，只是好像商家这回糖放得有点多。

喝了两口，方疏净抬头看一眼教室里的时钟，把奶茶放到桌脚边靠着，顺便把之前的那封情书递给了容慎川，说：“一个可爱小学妹叮嘱我必须亲手交给你的。”

“嗯。”容慎川接过后瞥了一眼，便将情书丢回了桌肚。

方疏净啧啧两声，拖腔带调说：“人家的心意，你怎么也不看一眼——”想起什么，她话锋一转，语气有点阴阳怪气，“哦，不对，你都是谈恋爱的人了，当然看不得别人的情书。”

“什么恋爱？”容慎川拿出课本摆桌上，疑惑的眼神望向她，“谁说的？”

装，还装。

方疏净忽然就觉得不舒服，冷笑一声：“这不都被叫办公室去了吗？也辛苦你应付完老班还帮我去买了杯奶茶啊。”

容慎川垂着头不知道在想什么，过了会儿，缓缓开口解释：“不是你想的那样，我去办公室，为的是找老师请假。”

“请假？”意识到是自己误会了，方疏净脸有点发热，但碍于面子，语气还是不怎么好，“想不到我们知名好学生居然还会请假？”

“请了晚自习。”容慎川自动忽略她语气里没好气的意味，解释道，“今晚有英仙座流星雨，社团组织一起去户山看。”

户山在松城郊区，是松城天文爱好者圈内公认的松城周边最适宜的观星地点。

“……哦。”

想起自己今早刷微博的时候的确刷到过相关资讯，方疏净别开脸，不说话了。

恰好这时上课铃响，方疏净整理了一下心情，试图转移注意。

下午第一节就是语文课，老师讲的又正好是最无聊的古文部分，听着听着，方疏净的注意力又开始偏移，姿势也变得歪歪扭扭。

这时，一支笔戳了她手肘一下。

方疏净懒洋洋地侧过脑袋，脸颊埋在臂弯，问容慎川："什么事？"

“你想去的话，我也可以带你一起。”

“啊？”方疏净仿佛听到了什么笑话，“你是天文社的人，又是好学生，老师这才同意你出校，我倒是想去，可是连个假条都没有，怎么溜？”

容慎川没说话，把假条摊平在桌上。

随后，他十分自然地，在自己的名字后面，加上了她的名字。

方疏净从没想过他居然还会这种操作，脊背猛地挺直。

“我是好学生，”容慎川从容不迫，“门卫不会怀疑。”

“而且今天班主任晚上也有事，不会来班上查人。”

方疏净露出一副震撼的表情，许久后，才平静下来，缓缓给他比了个大拇指："兄弟，牛——"

声音有点儿大，正在讲课的老师注意到了那边，停住了讲课声，投来目光。

教室里霎时陷入一片安静，班里大部分人的视线也跟着转过来。

方疏净自知尴尬，清了清嗓子："老师您继续，我不敢了。"

说完，她立刻趴桌子上，做乌龟状逃避。

语文老师知道她秉性，没多说什么，继续上课。

头顶传来一声几不可闻的轻笑，方疏净瞪了他一眼，没工夫与他再拌嘴。

垂下眸子，她的注意力转移到桌上的请假条上。

两个名字，方疏净和容慎川，紧紧挨在一起。

方疏净不知为何，心尖颤了颤。

有种说不出的感觉在心底浅浅漫开。

不愿深想是为什么，她再一次移开视线，借着垂下的刘海，偷偷打量容慎川。

少年端坐在座位上，窗外投射进来的光线一点点将他分明的侧脸轮廓晕染开，也柔化了他专注的视线。

看着看着，方疏净忽然觉得，这人难得顺眼了些。

至少这侧颜看着，还挺赏心悦目。

夜间。

八月中旬，学校只有准高三生返校，故而管理并不算严格。

果真如容慎川所说，即使假条上有两个人的名字，在容慎川解释了班上请假条不够后，那门卫见容慎川眼熟，不疑有他，爽快放行。

两人上到户山山顶时，天文社的大半人都已到齐。

周围还有许多专程来看流星雨的人，一时气氛热闹非凡。

见容慎川过来，社长冲他摆了摆手："就差你这个高三学业繁忙的人了……咦？"

在注意到容慎川旁边还跟了个方疏净的时候，他疑惑地问："你女朋友？"

"我——"方疏净一听，连忙解释，"我不是……"

"别乱说。"容慎川淡声替她开口，"还不是。"

还不是？

方疏净总觉得容慎川这样说好像有歧义，但见他面色如常，只能把满肚子疑惑吞了回去。

社长意味深长的目光落在他们身上，良久后笑了笑，摆摆手退开，说："行，那我不打扰你们了，学长玩得开心啊。"

容慎川颔首："嗯。"

社长离开后，容慎川轻轻拍她肩膀一下，说："相机。"

"啊？哦。"方疏净刚开始没反应过来，意识到他指的什么后，把背着的相机递过去。

容慎川把相机架好，对着天空。

方疏净抬头望夜空。

今天的夜空十分清晰，漫天的星星跟着一闪一闪的，细细密密织成了一道星河。

绚烂且辽阔。

她看见一颗很亮的星星，好奇地指着问容慎川："这颗是什么啊？"

容慎川正在调试相机，闻言头也没抬："天狼星。"

"噢——"方疏净点点头，视野范围内蓦地捕捉到一颗划过天空的流星。

绿得璀璨，显眼且夺目，划过天空时，拉出一道长长的尾迹。

她一个激动，正想唤容慎川，忽然想要对着流星许愿，于是赶紧闭上眼，双手合十许了个愿。

心里的许愿声淹没在了周遭如浪潮一般的快门与欢呼声中。

再一次睁眼时，她对上了容慎川带笑的一双眼。

眼神仿佛溺着一片温柔的海，拨开嘈杂喧嚷的人群，径直将她锁定。

满眼只剩下她一人。

有那么一个瞬间，方疏净觉得自己有被那双眼给蛊惑。

摇摇头让自己清醒几分，她走过去想看容慎川拍的照。

容慎川调出照片给她看："火流星，运气还不错。"

方疏净一边看，一边小声惊呼。

这还是她第一次看见流星。

从小到大，"流星"这个词只在她读过的书或者看过的影视剧里出现，她从未目睹过。

心血来潮，她拉过容慎川："我们要不然在这儿合个影吧？"

容慎川似是从未想过方疏净会生出这样的提议，怔了怔后，颔首表示同意。

方疏净迅速站到了镜头前，冲他招手。

容慎川站过去后，趁着快门声尚处于倒计时状态，她小幅度碰了碰容慎川，问他："你许愿了吗？"

容慎川"嗯"了声，反过来问她："你呢？"

"当然许了！"方疏净笑道，有点好奇，"你许了什么？"

容慎川看向镜头。

快门声响起。

待到闪光灯闪过，他才慢悠悠地回了一个字："你。"

"什么？"方疏净心脏狠狠跳动了下，抑制住自己刨根问底的欲望，努力显得自然，"我什么？"

容慎川睨她一眼："说出来就不灵了。"

“……哦。”

这话说得有道理，方疏净点点头，只得压下满腔疑惑。

过了会儿，她又听容慎川问：“你许了什么？”

报复心起，方疏净学着他，瓮声瓮气说：“某人都说了，说出来就不灵了啊。”

容慎川眼底快速闪过一丝笑意，说：“是——”

有些羁绊，注定会结成在流星之下，并从一瞬间过渡到永远。

许多年后，方疏净想起这件事，用一种调侃的语气问他：“哎，你之前跟流星许过的那个愿望，实现了没有啊？”

容慎川双手在被子下揽过她的腰，愉悦地贴上她纤细的背脊，笑声里压着磁性：“当然。”

——当年他许下的愿望具体是什么他已经记不太清，印象最深刻的，只有那个“你”字。

但只要枕边是她，那便此生无憾。

番外三

可乐桶

酒吧。

夜里的酒吧一如往昔，客座盈满，好不热闹。

吧台最角落，方疏净手肘撑着台子，笑问眼前的柚子：“适应得如何？”

作为半个老板，柚子这会儿没事做，乐得清闲地站在方疏净面前和她聊天。

“挺好的。”想了想，她笑嘻嘻道，“原本以为我应该是胜任不了这个位置的，做了一段时间才发现，我还挺感兴趣。”

“那不错。”方疏净今天没点酒，要了杯柠檬水，喝一口觉得没味，又放下。

今天她难得有空闲，原本打算和容慎川傍晚一起出门放松放松，奈何容慎川临时有点事，她只能到这儿来打发时间。

和柚子有一搭没一搭聊了一会儿，方疏净视线往店里扫了一圈，被那边圈出来的小舞台吸引了视线。

台上有个乐队，年纪不是很大的样子，主唱和鼓手都是看起来刚成年没多久的小姑娘，长相清纯漂亮，倒是和这气氛有些不太符合。

特别是那个鼓手小姑娘，挥动鼓棒时动作潇洒漂亮，力道刚好，整个人隐匿在黑暗之中，反而多了些说不出的吸引力。

见方疏净视线一直往那边看，柚子在一旁解释道："一群高中刚毕业的小年轻，听说以前在学校是一个社团的，从初中开始就接商演那种，这几天都在这边，确实挺不错。"

方疏净"嗯"了声，眼里染了些兴味。

柚子于是继续补充道："那个鼓手挺有意思的，名叫闻柿，大家都称呼她为柿子，据说和深红乐队的那位主唱是兄妹，来头不小。"

深红乐队方疏净知道，前几年参加选秀综艺大火的乐队之一。

津津有味听完八卦，她点点头："怪不得，确实很厉害。"

收了视线，她把杯子递回给柚子，说："柠檬水实在没意思，随便来杯别的吧。"

柚子一怔，问："你不是还要开车回去吗？"

方疏净无所谓地耸耸肩，掏出手机，说："没事，我一会儿让我老公来接我。"

给容慎川发了个消息让他开完会来接她，她心安理得地把手机揣回兜里。

"现在可以了。"

柚子小小地用眼神谴责了一下方疏净的虐狗行径，说："那我给你——"

话音未落，那边音乐突然停了下来。

停得太突然，就连酒吧里面的气氛都凝滞了一秒。

方疏净跟着看过去——

一个女生忽然歪歪扭扭冲着台上冲过去，抱住主唱就是一阵狂吐，身后人怎么也拽不住。

那几个人看着也醉得不轻，走路都是飘着的。

酒吧里出这种事是常态，自有一套处理方案。

工作人员过去处理后，酒吧里气氛又回到了该干吗干吗的状况中。

柚子撇了撇嘴，啧啧评价："又是一个被可乐桶干翻的。"

"嗯？"方疏净不解，"什么可乐桶？"

柚子这才反应过来，说："啊，差点忘了你最近太忙，估计也不知道。"

“嗯？”

“说白了就是威士忌兑可乐，不过容易喝大，”柚子解释，“最近在网络上挺火的，说是喝完了基本全国统一姿势，最近这几天观察了一圈，确实有点厉害。”

方疏净点点头，大致明白过来。

她蓦地来了兴趣，说：“我试试？”

柚子听后眨眨眼，不确定地问一遍：“你真的想试？我知道你酒量好，但是……”

“嗯，就用我之前在店里存的那瓶威士忌吧。”方疏净眼眸弯了弯，“好久没喝过酒了，大不了被人抬回去。”

“行行行，知道您和我们不一样不是单身了。”柚子无奈道。

于是，当容慎川到达酒吧时，看到的就是眼前这一幕——

女人趴在吧台桌上，喝了个烂醉，旁边一个带龙头的小玻璃桶早已见底，显而易见她喝了多少。

柚子撂下手里要做的事，坐在她身边守着她。

方疏净脑袋转了转，几缕碎发落在酡红的脸上。

她絮絮叨叨不知道对柚子说着什么，柚子小声应和着她的话，不时往周围观望。

当看见容慎川时，柚子眼睛一亮，露出求助的目光，喊：“容总，您终于来啦！”

容慎川淡淡颔首，看向无意识地伸手抱住玻璃罐的方疏净，问：“她喝了多少？”

柚子一时语塞，回答：“大概一瓶威士忌吧……其他都是可乐……”

她也没想到，就连方疏净喝了后也这样了。

明明一开始，方疏净还一边喝一边啧啧评价也就那样。

结果一个不注意，人就栽了下去。

方疏净把碎发拨到一边，把手边杯子推了下，问：“还有吗？”

容慎川微微拧眉，上前去想扶起方疏净。

方疏净迷茫地仰头，看清来人后，对着他弯起一抹绮丽至极的笑，说：“你来啦……”

笑容太过艳丽夺目，容慎川有一瞬间的晃神。

还未等他反应过来，女人便将自己全身的重量都压到了他身上，挂着他不撒手，带点酒气的温热气息传来："带我回家。"

容慎川宠溺又无奈地笑了声。

"好。"

回到车上，方疏净歪歪扭扭瘫倒在容慎川旁边，兀自睡了过去。

容慎川纵容地看着她的睡颜，忍不住抬手捏了下她的脸颊。

两个人平时都很忙，特别是这段时间，除了睡觉以外，已经很久没有那么安静地独处过了。

女人脸颊的红色还未消退，摸着感觉有些烫，容慎川又用手背贴上去，帮她降了降温。

许是微凉的感觉太过舒服，方疏净抬手按着容慎川，不让他的手退开，顺势躺倒在了他的腿上。

她一双细长漂亮的眼一眨一眨，蓦地问他："你不怕我吐你身上？"

容慎川还没说话，她便又问："你让不让我吐你身上？"

"……方疏净。"

容慎川深吸一口气，轻声唤她。

还没等他继续说下去，话音便被方疏净打断："呜呜呜，你肯定不让，你有洁癖呜呜呜，你果然不爱我了呜呜——"

容慎川没想到方疏净喝得烂醉的时候会这么幼稚，哑然片刻。

太阳穴突突发疼，他抬手捂住方疏净的一双眼睛，哄："先睡会儿。"

回到宅子里，方疏净执意要自己走，跌跌撞撞地走在前面。

容慎川跟在她身后不远处，生怕她磕着绊着。

好在一路上方疏净还算小心，除了偶尔会踉跄以外，没有摔过。

容慎川刚在玄关处换好鞋，就听见一阵噔噔噔爬楼的声音

方疏净脚上高跟鞋没脱，就这么兀自爬上了楼。

抬眼时，楼梯间已经没了女人的身影。

容慎川跟着她回到卧室时，只听浴室传来一阵水声。

"哗啦！"

伴随着方疏净一声惊呼。

容慎川眼神一凝，大步走向浴室。

洗澡水是用人提前放好的，水汽氤氲在整个浴室里。

预想中方疏净整个人泡在水里的画面并未出现，女人坐在浴缸边缘，

两只手搁在身侧保持平衡，一双腿不时晃两下，带着浓浓的惬意。

她身上的衣服湿透，滴滴答答往地上滴着水，头发上也凝结着未干的水珠，聚在发尾往下掉。

几缕湿发贴在颊侧，她用手拨开，脸上仍笑意盈盈。

不像他想象中那么糟糕，容慎川舒了一口气。

走上前，他顺手取了一条浴巾，想要帮她裹上，说："这样容易着凉。"

方疏净摇摇头拒绝道："我还要洗澡，不要。"说完，她冲容慎川抬起手，一双眼迷离着眯起，"我脱不下来，帮我——"

尾音拖得长长的，故意放得娇嗲。

容慎川最受不了方疏净撒娇，走上去帮她。

方疏净睁着眸子，一直在打量着他。

见他仍是一副清心寡欲的模样，她嘴角的笑意越发扩大。酒醉状况下脑子不清醒，就算泡了水也并未缓解多少。

一个心潮涌起，她便恶作剧一般脱口而出："容慎川，这么久才脱了外套，你是不是不行啊？"

果不其然，她等到了男人动作的停滞。

计划得逞，方疏净露出一个胜利的笑容。

还未等她收住表情，忽然感觉一只手从她的衣摆钻入。

内衣被轻松解开，容慎川沉默两秒，凑近她的耳朵，惩罚性地咬了一下她的耳垂，说："我行不行，你难道不知道？"

……

被毫不留情地攻城略地后，第二日，方疏净痛定思痛之下，总结出了三个教训——

第一，醉酒误事，不要多喝，嘴炮的代价太过惨重，她承受不起。

第二，衣服不能只买带纽扣的那种。

第三，永远不要质疑容慎川的能力。

番外四

烟火气

某个清晨。

方疏净是被容慎川的一个吻唤醒的。

她睁开蒙眬的双眼，看了下时间。

墙上挂钟显示的是早上七点。

她推开容慎川，翻了个身背对着他，语调里还带着鼻音：“别闹……这么早，再睡会儿……”

身后一阵窸窣的声音，应该是容慎川掀开被子下床。

方疏净虽然知道容慎川素有早起的习惯，但还是忍不住多问：“今天不是周末吗，为什么不多睡一会儿？”

“上午有个采访，你忘了？”

“啊……”

方疏净听见“采访”两个字，刚醒过来还不太清明的脑袋突然一下清醒不少。

对哦。

今天上午容慎川还要去参加一档访谈节目。

“你继续睡吧，应该耗不了多长时间。”容慎川俯身在她额头上亲了亲，接着说道，“我回来再把你叫醒。”

“不要。”方疏净摇了摇头，撑着身子坐起来，“说好了要陪你一起去的。”

说完，她急匆匆跳下床，在容慎川无奈又宠溺的目光下趿着拖鞋进了浴室。

匆匆洗了个头顺带一阵折腾，方疏净换好一身衣服出来时，容慎川早已站在门前等她，手里拿着一条领带。

西装是昨天晚上她帮他挑好的，领带也是她刻意选来搭配她的衣服颜色的。

满意地打量了一遍容慎川的装束，方疏净从善如流接过领带，帮容慎川系上。

动作间，她忽然想起了一个细节。

“你不是会自己系领带吗？怎么还老让我帮忙？”

方疏净此前一直以为容慎川不会，直到后来某次亲眼看见，才明白过来。

想到这里她就有些郁闷，总觉得有种把她当作免费苦力的感觉。虽然心里这么想，但她手上动作没停下。

容慎川眉眼带笑，待方疏净系好后，反手握住她即将回缩的手，拉近二人距离。

在女人唇瓣上落下一个餍足而绵长的吻，他说得心安理得：“这样比较适合接吻。”

方疏净无语。

悄悄骂了句，她脸颊忍不住发烫。

轻喘了一下稳住呼吸，她别过脸，推着他往房间外面走，说：“好了好了，该出门了！别犯浑……”

容慎川眉目舒展，把她揽回到怀里，与她十指相扣，语调放松道：“知道了。”

到达录制现场时，容慎川本想让方疏净不用在这里等他，可以去周围的商场逛一会儿。

但方疏净非要等着他，他只好随她去。

采访的过程中规中矩，主持人问的问题容慎川早已习惯，回答得游刃有余。

台下的方疏净本就不太懂这些东西，加之昨晚确实没怎么睡好，困意使然，就算她坐在第一排，也忍不住昏昏欲睡。

她有些后悔，自己就应该听容慎川的话，去四处逛一逛的。

就算逛街再怎么无聊，也总比在这里听些她不懂的话题好得多。

采访很快接近尾声。

主持人最后停顿了一下，似乎想要活跃气氛，向容慎川抛出了一个问题——

“据说容先生不仅在商场上得意，在感情上同样得意，与容太太感情十分融洽，网络上也有相当多的网友夸赞你们为‘神仙爱情’，在这里想问问容先生，您觉得，您的太太在您的心里，是怎样的存在？”

猝不及防听见这个问题，方疏净一个激灵，脑袋一歪，差点从椅子上翻下去。

一下来了激灵，她坐直身子，看向台上的男人。

为什么突然八卦这些啊！

虽然心里这样想，但方疏净还是挺好奇。

容慎川在这样的场合下，会怎么评价她呢？

只见容慎川嘴角勾了勾，身子向后微靠。

“我记得，一开始的问题中似乎并未包含这个。”

这样啊……

方疏净有些失望地低了下头。

不过也是，以容慎川的性子，这种多余的问题他也肯定不会多提。

主持人也意识到自己有些失言，正准备道歉时，却又听到容慎川淡声开口。

“不过，因为她也在现场，所以我想说给她听。”

男人声音低沉磁性，缓缓流淌在整个室内。

“我想告诉她，她是我所有热爱的理由。从过去到未来。”

……

方疏净已经不知道自己是怎样一种感觉，甚至不知道访谈是怎么结束的。她只记得自己在跟着周围的人，无意识地鼓掌。

访谈结束后，她没去后台接容慎川，直接给他发了个消息，告诉他自己在停车场等他。

容慎川过来时，十分泰然自若地牵起她的手，随后在她颊侧亲了一下。

方疏净打开副驾车门坐进去，任由男人给她系好安全带。

“你怎么……”她望着容慎川专注的侧颜，欲言又止。

“嗯？”

方疏净盯着他关好车门，从车前绕回到驾驶座，才继续开口：“怎么突然在那种场合这么说……”

容慎川停了两秒，伸过手去轻捏她微红的脸颊。

方疏净企图躲开，最终仍没能躲过，小声抗议：“你最近怎么那么喜欢捏我，再捏脸都要变大了。”

容慎川若无其事地松手，调笑道：“脸皮也没那么薄啊。”

“容慎川，你是不是真有点毛病。”方疏净使劲拍了他一下，“赶紧开车。”

容慎川眼尾眯出一个愉悦的弧度，指腹还残留着女人脸颊温软的触感：“遵命。”

由于采访结束后临近中午，方疏净又觉得在那里听了好久，浪费了她宝贵的逛街时间，于是两人并未直接回家，而是去商场逛了一圈，方疏净美其名曰“弥补”。

他们逛完又就近吃了个饭，这才回去。

回到家中，方疏净没有先进家门，而是在院子里逛了一圈。

院里阳光大好，去年种下的蔷薇也开得正好，鲜艳欲滴。

方疏净左右拨弄了几下蔷薇，回头看一眼天空，心念一动，问容慎川：“你今天没什么事了吧？”

“嗯。”容慎川站在不远处，闻言颔首。

猜到她的心思，他笑了声：“怎么，想出去约会？”

“别用这个词。”方疏净听了有点羞赧，“你赶紧去换套衣服，我们去江边走走，吹吹风。”

要是这个男人直接穿着西装招摇过市，不知道得吸引多少人的目光。

容慎川听话地回房换衣服。

方疏净在院子里蹲了一会儿，让用人折几枝蔷薇回来摆在客厅，自己也跟着上了楼。

恰逢容慎川穿着身休闲装走出衣帽间，听见开门声，他对着方疏净指了指自己的胸口，问：“这套可以吗？”

方疏净抱臂站在门边，上下仔细扫过去一眼，欣赏地点了下头。

“不错啊。”

容慎川这身材本就适合当个天生的衣架子，宽肩窄腰穿什么都好看。

比起板正的正装，不过多添了些居家休闲的感觉。

满意地拉着容慎川出门，方疏净心情颇好地挽住他的臂弯，边走边有一搭没一搭地聊各种话题。

河边那条散步的路离他们家不远，开车过去实在麻烦，索性直接走过去。

江边的路很长，一直延伸到远处那座桥。

难得有那么闲适的时光，两人就这么慢悠悠地走着，不怎么说话。

有那么一瞬间，方疏净觉得，这样的相处模式，竟颇有了些老夫老妻的意味。

她侧过头去瞥男人轮廓分明的侧脸，嘴角忍不住向上扬了扬。

行至半途，方疏净忽然被一对情侣叫住，请求她帮忙为他们拍一张合照。

她欣然应允。

情侣中的女生似乎感觉方疏净有些眼熟，碍于对方戴了墨镜，也不好分辨，直到方疏净倒计时的时候，才讪讪收回了视线。

方疏净没有在意这些，毕竟她淡出网络有那么一段时间，互联网的记忆本就跟鱼的记忆一样，被遗忘是自然的事。

连续给他们拍了几张照片后，她把手机还给他们，让他们自己选满意的。

那对小情侣道谢后，女生又看了她一会儿，蓦地问：“你们要不要……拍一张？”

怕方疏净误会，她连忙解释：“不是……我只是看你们好般配，就想问问……”

方疏净笑了笑，摘下墨镜，应下：“好啊，那麻烦你们了。”

留下点记忆也不错。

拍好照后，女生又夸了她两句，这才恋恋不舍地与她道别。

又走了两步，方疏净这才翻出刚才拍的照片，放到自己和容慎川中间：“拍得怎么样？”

容慎川笑道：“不错。”

“不错”对于容慎川来讲已经是足够高的赞誉，方疏净满意地退出照片界面，顺手把这张照片发在了微博上。

方疏净看了下评论，随后关掉手机，仍忍不住一直弯着嘴角，偶尔哼两句愉悦的歌。

容慎川感觉到她的不一样，问：“怎么了？”

方疏净摇摇头：“没怎么，就是很高兴。”

从道路尽头又折返，方疏净意犹未尽，又和容慎川走到了另一个尽头。

那边有个小阶梯可以下到江边，方疏净兴致勃勃地下去，拿石块玩了好一会儿打水漂。

等反应过来时，周围已经围了一圈小孩。

见她收手，他们吵着让方疏净再教他们一次。

方疏净无奈。

她抬起头，越过小孩子，求助地望向容慎川。

容慎川纵容地笑笑，过来帮她解围。

见小朋友的注意力都放在了容慎川身上，方疏净松了一口气，功成身退。

容慎川对待小孩儿很有一套，不过一会儿，就见一群小孩儿乖乖站在一旁，认真地听他说话。

甚至给了方疏净一种，父亲带着孩子出来玩的错觉。

不知道为什么会冒出这样一个念头，方疏净晃晃脑袋，借着江边的风把心思吹散。

不知过去多久，结束和小朋友的互动后，容慎川走过来，牵住方疏净的手。

方疏净借力站起来，说：“你还记得我在这儿啊。”

“当然记得，”容慎川亲了亲她的鼻尖，“顾完那群小朋友，就回来接我的小朋友。”

方疏净顿时气消了大半。

见他还在和小朋友道别，她刚才的念头又冒了出来，揪住他的衣角，试探地问：“你喜欢小孩子吗？”

容慎川轻怔了下，半开玩笑问她：“怎么，想生一个？”

方疏净连忙捂着他嘴，支支吾吾：“就问问。”

容慎川揉揉她的发，宠溺道：“是挺喜欢。”

“噢……”

顺着石阶重新回到道路上，此时夜色已微沉。方疏净都没想到自己竟然在这里玩了那么久。

路边摊陆陆续续支起，食物的香气混杂着闯入鼻尖。方疏净忽然觉得有点饿，于是拉着容慎川又去了一个烤串摊前坐着。

有容慎川在，她还算克制，没点多少。

身后滋滋的热油声传来，隐匿在街边各类喧嚷动静之中。夜色越发加深，斑斓的灯火也越发显眼。望着周围萦绕着油烟气味的各种小摊，她再看向容慎川。

恍惚间觉得，原本看上去高不可攀的男人，在这时也不可避免地沾染上了几分烟火气。

是生活的味道啊。

烤串出炉，老板端着套上塑料袋的铁盘，乐呵呵放过来，临走前还不忘提醒：“我们还有啤酒，要的话叫我哈。”

老板走后，容慎川询问的目光投向当即埋头撸串的方疏净：“要啤酒吗？”

她平时吃些口味重的东西，都会习惯性地来罐啤酒。

方疏净从烤串里抬头，闻言摇摇头：“不了。”

“怎么，我在身边所以不敢？”容慎川帮她抖了抖烤串上的辣椒，半开玩笑地问。

方疏净摇摇头，声音突然压低不少，带点犹豫。

“可能……我要戒酒了。”

迎着容慎川不解的目光，她抿了抿唇，小心地解释：“之前听医生说，如果要备孕，我是需要戒酒的，所以……”

她感觉到容慎川身影有一瞬间的僵滞。

方疏净假装不知道，默默低头继续吃着。

良久，才听容慎川再一次开口。

“苏苏，真的吗？”

方疏净低头不语，直接递给他一根串，说：“那么啰嗦干什么，吃东西的时候别谈正事。”

手腕蓦地被男人的大掌握住。

“好。”容慎川轻吻她的手背，喉间溢出几分笑意，“回去再做正事。”

方疏净：“……”

突然有点后悔怎么办。

番外五

岁岁且年年

欢快的脚步声不断响在楼道上，伴随着小姑娘稚嫩的笑声于偌大的空间中回荡。

一个小小的身影穿过来来往往的人群，手里握着块亮晶晶的东西胡乱甩动，半点没有害怕的意思。

周围的人被她不小心撞到，也不会恼怒，而是笑着跟她打招呼。

小姑娘因此更加肆无忌惮。

直到一个声音自背后响起。

“容佳晞！”

是一个少年的声音，清朗之中带点无奈的意味。

容佳晞闻声登时站定在了原地，看起来乖乖巧巧，实际上有些不服气地吐了吐舌头。

后颈的衣服被人轻轻拎起一点，她知道对方不会伤害自己，一双大眼睛忽闪忽闪，声音软软道：“舅舅，你怎么找到我的啊？”

方远亦叹了口气，蹲下来一点，与小姑娘的视线齐平，淡淡道：“监控。”

“哦……”

“跟你说过很多次，不要在公司里到处乱跑，你怎么就不听呢？”

容佳晞不吭声了，低着头，半点没有要回应的意思。

方远亦又叹了口气。

这姑娘真的完美继承了她妈妈的基因，从小性子就顽劣，也不知道长大之后会不会也成一个小魔头……

今早容佳晞从起床开始就吵着闹着要和她爹一起来公司，她爹惯常宠女儿，便也答应了下来，为了以防万一，方远亦下午一放学就来公司看着小姑娘，却不想，刚过来就瞧见小姑娘趁着她爹开会的空当，从办公室里又溜出去乱跑。

偏偏看这样，还觉得自己没做错。

一大一小两人就这么僵持着，直到方远亦抬手，拍了拍容佳晞的脑袋：“行了，这次帮你保密。”

容佳晞的眼睛一下子亮起来，脱口就来了句：“我就知道舅舅最好了！”

方远亦悠悠道：“但是秘书那边我不负责。”

容佳晞瞬间闭了嘴，看向方远亦的眼神里夹杂了些许怨念。

方远亦知道想要治这小魔头就得采取这样的手段，笑着牵住她的手：“你爸爸要开完会了，准备回家？”

容佳晞拖腔带调：“知道啦！”

方远亦刚牵好小姑娘的手，忽然感觉她手心里似乎有什么东西在硌着自己，于是低头看去：“你手里拿的什么？”

容佳晞摊开手，里头是条项链，金闪闪的，精致小巧。

当看清上面坠着的形状时，方远亦猛地倒吸一口凉气：“你在哪儿拿的？”

小姑娘照实回答：“妈妈的梳妆台上。”

这下换方远亦沉默了。

想起今早收到的自家老姐给他发的消息，问他项链有没有掉在他那边，他站起身，诡异地看了容佳晞一眼。

小佳晞什么也不知道，无辜地看着他，问：“怎么了，舅舅？”

方远亦斟酌了一会儿，而后慢慢地，慢慢地开口：“我觉得，你回家之后，可以先考虑给你妈妈跪下。”

“……”

当然这件事最终没有成真，许是在公司里疯跑实在耗体力，在回家的车上容佳晞便已熟睡过去，最后连归还项链都还是方远亦出马。

所以最后跪的还是方远亦。

方疏净盯着眼前跪得认真的男孩，不过两秒就破功，笑着摆手：“行了行了，你别在我面前卖惨。”

方远亦慢条斯理地站起来，蹲到一边的狗窝旁，摸了摸包子的背脊：“你别怪晞晞就行。”

这么多年过去，他已经十五岁了，包子也老了，不再像曾经那般富有活力总爱上蹿下跳地拆家，最喜欢的事情便是趴在家里的某个角落睡觉。

“我哪会怪她啊？”方疏净轻瞪他一眼，“在你心里，我到底是有多残暴？”

方远亦轻咳一声：“也不是……”

方疏净对他的话是一点也不相信，“呵呵”两声后，拿着项链回了房间。

走时，她还故意轻叹一声：“弟弟长大了，就对姐姐不好了。”

于是今晚，方远亦也留在了这边吃晚饭。

容慎川和方疏净挨着坐，方远亦和容佳晞坐另一边。

没有外人在场，方疏净吃饭的时候便也不顾形象，半靠着容慎川，弯着眸给人夹菜。

容慎川面色如常，眸间却早已盈满了宠溺，迁就着她的一举一动。明明孩子都七岁了，两人仍旧怎么看怎么像是刚结婚不久的样子。

方远亦再一次叹了口气，有些头疼地移开视线，又刚好对上了容佳晞的眼睛。

两人眼神交汇两秒，都看出了对方的无语。

好大两个电灯泡。

吃了饭，方远亦忙着回家写作业，匆匆告辞，于是电灯泡只剩下了容佳晞一个。

离开前，容佳晞趁两个家长没发觉，扯着方远亦的衣角，踮了踮脚尖，一双眼可怜兮兮地看着他。

方远亦看懂了她的暗示，蹲下去跟她耳语：“放心，没忘，周末就带你去。”

容佳晞咧嘴笑了起来，点头，甚至还煞有介事地跟方远亦击了个掌。

方疏净注意到两个小孩儿的互动，有点儿好奇："你们两个干什么呢？"

容佳晞两只手背在身后，若无其事道："没有呀。"

方疏净看起来将信将疑地点点头。

不知道是因为犯了错还是别的什么原因，今晚的容佳晞格外听话，让她睡觉便乖乖去睡了觉。确认小姑娘把自己裹进了被窝里一动不动，方疏净这才满意地关了门，朝楼下调酒室走去。

容慎川已经坐在了那里。

方疏净丝毫不觉惊讶，过去直接揽住男人的脖颈，送上了一个吻。

后脑勺在这时被大力扣住，猝不及防下，男人的气息将她吞没。

方疏净不过愣了一下，而后像是习惯了一般，十分自然地回应起来。

一吻毕，她半倚在台前，有些忍不住地喘气："不行了……你这也太狡猾了……"

容慎川勾唇，托着她的腰让她坐到自己怀里，又是一吻落在发间。

"彼此彼此。"

"哼。"

结婚这么多年，方疏净深谙他的秉性，轻哼一声后，傲娇地别过脸。

容慎川却偏偏爱极了她这副模样，舒着眉勾了勾她的下巴，作势又要落一个吻下来。

"别闹了。"方疏净娇声躲开，从酒柜里找出瓶酒，问，"今天喝这个？"

容慎川看了眼，颔首道："都随你。"

方疏净于是开了这瓶。

这是两人平时的一点儿小默契。

自从小佳晞出生后，夫妻二人的生活重心便好像都开始围着女儿打转，小姑娘还小，黏父母黏得紧，让夫妻两个偶尔会觉得有些头疼，久而久之的，这个调酒室便成了夫妻二人平时享受难得二人世界的秘密基地。

两人都不急着把这瓶酒喝完，有一搭没一搭地聊着天。

"今早晞晞把我项链拿走了，没告诉我，我本来是打算戴那条出门的，差点没把我急死，那条是周怀雅送我的，要是我真弄丢了，下次见面她不得先揍我一顿……"

在酒精的作用下，方疏净说话时心情不错，脸上淡淡地爬了点儿红晕，一只手托着脸，双眼弯成了漂亮的弧度。

她眼尾本就微挑，一这样笑起来，就跟狐狸似的惑人。

容慎川耐心地听着，喉结滚了滚。

方疏净抿着唇突然笑了两声："然后方远亦那小子回来就在我面前卖惨跪下，让我不要怪罪晞晞……他就是吃准了这样我没法反驳是吧，无语……"

她一边吐槽，一边又给自己灌了口酒："你说以前那么乖一小孩儿，现在怎么变这么皮了啊？"

容慎川想了想："叛逆期？"

"大概吧……"方疏净抓了抓头发，原本披散下来的长发被弄得松松散散，"对哎，他都十五岁了，也不是以前几岁的小孩了。"

想了想，她又嘀咕："时间过得挺快，不知不觉我也老了。"

容慎川眯了眯眼，扳正她的脸，端详了一会儿，眉峰微扬："老了？怎么看不出来？"

感觉到炽热的目光在脸上停留许久，方疏净"呀"了一声，有点儿羞："你别看……都有皱纹了……"说着，她自己抚上自己的眼角，像是刻意遮了一下。

容慎川顷刻间捉住了她的手，低笑一声。

不顾女人没什么威慑力的瞪视，他抬起她的手腕，迫使她的指尖停留在了自己的眼尾。

岁月总是那样不饶人，方疏净这才发现，男人深邃的眼尾，也早已缓缓生了几丝褶皱。

很淡，几乎看不出来，不仅不显得老态，反而平添了几分成熟的性感。

"苏苏。"他轻声唤她。

方疏净"哎"了一声，他难得用这个称呼唤她，她有些意外。

容慎川轻轻凑近她一点："你会嫌弃我吗？"

方疏净又愣了一下，一双原本半弯的眼慢慢睁大："怎么会这样想？"

容慎川摇摇头，忽然愉悦地稍一俯身，薄唇贴在了她的眼尾。

吻得轻柔珍重，辗转反侧。

方疏净双手撑在身子两边，背脊慢慢绷了起来，闭着眼感受不到其他，只能感受到眼尾微湿的温热，和清浅扑在肌肤表面的呼吸。

忽然，她明白了他的意思。

几秒后，容慎川退离了一点，拇指轻轻从她的眼尾拂过，一双深邃迷人的瞳眸极尽缱绻。

方疏净与他对视许久，突然觉得有点儿渴，像是喉咙被烧着一样，热得吓人，一路蔓延至脸颊。

明明已经结婚那么多年了，看到他的这张脸，她还是会忍不住沉沦其中……

男色害人，男色害人。

羞意上涌，方疏净与他直白的视线微错，选择转移话题："周末有空吗？"

容慎川自然听得出她话里的羞赧，自觉地顺着她转移话题："怎么？又想出去约会？"

方疏净眼前的手机亮起，她先点开了屏幕，看了一会儿后，熄屏不知道为什么忽然笑起来。

"也不算……"

她倾过去一点，在男人耳边低语一阵。

容慎川慢慢听完，有些讶异："真的？"

方疏净憋着笑，反问："不正好？"

第二天一早，容佳晞的房间悄悄地被从里面开了一条缝，而后闪出一个小小的身影，蹑手蹑脚地朝着楼下跑去。

她一边费力地打开家里的大门，一边小心翼翼地用自己的电话手表打出一个电话，压低声音："舅舅，我马上就出来，你在家门口找个隐蔽点儿的地方等我！"

容佳晞现在很兴奋。

自从之前方远亦告诉她要带她去游乐园之后，她就一直处在一种十分雀跃的状态里。

游乐园她经常去，但都是爸爸妈妈带着去，每次一想多吃点冰激凌、棉花糖之类的小零食，就会遭到拒绝，为此她怨念了好久。

这次不同，是方远亦带着她，就他们两个人悄悄过去！

小孩儿对这种未知的新奇格外感兴趣，一想起即将面对的各式零食小摊，她忍不住边走边拍了拍藏在裤兜里的私房钱。

那可是她偷偷攒了好几个月的呢！

小孩儿性子也是单纯，丝毫没有想过，自己是为什么可以畅通无阻地从家里溜出去。

出了家门，司机的车已经停在了面前。

容佳晞迈着小短腿上车，关好车门便挨在了方远亦旁边，一双星星眼一眨不眨地望着他。

方远亦先弹了弹她的额头，然后再一次重复此前叮嘱过无数次的事情："出去之后不准乱跑，爸妈打电话就说你陪我在上补习班，听见了吗？"

容佳晞重重点头。

方远亦这才笑了起来，给了她一张游乐园的票。

进园排队时，容佳晞背着小书包站在前面，方远亦站在后面护着她，不让她被挤到，低头便见小姑娘已经得意地拿着电话手表开始自拍起来。

"……别把我拍进去啊。"方远亦按着她的脑袋，小声地嘀咕，"臭美。"

"那你乖乖跟在我后面当背景板。"容佳晞心情好，大发慈悲地不准备同他计较，"马上就到我们了，到时候进去我就不拍了。"

然而话说得挺好，一到检票口，两人便犯了难。

穿着玩偶服的工作人员笑容满面，嘴上的话却毫无商量余地："是这样的，两位小朋友，你们的爸爸妈妈呢？要是未满十二岁的话，是需要大人陪同的哦！"

方远亦"啊"了一声，不可置信地问："我不算大人吗？"

开玩笑，他已经快上高中了！当然已经是大人了！

工作人员笑容不变："需要满十六岁。"

方远亦不说话了。

他一直觉得，自己早就已经是个大人了来着。

没想到还会有这茬。

可这毕竟是硬性规定，工作人员担心小孩儿的安危，也断然不可能越过规矩把人放行的。

没有办法，要么打电话让家长过来把他们带进去，要不然就只能离开。

低头望着一副沮丧模样的容佳晞，方远亦有点儿愧疚地弯腰，说：

“晞晞，要不然舅舅带你去买个冰激凌，再把你送回去？”

容佳晞噘着嘴一副不情不愿的模样，但也知道这会儿没有别的选择，点点头。

方远亦握着小姑娘的手，刚准备把人带离队伍，忽然便感觉肩膀被人拍了一下。

他回头，瞳孔猛然震颤了一下，张张嘴：“姐……”

容佳晞感觉到了方远亦反应的不对劲，也跟着看过去，仍旧噘着的嘴巴在看清后面的两人后，猛地缩了缩脖子，满脑子只闪过两个大大的字——“完蛋”。

知道家里谁执掌大权，她也学着方远亦，弱弱地喊：“妈妈……”

方疏净弯着唇笑得意味不明，一只手牵住容慎川，另一只手趁着弯腰时捏了捏自家女儿的小脸，说：“好巧啊，你说是不是？”

容佳晞鼓了鼓脸颊，小脸顿时像包子一样，尝试垂死挣扎：“你们怎么在这里。”

方疏净仍是那副笑眯眯的样子，跟个狐狸似的：“和你爸童心未泯，想过来体验一把青春呗。”

怕几个人停在这里妨碍入园，她一边说着，一边带着两人入了园。

一旁的方远亦边走边苦了脸，说：“姐，你要不要听我狡辩一下？”

饶是他们再傻也不可能去信她那样的理由，平时这对夫妻哪会到这样的地方来玩，什么童心未泯，在这两只老狐狸身上是压根儿不存在的！

更别提今天刚好是这个时候，又还刚好排在他们后面了。

他们肯定是早就知道了！

方疏净挽着容慎川的胳膊，低头看向方远亦：“倒也不用这么严肃地认罪。”

少年一口气还没松开，又听她漫不经心地补充：“既然借口是去补习班，我刚才已经让人帮你报了个每周这个时候的补习班——”

方疏净望着方远亦霎时像是吃了苍蝇的表情，毫无心理负担道：“以后辛苦了呀？”

方远亦一句话也不敢多说了。

“另外——”方疏净的一双眼又落到了一旁装死的容佳晞身上，朝她伸出了手，“你太爷爷给的私房钱，不上交一个？”

容佳晞的表情也垮了下来。

最终一个快乐的周末，以容家夫妇俩全胜做结。

两人真把游乐园里的项目几乎玩了个遍，只留两只小电灯泡跟在后面，欲哭无泪。

Kanjian
Yueliang